W0265397

Wahre Lügen

von

Andreas Adlon

»Nach meiner Erfahrung sind beinahe alle Wahrheiten Lügen.«
(unbekannter Autor)

Alle Rechte vorbehalten.

Die vorliegende Handlung ist frei erfunden. Übereinstimmungen mit lebenden oder toten Personen wären zufällig und sind nicht beabsichtigt.

Prolog

Sie kümmerte sich fleißig um ihren Garten. Kehrte das Laub der alten Ahornbäume auf ihrem Rasen zusammen. Schon so oft hatte sie darüber nachgedacht, die drei Bäume einfach fällen zu lassen. Während der Abendsonne im Sommer warfen sie zu viel Schatten auf ihre Terrasse. Im Herbst hingegen produzierten die Bäume viel zu viel Laub. Auf der anderen Seite schaffte die Gartenarbeit einen körperlichen Ausgleich zu ihrem langweiligen Bürojob beim Finanzamt. Ihre Handschuhe sorgten dafür, dass sie wenigstens die nassen Blätter nicht direkt anfassen musste, wenn sie sie in die Biotonne packte. Nach einem Schluck aus der Mineralwasserflasche schaute sie sich um. Sie war mit ihrem Tagwerk zufrieden.

Aber warum war die Terrassentür zu? Julia Wilken hätte schwören können, dass sie die Tür offen gelassen hatte. Sie zog ihre Arbeitshandschuhe aus, ging auf die Terrasse und drückte die Tür auf. *Wahrscheinlich nur zugefallen.* Nach der Trennung von Holger fühlte sie sich verfolgt. Durch den Wechsel ihrer Mobilfunknummer und der Beantragung einer geheimen Festnetznummer hatte zumindest der Telefonterror aufgehört.

Nachdem sie sich ihrer Schuhe entledigt hatte, schloss sie die Terrassentür von innen und ließ die elektrisch betriebenen Rollläden herunter, obwohl die Dämmerung erst in einer Stunde einsetzen würde. *Sicher ist sicher.* Eigentlich war das zweistöckige Haus, das sie nach dem Verkehrsunfall ihrer Eltern vor acht Jahren geerbt hatte, viel zu groß für sie alleine. Sie brachte es aber nicht übers Herz, es zu verkaufen. Zu viele Erinnerungen hingen an diesem Ort, an dem sie eine unbeschwerte Kindheit verbracht hatte. Die altbackenen Möbel ihrer Eltern hatte sie durch eine Wohnwand in Hochglanz-Weiß und eine ebenfalls weiße Ledercouch ersetzen lassen. Die wohlige Fußbodenheizung erinnerte sie in jedem Herbst und Winter an die Geborgenheit, die ihre Eltern ihr gegeben hatten.

Sie sehnte sich nach einer heißen Dusche. Sie drückte ihr Kreuz durch und spürte ihre schmerzende Rückenmuskulatur, ehe sie die schwere Buchentreppe nach oben ging. Noch bevor sie in dem großzügig geschnittenen Bad mit den zwei Waschbecken ankam, zog sie ihren Fleece-Pulli aus, warf ihn auf das Bett im Schlafzimmer und schleppte sich müde ins Bad. Ihr Spiegelbild zeigte ihr eine gesunde Gesichtsfarbe. Die Wangen waren rot angelaufen. Außer mit ihrem Gesicht und ihren schulterlangen, braunen Haaren konnte und wollte sie nicht mit dem, was sie sah, zufrieden sein. Ihr Busen erschien ihr viel zu groß, und die Gartenarbeit und das Fahrradfahren bescherten ihr nicht die gewünschte Figur, sondern zu viele Rundungen an zu vielen Stellen. Die hätte sie am liebsten allesamt weggezaubert. Die Männer schien das nicht zu stören. Aber schließlich musste sie sich in erster Linie selbst gefallen.

Julia ignorierte den Spiegel, zog ihre Unterwäsche aus und verschwand in der Duschkabine, die mit Mosaiksteinchen verziert war. Sie stellte die Wassertemperatur so heiß ein, dass sie es kaum ertragen konnte. Irgendeine Studie hatte nachgewiesen, dass Menschen, die ohne festen Partner lebten, im Durchschnitt heißer duschten als die anderen. Angeblich versuchte man damit die fehlende menschliche Wärme zu kompensieren. Julia hielt das für ausgemachten Blödsinn.

Nach dem Abtrocknen befand sich nur ein einziges Handtuch an ihrem Körper: der Turban, der ihre Haare verbarg, als sie ins Schlafzimmer ging.

Ein schriller, hysterischer Schrei erfüllte den Schlafraum. Er kam aus ihrem eigenen Mund. Hektisch sah sie neben dem Bett nach. Unter dem Bett. Im Schrank. Sie ging sogar zurück ins Bad.

Kein verdammter Fleece-Pulli zu sehen.

Kapitel 1

Als er sich auf den Weg ins städtische Gymnasium in der Alexanderstraße machte, war Paul Schweigert froh, endlich aus dem Büro heraus gekommen zu sein.

Über die letzten Wochen hatte sich eine Menge Papierkram angestaut: Ermittlungsberichte, Stellungnahmen und Bewertungen, die Stück für Stück abgearbeitet werden mussten. Die unspektakuläre Polizeiarbeit hatte ihn eingeholt. Einige Kollegen bauten Überstunden ab, die sich in großer Zahl während der Ermittlungen der ‚Soko Schlosspark' angesammelt hatten. Unter ihnen Lisbeth Eicken, die gerade auf Spiekeroog weilte. Es hatte Wochen gedauert, bis sich die Wogen der beiden Mordfälle geglättet hatten. Oberstaatsanwalt Rentz hatte sein Versetzungsgesuch nach Hannover eingereicht. Diesem Antrag war umgehend entsprochen worden, um nicht nur ihn, sondern auch die Polizeiinspektion Stadt Oldenburg/Ammerland aus der medialen Schusslinie zu nehmen. Im Laufe der Ermittlungen war der Oberstaatsanwalt als mutmaßlicher Täter in Untersuchungshaft genommen worden. Obwohl sich schließlich herausgestellt hatte, dass er nicht der Täter war, blieb an ihm der zweifelhafte Ruf als Präsident des ‚Club Leonardos' haften, dessen Ziele eben nicht nur selbstloser Art gewesen waren. Mit dem Aufmacher *»Sexpartys in honoriger Club-Gesellschaft«* hatte ihn die Presse regelrecht geschlachtet.

Das Büro des Schuldirektors Wagner betretend, sah Paul ihn als einen alten, gebrochenen Mann.. Es war nicht viel von seiner autoritären und souveränen Ausstrahlung übrig geblieben. Die Mundwinkel nach unten gezogen, hingen die Schultern mutlos herab, und seine rechte Hand spielte gedankenverloren mit einem silbernen Brieföffner. Es sah so aus, als wollte jede tiefe Falte in seinem Gesicht die Leidensgeschichte eines Mannes erzählen, der seine Tochter viel zu früh verloren hatte, noch dazu durch einen gewaltsamen Tod.

Zunächst hatte sich der Kriminalhauptkommissar über die Anfrage von Herrn Wagner gewundert, ob er nicht Aufklärungsarbeit leisten wollte, um junge Mädchen über die Gefahren gerade im Umgang mit sozialen Netzwerken zu warnen. Gewundert deswegen, weil doch sein Erscheinen in der Schule, dessen Direktor Edgar Wagner war, die Geschehnisse wieder lebendig machen würden.

»Diese Aufklärungsarbeit wird meine Elena nicht zurückbringen. Ich kann auch nichts mit der Formulierung anfangen, dass ihr Tod irgendeinen Sinn gemacht haben müsse, wie mir die Psychologen weismachen wollten. Ich weiß, er hatte keinen Sinn. Aber andere Mädchen, Schülerinnen dieser Schule, davor zu bewahren, allzu leichtfertig mit ihren eigenen Daten umzugehen, ist das Mindeste, was ich tun kann«, hatte der Schuldirektor ihm gesagt und ihn damit auch überzeugt. Mit Präventions- und Aufklärungsarbeiten beschäftigte sich zwar eine ganz andere Abteilung, aber Edgar Wagner hatte darauf bestanden, dass der Leiter der Sonderkommission selbst vor Ort war. Die Schülerinnen und Schüler glaubten ihn zu kennen, so oft, wie über ihn berichtet worden war.

»Danke, dass Sie meiner Bitte nachgekommen sind, Herr Schweigert.«

»Sehr gern, wir tun in dieser Hinsicht noch viel zu wenig. Sie sollten es in den Lehrplan aufnehmen: den verantwortungsvollen Umgang mit Facebook, Twitter und Co.«

»Da haben Sie recht, Herr Kommissar. Ich habe diesbezüglich einen Brief an den Innenminister geschrieben und ihn nach Hannover geschickt. Es sollte für alle Schulen in unserem Land gelten. Was ich hier in meiner Schule umsetzen kann, habe ich bereits in die Wege geleitet…« Edgar Wagner stand auf, nahm ein Bild seiner verstorbenen Tochter in die Hand und schaute es voller Sehnsucht an. »Zum Ende des Jahres werde ich auf eigenen Wunsch in den vorzeitigen Ruhestand versetzt.«

Paul sah überrascht auf. Schuldirektor Wagner schüttelte resigniert den Kopf. In seinem rechten Auge erkannte Paul eine Träne.

»Ich kann das alles nicht mehr, ich habe sämtliche Kraft verloren. Aber ich möchte mich, auch im Namen meiner Frau Johanna, bei Ihnen und Ihren Mitarbeitern für die Aufklärung...«, er brachte die beiden Wörter *des Falles* nicht über die Lippen, »...bedanken.« Paul nickte nur. Er wusste nicht, was er hätte sagen sollen.

Im aktuellen Abiturjahrgang herrschte gespenstische Stille, als der Kriminalhauptkommissar zusammen mit dem IT-Spezialisten Arne Claaßen und einer Kollegin aus der Präventionsabteilung die Klasse betrat. Aus seiner Schulzeit war er es gewohnt, dass sich das Getuschel unter den Schülern nur allmählich einstellte, der Lehrer häufig ein Machtwort sprechen und die Schüler ermahnen musste. Die Augen der Schülerinnen und Schüler schauten ehrfurchtsvoll zu Paul Schweigert auf. Seinen Auftritt im Vorabendprogramm des NDR schienen viele Schüler gesehen zu haben.

Nach einer kurzen Begrüßung, der Vorstellung seiner Kollegen und ein paar einleitenden Worten, gab er dem IT-Experten ein Zeichen.

Arne Claaßen hatte sich im Vorfeld eine Namensliste der Schülerinnen geben lassen. Er klappte seinen Laptop, das er vorher mit einem Beamer verbunden hatte, auf, und loggte sich bei Facebook ein, nicht mit seinem eigenen Account, sondern mit dem der Schülerin Verena Bruns. Sie lief knallrot an, als er unter ihrem Namen öffentlich eine Einladung zum Eisessen postete.

»Passwörter sind unheimlich leicht zu knacken, wenn man auch nur ein bisschen über die betreffende Person weiß«, begann Arne zu dozieren, ohne aufzuschauen, »Viele Menschen nehmen Namen von Freunden oder

Spitznamen. Diese Information liefert Facebook mir auch. Etwas schlauere User verbinden diese Namen mit Geburtstagen oder Jahreszahlen. Wenn ihr eure Privateinstellungen auf ‚öffentlich' belasst, kann jeder sehen, mit wem ihr befreundet seid. Mein erster Ratschlag: Nehmt für Passwörter kleine und große Buchstaben, Zahlen und Sonderzeichen, möglichst Wörter, die in keinem Wörterbuch zu finden sind, auch nicht in ausländischen.« Mit weiteren Tipps, was man lieber verbergen sollte, und vor allem, wo diese Funktionen bei Facebook zu finden waren, beeindruckte er die Schüler.

Eine schüchterne Schülerin wandte sich noch während des Vortrags direkt an Paul Schweigert.

»Aber Elena, also die Tochter von Herrn Wagner, ist doch gar nicht durch einen Kontakt im Internet ums Leben gekommen. Was hätten ihr diese ganzen Ratschläge denn genützt?«

Paul verschränkte die Arme vor der Brust. »Wie ist dein Name?«

»Anke..., Anke Tülben.«

»Anke, es ist richtig, was du sagst. Elena Wagner hätte es nichts genützt. Aber dem anderen Opfer, Annika Eilers, hätte es das Leben retten können, wenn sie ihre Daten nicht so freizügig preisgegeben und blind vertraut hätte. Wenn ihr jemanden, den ihr im Internet kennengelernt habt, unbedingt treffen wollt, dann nehmt eine Freundin mit. Trefft euch an einem belebten Ort, wenn es hell ist. Rückt auf keinen Fall eure Handynummer oder gar eure Adresse raus. Und nebenbei bemerkt: Je weniger die Öffentlichkeit über euch weiß, desto interessanter seid ihr für die Welt. Mich hält man inzwischen bestimmt schon für einen Langweiler.« Die Klasse lachte schallend.

Paul verließ mit einem guten Gefühl nach einer Stunde die Schule, musste an seine kleine Tochter Levke denken. Würde sie in der Pubertät vernünftig sein? Auf ihn hören?

***

Die Möwen kreischten ihr eigenes Lied über dem langen Sandstrand von Spiekeroog. Lisbeth musste ihre Kapuze zurechtziehen, damit sie wieder etwas sah, als sie den Kopf in Richtung Sanddünen drehte. Aus Naturschutzgründen war das Betreten dieser herrlichen Dünen nur auf den befestigten Wegen erlaubt.

Es würde nicht mehr lange dauern, bis die Dämmerung hereinbrach. Mit zusammengelegten Bastmatten und Badetüchern verließen gerade die letzten zwei Badegäste den Strand, weil es inzwischen doch recht kühl geworden war. Lisbeth Eicken atmete die salzige Meeresluft tief ein und dachte an ihren letzten Aufenthalt auf dieser Insel. Mit Ansgar hatte sie nach der Aufklärung der beiden Mordfälle ein verlängertes Wochenende im Wellnesshotel verbracht. Er hatte es ihr leicht gemacht, abzuschalten, die Geschehnisse um die beiden jungen Studentinnen zu vergessen. Ob im Saunabereich, am Strand oder im Hotelzimmer: Sie hatten rumgealbert, als wären sie mitten in der Pubertät. Sie durfte an diesem Wochenende genauso sein, wie sie war, musste keine Rolle spielen. Der Gedanke an den Sonntag, den sie fast ausschließlich im Hotelzimmer verbracht hatten, zauberte ihr ein breites Grinsen ins Gesicht.

Sie schlenderte auf den Holzplanken durch die Dünen zurück in den kleinen Ort. Aber sie hatte noch keine Lust, ins Hotelzimmer zu gehen. Heute wartete kein Ansgar Brinkmann mehr auf sie. Nach ihrem tollen Kurzurlaub hatte er sich kein einziges Mal gemeldet. Versuche ihrerseits, ihn zu erreichen, schlugen allesamt fehl. Entweder nahm der das Telefongespräch nicht entgegen, beantwortete ihre Kurznachrichten nicht oder ließ sich verleugnen, wenn sie versuchte, ihn in der Bank zu erreichen. Als letzte Woche gar seine Ex-Freundin Heidi an sein *heiliges* Blackberry ging, hatte sie sofort aufgelegt und beschlossen, ihn gedanklich zu streichen und auf die Liste ihrer Ex-Freunde zu setzen. Sie wusste gar nicht genau, warum sie nun nochmal alleine auf diese Insel gefahren war. Ihr Chef Paul Schweigert hatte darauf bestanden, dass sie Überstunden abfeierte. Vielleicht wollte sie sich einfach nur beweisen, dass es ihr auch ohne diesen ‚Hallodrie‘ auf der Insel gutgehen konnte.

Lisbeth betrat eine urige Kneipe, die alle nur unter ‚Blanker Hans‘ kannten, die sowohl von Touristen als auch von Insulanern gleichermaßen aufgesucht wurde, bestellte sich einen Merlot und setzte sich auf einen Hocker direkt an der Bar. Im hintersten Eck der Kneipe saßen sich zwei Typen gegenüber, die sich wohl Geschichten von früher erzählten. Lautes Lachen unterbrach die Erzählungen, und zwar so, dass jeder im Lokal es mitkriegen musste, ob er wollte oder nicht. Lissi vermutete, dass es sich um alte Freunde handelte. Der eine Mann, etwa Ende 20, kaum noch Haare auf dem Kopf, charismatisches, sonnengebräuntes Gesicht mit dunklen, braunen Augen, schaute hin und wieder zu ihr herüber, einen Tick zu lange, als dass es hätte Zufall gewesen sein können. Er trug einen roten Pullover mit Rautenmuster, der seinen durchtrainierten Oberkörper nur andeutete. Sein schelmisches Grinsen hätte gut und gerne zu einem Surflehrer gepasst. *Na super, vermutlich im Sommer Surflehrer und im Winter Skilehrer, oder eher Skihasenlehrer. So etwas hat mir gerade noch gefehlt. Extrem gut aussehende Männer willst du nicht mehr, also halt dich dran, Mensch.*

Sie hatte den letzten Schluck aus ihrem Weinglas getrunken, da schenkte ‚Surflehrer‘ ihr ein unverschämtes Lächeln. Unverschämt gut. Jedenfalls dachte sie, dass es ihr gegolten hätte. *Ich beachte ihn gar nicht mehr. Warum macht der so etwas? Der soll sich doch seinem Freund widmen. Nein, Lissi, du schaust jetzt nicht noch einmal rüber, auf keinen Fall.*

Sie bezahlte ihr Getränk, zog sich ihre Jacke an und ging zur Tür. Im Augenwinkel sah sie es wieder. Mit einem solchen Lächeln sollte er zum Film gehen und nicht in so abgelegenen Kneipen rumhängen.

Im Hotelzimmer angekommen, fragte sie sich, ob sie richtig gehandelt hatte. *Er hatte doch sie gemeint, oder?*

***

Paul Schweigert sah auf seine Armbanduhr, schon nach fünf. Er hatte mit dem Präventionsrat, einem gemeinnützigen Förderverein, ein ausführliches Gespräch über die aktuelle Kampagne »Internet erfahren statt Gefahren« geführt. Die Fördermitglieder waren dankbar dafür, dass der Leiter der inzwischen aufgelösten ‚Soko Schlosspark' sich die Zeit nahm, um seine Erfahrungen im Zuge der aufreibenden Ermittlungen weiterzugeben. Er verriet dabei keine unnötigen Details, sondern gab Hinweise, wie sich Jugendliche und junge Erwachsene im Umgang mit den neuen Medien verhalten sollten.

Er wollte nur noch kurz ins Büro, um seine lederne Aktentasche zu holen, als ihn Frank Albers auf dem Gang abpasste.

»Du Paul, da wartet eine Frau Wilken auf dich, im Vernehmungsraum eins.«

»Im Vernehmungsraum? Haben wir einen Fall, von dem ich nichts weiß?« Frank trat von einem Fuß auf den anderen.

»Nein, sie erzählte was von Stalking...«

»Frank, wir behandeln Kapitaldelikte, wenn einer Frau nachgestellt wird, sollen das bitte die Kollegen machen.« Frank Albers fummelte an seinem Hemdkragen herum.

»Ja, ja, ich weiß schon, eigentlich hast du recht, aber sie ließ sich nicht abwimmeln. Sie wollte ausdrücklich nur mit dir, Kriminalhauptkommissar Schweigert, sprechen. Sie hat angefangen rumzuschreien, als ich sie zu den

Kollegen bringen wollte.« Paul atmete tief ein. Seit drei Monaten kam er sich vor wie ein Prominenter. Es gab genügend gut ausgebildete Polizisten in Oldenburg. Aber alle wollten unbedingt mit ihm sprechen, weil er vielleicht einmal zu oft von den Medien interviewt worden war.

»Also gut, ich rede mit ihr.«

Als Paul den Raum betrat, sah er die Frau zunächst nur von hinten. Sie saß auf dem Holzstuhl, die Ellenbogen auf dem Tisch, und spielte mit ihrem Schlüsselbund. Obwohl es in dem Raum angenehm warm war, trug sie ihre dunkle Softshell-Jacke noch. Sie hatte braunes, schulterlanges Haar.

»Ich bin Paul Schweigert.« Sie stand erschrocken auf und gab Paul die Hand.

»Wilken, Julia Wilken. Herr Kommissar, Sie müssen mir sagen, was ich tun soll.« Mit hochrotem Kopf zog sie ihr gemustertes Halstuch etwas weiter auf.

»Vielleicht ziehen Sie zuerst einmal Ihre Jacke aus, das ist doch viel zu warm hier drinnen.« Paul öffnete ein Fenster.

»Äh, ja, okay.« Sie entledigte sich der Jacke und hängte sie über den Stuhl. Paul setzte sich ihr gegenüber.

»So, jetzt erzählen Sie - von Anfang an.«

»Es fing alles mit meinem Fleece-Pulli an, der war plötzlich verschwunden.« Paul runzelte die Stirn und wünschte sich, er hätte die Frau seinem Kollegen überlassen.

»Sie kommen zu mir, weil Sie Ihren Fleece-Pulli verloren haben?«

»Nein, Sie verstehen nicht. Ich habe ihn nicht verloren, auch nicht verlegt. Ich ging von der Gartenarbeit zurück ins Haus, in mein Haus…«, Paul erwischte sich bei dem Gedanken, dass ihr die Gartenarbeit bei ihrer Figur nicht schadete, »…ich zog den Fleece-Pulli aus und legte ihn auf das Bett, um mich zu duschen. Ja, ich kann mir vorstellen, was Sie jetzt denken. Das hysterische Huhn hat ihn neben das Bett geschmissen oder einfach etwas anderes angehabt. Herr Kommissar, ich habe überall nachgesehen, neben dem Bett, unter dem Bett, in der Schmutzwäsche, sogar in anderen Räumen. Ich habe immer nur genau diesen Fleece-Pulli, meinen Lieblingspulli, bei der Gartenarbeit an, immer! Verstehen Sie jetzt?«

»Gab es denn Spuren, die auf einen Einbruch hinwiesen?«

»Nein, aber mein Ex-Freund Holger Ehmken hat noch einen Schlüssel.« Paul notierte sich den Namen.

»Sie sagen ‚Ex-Freund'. Wie lange sind Sie schon getrennt?«

»Seit ungefähr zwei Monaten.«

»Warum haben Sie sich den Schlüssel nicht wiedergeben lassen?«

»Er hatte es immer wieder vergessen, sagte er jedenfalls. Seit einer Woche habe ich neue Schlösser. Direkt nach dem Vorfall mit dem Pulli habe ich sie austauschen lassen. Aber wenn es nur der Pulli gewesen wäre, dann säße ich heute nicht hier bei Ihnen, das können Sie mir glauben.« Paul zog die Augenbrauen nach oben und hob das Kinn an.

»Was ist noch passiert, Frau Wilken?«

»Gestern wollte ich meine Wocheneinkäufe erledigen. Ich kam nach der Arbeit nach Hause, duschte und machte mich auf den Weg. Zu Fuß sind es nur zehn Minuten zum Real-Markt.« Julia Wilken schaute hoch, als wollte sie eine Bestätigung, um weiter zu erzählen. Paul nickte bestätigend.

»Erzählen Sie weiter, bitte.«

»Also, es hatte angefangen zu regnen, und es war schon fast dunkel. Ich schaute nach links und nach rechts, und es war kein Auto auf der Straße. Ich war so in der Mitte der Straße, als ich einen Motor aufheulen hörte. So, als wenn jemand im ersten Gang Vollgas gibt und vergisst zu schalten. Ich schaute in Richtung des Lärms, und da kam er angerast – ohne Licht. Ich sah zu, dass ich von der Straße kam und rettete mich zwischen zwei parkende Autos.«

»In welcher Straße war das?«

»Direkt vor meiner Wohnung. In der Nähe des Real-Markts in Etzhorn.« Paul nickte und notierte sich ihre Adresse.

»Haben Sie das Kennzeichen erkannt, Frau Wilken?«

»Nein.«

»Das Fabrikat, die Farbe des Wagens, irgendwelche Auffälligkeiten, können Sie darüber etwas aussagen?«

»Es war ein Kombi, glaube ich, die Marke weiß ich nicht. Ein dunkles Fahrzeug. Es ging alles so schnell, aber es muss Holger gewesen sein. Das war ein Anschlag. Wer soll es sonst gewesen sein?«

»Haben Sie den Fahrer erkannt?«

»Nein.«

»Was fährt Herr Ehmken denn für ein Auto?«

»Einen schwarzen VW-Passat-Kombi.«

»Wenn es schon fast dunkel war, wie Sie sagen, könnte es doch auch sein, dass das Auto zu schnell fuhr und Sie übersehen hat. Es war dunkel, und es hat geregnet...«

»Herr Kommissar, haben Sie mir nicht zugehört? Der fuhr ohne Licht und im ersten Gang, hochtourig. Ich höre so etwas. Mein Bruder ist ein 'Schrauber,' hat eine eigene Werkstatt. Ich schwöre Ihnen, der ist angefahren und hat wie blöde beschleunigt. Ich möchte ihn anzeigen, der wollte mich umbringen.« Paul lehnte sich zurück, kratzte sich am Kopf.

»Gab es Zeugen für den Vorfall?«

»Ich weiß es nicht genau. Ich glaube nicht.«

»Okay, ich nehme Ihre Anzeige gegen Unbekannt auf...«

»Aber es war Holger«, protestierte sie.

»Sie wissen nicht sicher, wer es war. Sie mutmaßen bloß. Wir werden versuchen, Zeugen zu finden, vielleicht hat einer Ihrer Nachbarn etwas gesehen.« Julia Wilken schaute verlegen auf ihre Schuhe.

»Sie glauben mir doch, Herr Kommissar?«

»Ich glaube Ihnen. Gab es Drohungen von ihrem Ex-Freund, Herrn Ehmken, dass er Ihnen etwas antun will, schriftlich oder mündlich?«

»Nur indirekt.«

»Was heißt das genau?«

»Als wir uns getrennt haben, sagte er: 'Du wirst schon sehen, was du davon hast. An deiner Stelle wäre ich sehr vorsichtig.' Solche Sachen eben.« Paul schrieb sich die Adresse und die Telefonnummer von Holger Ehmken ebenso auf wie die genaue Uhrzeit des Vorfalls. Falls es stimmte, was Julia Wilken sagte, handelte es sich um versuchten Mord.

Kapitel 2

Zu spät zum Dienst zu erscheinen, hasste sie wie die Pest. Bisher hatte sie es immer rechtzeitig geschafft, ihr Dienstzimmer im Finanzamt in der 91er Straße zu erreichen. Im Durchschnitt brauchte sie morgens fast zwanzig Minuten für den Weg, aber auch nur, weil die Ammerländer Heerstraße eine beliebte Ein- und Ausfallstraße für Pendler war, um in die Innenstadt zu gelangen. Durch das kontinuierliche Bevölkerungswachstum der letzten Jahre stockte der Verkehr inzwischen regelmäßig. Eigentlich hätte die Straße schon längst zweispurig sein müssen, aber dafür fehlte schlicht der Platz. Jeden Morgen fuhr sie eine halbe Stunde vor Dienstbeginn von zu Hause los, nicht so jedoch an diesem Morgen. Sie hatte sich die ganze Nacht hin- und hergewälzt, war zwischendurch aufgestanden, um die Rollläden zu kontrollieren, um sich zu versichern, dass sie die Haustür auch wirklich zweimal abgeschlossen hatte. Seit ihr Bruder seinen Border Collie Milo bei ihr gelassen hatte, weil er für sechs Monate nach Australien wollte, fühlte sie sich zwar etwas sicherer, aber so ganz traute sie der Stille nicht.

Schließlich war sie spät in der Nacht eingeschlafen, und als sie aufgewacht war, hatte sie mit Erschrecken festgestellt, dass sie verschlafen hatte, was ihr in neun Dienstjahren noch nie passiert war. Sie fühlte sich wie gerädert, verzichtete auf die morgendliche Dusche und wusch sich nur die Haare über der Badewanne, verzichtete auf Schminke, gönnte ihrem Gesicht nur ein wenig Puder und hetzte los.

Ihr Kollege Eduard Kötertal quittierte ihr Eintreffen um 8.01 Uhr und 32 Sekunden mit einem demonstrativen Blick auf seinen Funkwecker, gefolgt von einem knackigen »Mahlzeit!«. Sie wusste, dass er nur auf diesen Tag gewartet hatte, an dem sie einmal zu spät kommen würde. In seinen 26 Jahren beim Finanzamt sei er noch nie zu spät erschienen, man müsse einfach früh genug losfahren und zum rechtzeitigen Aufwachen stelle er sich immer drei Wecker, 'vorsichsichtshalber', wie er nie müde wurde besonders zu betonen. Somit hatte es auch keinen Sinn, ihre eineinhalbminütige Verspätung zu erklären oder sich gar zu rechtfertigen.

Julia Wilken hatte keine Ahnung, wie er zu Hause lebte und ob er überhaupt Freunde hatte. Das mit den Freunden bezweifelte sie. Wahrscheinlich bejubelte er sich schon jetzt selbst, was für ein gewissenhafter und pflichtbewusster Mensch er doch war, und zur Feier des Tages würde er sich heute Mittag in der Kantine vermutlich nicht wie sonst einen billigen Hagebuttentee, sondern einen besonderen grünen Tee gönnen.

Zum Dienstschluss um exakt 17.00 Uhr piepte sein Funkwecker, den er regelmäßig als letzte Amtshandlung ausstellte. Seinen Computer hatte er dann bereits heruntergefahren, die Akten ordnungsgemäß in den dazugehörigen Schrank einsortiert und diesen selbstverständlich verschlossen. Wenn um eine Sekunde nach 17 Uhr doch noch jemand bei ihm anrief, ging er selbst dann nicht mehr ans Telefon, wenn er noch im Büro war. Sie hatte es selbst erlebt, als sie ihrerseits noch ein Telefongespräch zu Ende führte, und als Kötertal seinen läutenden Telefonapparat ignorierte und das Büro verließ, hatte sie nur verständnislos mit dem Kopf geschüttelt.

Ihr Job verschaffte ihr Sicherheit. Sie erledigte die Bearbeitung von Einkommensteuererklärungen routiniert. Es gab wahrlich aufregendere Berufe, aber, wer wollte das schon? Sie jedenfalls nicht. Gerade in einer Zeit, in der sie nicht sicher sein konnte, hinter welcher Ecke ihr Ex-Freund Holger Ehmken ihr auflauerte. Als sie es nicht mehr ausgehalten hatte, hatte sie ihn schließlich angerufen und zur Rede gestellt. Wie nicht anders zu erwarten, hatte Holger alles abgestritten und behauptet, weder ihren Fleece-Pulli entwendet noch nach ihrer Trennung in ihrer Wohnung gewesen zu sein. Und ganz bestimmt würde er sie nicht mit dem Auto über den Haufen fahren. Ihre Paranoia, warf er ihr vor, hatte sie damals schon, aber sie sei wohl nach der Trennung noch größer geworden.

Julia Wilken sah zu ihrem Kollegen Kötertal hinüber und fragte sich, was für ein Mensch er wirklich war. Warum erzählte er nie etwas von einer Freundin oder was er im letzten Urlaub erlebt hatte? Okay, sein korrekt gekämmter Seitenscheitel, seine altmodische Brille, seine unreine Haut – er musste in der Pubertät wohl sehr mit Pickeln zu kämpfen gehabt haben – trugen mit Sicherheit nicht dazu bei, dass ihm die Frauen scharenweise hinterherliefen. Er roch, nein, er stank auch häufig nach Knoblauch. War er einer dieser Typen, die Frauen heimlich beobachteten, ihnen nachstellten?

***

Zurück in ihrer eigenen Wohnung fühlte sich Lisbeth Eicken einsam. Ihr war kalt. Sie drehte die Heizung auf und widerstand dem Impuls, sich eine verschweißte Packung Zigaretten aus der Schublade zu nehmen und auf ihren kleinen Balkon zu gehen. Seit die Sache mit Ansgar endgültig vorbei war, hatte sie mit dem Rauchen aufgehört. Wenn schon ein harter Schnitt, dann wollte sie ihrer Gesundheit wenigstens was Gutes tun.

Bis es in der Wohnung mollig warm wurde, schlüpfte sie unter eine weiße Wolldecke auf ihrer Couch und strich sich nachdenklich ihre wilden, schwarzen Haare aus dem Gesicht. Obwohl sie sehr schöne Tage auf Spiekeroog verbracht hatte, fühlte sie sich nicht richtig erholt. Als sie morgens die Fähre nach Neuharlingersiel genommen hatte, lief ihr 'Surflehrer' über den Weg, das heißt, er stieß sie am Rücken an, sodass sie ihre Cola verschüttete. Bis heute wusste sie nicht, ob es eine Masche oder einfach nur Trotteligkeit gewesen war. Jedenfalls hatte er darauf bestanden, die Reinigung für ihre Jeans zu übernehmen und sie zum Frühstück an Bord einladen zu dürfen.

»Keine Sorge, die Kosten für die Reinigung kann ich mir gerade noch leisten«, hatte sie patzig geantwortet. Beim Frühstück erfuhr sie, dass er Sportstudent aus Hamburg war – *wusste ich es doch, sogar diplomierter Sportlehrer, also zumindest angehender* –, Philip hieß und kurz vor seinem Examen stand. Sie hatte nicht nach seinem Alter fragen wollen, schätzte ihn aber auf Mitte bis Ende zwanzig. Er hatte ihr sogar eine Visitenkarte gegeben, auf der die Schrift so angebracht war, dass man sie erfühlen konnte, und wenn sie mal in Hamburg sei, müsse sie ihn unbedingt besuchen.

Sie nahm sich das schnurlose Telefon, wählte die Nummer ihrer Freundin 'Sanne', in ihrem Pass stand Susanne, aus Hamburg, erreichte nur die aufgedrehte Stimme auf dem Anrufbeantworter, hinterließ aber keine Nachricht. Lisbeth fuhr ihr Laptop hoch, googelte den Namen Philip Bartels, und gleich der erste Eintrag leitete sie auf sein Facebook-Profil. *War das eigentlich normal, dass sie, nachdem sie nicht nur sein Profilbild, sondern auch sein Fotoalbum durchstöbert hatte, sich ansah, mit welchen Frauen er befreundet war?* Wenn er bei Facebook nicht log, war er Single und fast fünf Jahre jünger als sie. *Ja klar, tageweise vielleicht, bis er die nächsten Häschen klargemacht hatte. Aber warum machte er Urlaub auf Spiekeroog? Sylt wäre doch eher was für ihn gewesen und vor allem viel näher dran.* Diese Frage war ihr allerdings erst nach dem Verlassen der Fähre eingefallen, als sie wieder in ihrem Auto gesessen hatte.

»Der Typ gibt sogar Kurse im Fitness-Center nur für Frauen. Na - danke schön«, hörte sie sich selbst sagen, als ihr Telefon klingelte.

»Ja?«

»Ich bin's, Sanne, du hattest angerufen, während ich unter der Dusche stand.«

»Stimmt, ich wollte mich nur von meinem Urlaub auf Spiekeroog zurückmelden.« Lissi stand auf, ging ans Fenster und fasste an den Heizkörper, der mittlerweile so warm war, dass sie die Hand hastig wegzog.

»Und? Erzähl schon, wie war's? Hast du jemanden kennengelernt?«

»Nein, ja, also irgendwie schon.« Lissi erntete ein helles Lachen ihrer Freundin.

»Wie sieht er aus? Was macht er? Wie alt ist er?«, bombardierte Sanne sie mit Fragen.

»Philip, 26 Jahre alt, so'n Sportstudent, und jetzt halt dich fest, der wohnt bei dir in Hamburg.« Sanne lachte noch lauter als beim ersten Mal, und es mündete in einem fröhlichen Gackern.

»Jetzt musst du mich *unbedingt* besuchen kommen, richtig?« Lissi atmete laut aus und setzte sich zurück auf die Couch.

»Na ja, Hamburg ist immer ein Reise wert, du sowieso. Aber es ist nicht, wie du denkst, ich habe ihn in einer Kneipe gesehen, und bei der Rückfahrt zum Festland hat der Trottel mich angerempelt und ich habe dann meine Cola verschüttet.«

»Ha, das war Absicht!«

»Meinst du echt?«

»Ja, was glaubst du denn, der ist verrückt nach dir.« Diesen Eindruck hatte Lissi von Philip nicht gehabt. Aber es tat gut, so etwas von Sanne zu hören. Aber selbst wenn sie recht hatte, was fand er denn an ihr, wenn er jede andere aus seinem tollen Fitnessstudio abgreifen konnte?

»Meinst du, ich sollte ihn mal anrufen?«

»Bist du verrückt? Nein. Du kommst mich am Freitag besuchen, und bis dahin habe ich herausgefunden, wann er seine Kurse hält. Gib mir mal den vollständigen Namen von dem Strolch und die Adresse von dem Studio durch.« Zehn Minuten später beendete Lisbeth das Telefonat, da ihr Handy nicht aufhörte, ihren Klingelton 'Wrong' von Depeche Mode zu spielen.

»Ja, Frank, was gibt es?«

»Lisbeth, ich weiß, du hast morgen erst wieder Dienst, aber wir haben hier eine Leiche, die von einem Auto überrollt wurde, und ich erreiche Paul nicht...«

»Dann ist es doch eine Sache für die Kollegen von der Verkehrspolizei, oder?«

»Normalerweise schon...«, ihr Kollege Frank Albers machte eine Pause als suche er nach den richtigen Worten, »...aber dieser Mann ist drei*mal* überfahren worden.«

»Gib mir die Adresse.«

Kapitel 3

Lisbeth hatte es nicht weit bis in die Humboldtstraße, die unweit des Pferdemarktes lag. Nieselregen hatte die Straßen benetzt, und ein böiger Wind lud nicht gerade zu einem Abendspaziergang ein. Neben den uniformierten Kollegen, die den Tatort weiträumig mit rot-weißem Flatterband abgesperrt hatten, sah sie die emsigen Mitarbeiter der Spurensicherung und Dr. Reinhard Janssen, den Leiter des rechtsmedizinischen Instituts. An verschiedenen Stellen wurden kleine Schilder mit Ziffern aufgestellt. Sie stand noch ca. zehn Meter von der männlichen Leiche entfernt, die seltsam verdreht auf der Straße lag. Aus der Entfernung konnte sie erkennen, dass von dem Gesicht nicht mehr viel übrig geblieben war.

»Wer hat die Polizei verständigt?«, fragte sie den Polizeiobermeister, nachdem sie sich ausgewiesen hatte. Dieser deutete auf eine etwa 70- bis 80jährige Frau mit Brille, die wohl nur notdürftig einen Mantel über ihr hellblaues Nachtgewand geworfen hatte.

»Frau Mönkewarf, sie wohnt hier, scheint noch unter Schock zu stehen.« Lisbeth ging auf die blasse und zitternde Dame zu.

»Hallo, Frau Mönkewarf, ich bin Lisbeth Eicken von der Kripo Oldenburg. Sie haben uns verständigt?« Diese starrte wie paralysiert zur Leiche hinüber. Ohne Lisbeth auch nur anzusehen, antwortete sie: »Ja, das musste ich doch tun, oder?«

»Das war genau richtig, Frau Mönkewarf. Was haben Sie denn genau gesehen?«

»Zuerst habe ich nur ein Motorengeräusch und danach einen dumpfen Schlag gehört. Ich hatte ein Buch gelesen, und mein Fenster stand auf Kipp.

Ich stehe also auf, gehe zum Fenster und sehe, wie dieses Auto ohne Licht rückwärts fährt, und dass irgendetwas im Weg liegt, als würde die Straße eine Buckelpiste sein. Zuerst dachte ich, der hat Probleme mit dem Motor. Dann legt er den Vorwärtsgang ein und fährt wieder drüber und gibt mit quietschenden Reifen Vollgas. Ich bin sofort nach unten gegangen, um zu sehen, was da liegt, und dann sehe ich, es ist, also es war ein Mensch...wie grausam.« Sie hielt die Hand vor den Mund, während sie sich abwandte.

»Haben Sie das Kennzeichen erkannt?«

»Nein, aber ich glaube, es war ein Golf, ein dunkler, so einer, wie ihn mein Sohn fährt.«

»Haben Sie den Fahrer sehen können?«

»Nein.«

»Danke, Frau Mönkewarf, gehen Sie doch bitte wieder rein, wir melden uns bei Ihnen, sollten wir weitere Fragen haben.« Lisbeth hatte kein großes Bedürfnis, sich einen Menschen, der mehrfach von einem Pkw überrollt wurde, aus der Nähe zu betrachten. Trotzdem wusste sie, dass es sein musste. Als sie zögerlich in die Richtung lief, kam ihr Chef Paul Schweigert hinzu und gab ihr die Hand.

»Hallo, Lissi. Wissen wir schon, wer der Tote ist?«, fragte er, als sie kurz vor Dr. Janssen standen. Der Rechtsmediziner trug einen weißen Fleece-Anzug und Einweghandschuhe, hielt eine Brieftasche hoch, zog einen Personalausweis heraus und beantwortete die Frage, die Paul eigentlich Lisbeth gestellt hatte.

»Ein gewisser Holger Ehmken, Jahrgang 1979, wohnhaft in Oldenburg.«

»Holger Ehmken? Das gibt es doch nicht.« Lisbeth und Dr. Janssen sahen Paul überrascht an.

»Jetzt sag bloß, du kennst den?«

»Ihn nicht, aber seine Ex-Freundin war bei mir und wollte ihn wegen Stalkings anzeigen. Nach ihrer Aussage hat *er* versucht, *sie* zu überfahren.«

***

Sowohl für Paul als auch für Lisbeth war die Nacht recht kurz gewesen. Bereits um 7.30 Uhr saßen sie in ihrem gemeinsamen Büro. Lisbeth verfasste ihren Bericht über die gestrigen Ereignisse, während Paul neuen Kaffee aufsetzte, und während dieser röchelnd durch die alte Maschine lief, schaute der Hauptkommissar nachdenklich aus dem Fenster und fuhr sich mit der rechten Hand durch seine blonden Haare.

»Lass uns doch die Sachen festhalten, die wir bisher wissen, Lissi, einfach zusammen laut denken.«

»Holger Ehmken wurde vorsätzlich getötet. Einen Unfall können wir definitiv ausschließen, keiner fährt aus Versehen mehrfach über einen Menschen. Unsere bisher einzige Augenzeugin ist Frau Mönkewarf. Sie hat aber nur das erneute Überrollen beobachtet, nicht jedoch das Umfahren des Opfers. Andere Zeugen können lediglich die Geräusche bestätigen, und ein Anwohner hat gesehen, wie sich ein dunkles Fahrzeug ohne Licht mit durchdrehenden Reifen vom Tatort entfernt hat.« Paul ging zur Kaffeemaschine, goss die braune Brühe in zwei Tassen, stellte Lisbeth eine davon auf den Schreibtisch und sagte:

»Okay, wir wissen weiter, dass Holger Ehmken direkt vor dem Haus umgefahren wurde, in dem er gewohnt hat. Hat der Täter oder die Täterin ihm aufgelauert?«

»Davon müssen wir ausgehen«, Lisbeth trank einen Schluck, »aber woher wusste unser Täter oder die Täterin, wann er das Haus verlassen würde? Und wo wollte er um 21 Uhr noch hin?«

»Das müssen wir herausfinden, wir sollten...« In diesem Augenblick klingelte Pauls Telefon. Frank Albers teilte ihm mit, dass Frau Julia Wilken zur Vernehmung eingetroffen war.

»Danke, Frank, bring sie bitte gleich zu uns.Und - Frank?«

»Ja?«

»Ruf bitte alle Autowerkstätten in Oldenburg und der näheren Umgebung an. Sie sollen sich bei uns melden, sobald ein Auto mit Beulen auf der Motorhaube und einem kaputten Blinklicht zur Reparatur gebracht wird.«

»Alles klar.«

Julia Wilken schien sich an ihrer Handtasche festhalten zu wollen, als sie mitten im Raum stand. Im Vergleich zu ihr fühlte sich Lisbeth schlank. Frau Wilken wirkte mit ihren adrett hochgesteckten Haaren sympathisch und sehr gepflegt. Ihre braune Herbstjacke, die dunkle Stoffhose und die dazu passenden Lederschuhe mit kleinen Absätzen verrieten guten Geschmack.

»Ich hoffe, Sie haben diesen Stalker endlich verhaften können. Eigentlich müsste ich schon im Büro sein.« Sie schaute demonstrativ auf ihre edle Armbanduhr.

»Frau Wilken, bitte setzen Sie sich doch. Wir benötigen ein wenig Zeit für die Befragung.« Paul deutete einladend auf den Stuhl vor seinem Schreibtisch. Julia Wilken atmete schwer durch die Nase aus und setzte sich schließlich, nachdem sie den Reißverschluss ihrer Jacke geöffnet hatte.

»Holger Ehmken wurde gestern Abend tot aufgefunden.« Julia Wilken zog die Augenbrauen nach unten, ihre Augen verengten sich, und sie öffnete unwillkürlich ihren Mund. *Wenn sie diese Überraschung tatsächlich vortäuscht, dann ist es sehr gut gespielt, dann sollte sie zum Film,* dachte Lisbeth.

»Tot? Äh..., wieso tot, wie meinen Sie das?«, stammelte Frau Wilken.

»Er wurde gestern Abend überfahren, mehrfach sogar, es war also eindeutig kein Unfall, sondern Mord.« Julia Wilkens Mund öffnete sich noch weiter, und sie fing an, stoßweise ein- und auszuatmen, sie hechelte fast. Paul lehnte mit seinen Ellenbogen auf dem Schreibtisch und beugte sich vor.

»Frau Wilken, wo waren Sie gestern zwischen 20.50 Uhr und 21.10 Uhr?«

»Was?« Sie atmete noch schwerer als zuvor. »Sie glauben jetzt, dass ich...« Sie sah Paul und Lisbeth abwechselnd an. »Okay, ich weiß, was Sie denken, ich zeige diesen Lump an, weil er mich stalkt, weil er mich einfach nicht in Ruhe lassen kann. Er macht mir das Leben zur Hölle. Sie vergessen eines, er hat versucht, *mich* über den Haufen zu fahren, Herr Kommissar. Danach bin ich direkt zu Ihnen gekommen, um ihn anzuzeigen. Warum sollte ich das tun, wenn ich ihn töten wollte?«

»Vielleicht, weil das Ergebnis unserer Bemühungen für Sie nicht zufriedenstellend war. Beantworten Sie bitte unsere Frage: Wo waren Sie gestern zur fraglichen Zeit?«

»Zu Hause.«

»Kann das jemand bestätigen?«

»Nein, wie Sie wissen, wohne ich allein. Hören Sie: Natürlich habe ich diesem Typ die Pest an den Hals gewünscht, aber deswegen überfahre ich ihn doch nicht.« Jetzt schaltete sich Lisbeth ein:

»Was fahren Sie für ein Auto, Frau Wilken?«

»Einen Renault Laguna.«

»Welche Farbe?

»Weiß.«

»Sind Sie mit dem Auto hier?«

»Ja, natürlich, wie denn sonst?«, antwortete sie gereizt. Paul nahm den Telefonhörer und wies einen Kollegen der Spurensicherung an, sich den Wagen hinsichtlich Beschädigungen genauer anzuschauen. Als er von Lisbeth einen fragenden Blick erntete, kommentierte er: »Nur zur Sicherheit.«

»Wann haben Sie Holger Ehmken zum letzten Mal gesehen?« Frau Wilken lehnte sich zurück auf den Stuhl, sah an die Decke und überlegte.

»Das weiß ich gar nicht mehr genau. Es ist schon ein paar Wochen her. Die letzte Zeit habe ich ja eher Sachen mitbekommen, die er veranstaltet hat. Anrufe mitten in der Nacht, Rufnummer natürlich unterdrückt, aber ich konnte ihn atmen hören.«

»Wann war der letzte Anruf dieser Art?«

»Vorgestern Nacht, pünktlich um 3 Uhr. Die Nacht davor habe ich ihn in meinem Garten gesehen. Milo hat gebellt.«

»Haben Sie genau gesehen, dass er es war, oder vermuten Sie bloß, dass er es gewesen ist?«, hakte Paul nach.

»Also ich konnte ihn nicht richtig sehen. Dunkler Mantel, ungefähr seine Statur. Aber wer sollte es denn sonst gewesen sein? Was haben Sie eigentlich erreicht, nachdem ich bei Ihnen war, Herr Kommissar, haben Sie ihn wenigstens mal zur Rede gestellt?« Paul sah Lisbeth wissend an, ignorierte dann aber die Frage.

»Sie sagten mir neulich, Ihr Bruder wäre in Australien. Was fährt er eigentlich für ein Auto?«

»Einen alten Mercedes, Silber metallic, er meinte immer, damals wären die Autos besser gebaut worden, mit weniger Elektronik.«

»Danke, Frau Wilken, das wär's für heute.«

Nachdem sie aus der Tür war, fragte Paul: »Was hältst du von ihrer Aussage?«

»Für mich klang das alles glaubwürdig. Wenn die Überraschung gespielt war, dann hat sie es verdammt gut gespielt. Andererseits hatte sie ein Motiv und könnte sich ein anderes Auto organisiert haben.«

»Traust du es ihr denn zu?« Lisbeth verschränkte die Arme vor der Brust und schaute in Richtung Fenster.

»Ich denke schon, dass man ausrasten kann, wenn ein Typ einfach nicht aufhört zu nerven. Dich sogar nachts aus dem Schlaf reißt. Keine Ahnung, ob sie dazu in der Lage ist, ihren Ex-Freund zu überfahren. Jedenfalls spricht das mehrfache Überfahren entweder für großen Hass, oder jemand wollte sichergehen, dass Herr Ehmken auch wirklich tot war.«

»Oder beides.«

***

Die neue Bundesliga-Saison hatte so viel für Pauls Lieblingsverein Eintracht Frankfurt versprochen. Sie hatten sich, völlig zu recht, wie er fand, für den europäischen Wettbewerb qualifiziert. Alexander Meier, der Top-Torjäger der Eintracht, verletzte sich und fehlte an allen Ecken und Enden. Dadurch fand man sich ziemlich schnell in der unteren Tabellenregion wieder.

Zusammen mit seinem Freund und Kollegen Arne Claaßen saß er pünktlich zum Anstoß um 15.30 Uhr im Büppeler Krug, um die Sky-Bundesliga-Konferenz zu gucken. Der Kamin neben der Bar war noch nicht in Betrieb, dafür war es noch nicht kalt genug. Im Winter würde er wieder für eine heimelige Atmosphäre sorgen.

»Was ist denn das für ein Blinder, der Schiri? Der sieht ja gar nichts. Nicht mal die Fahne von seinem Assistenten!«, schimpfte Arne und setzte sein Glas Pils an die Lippen. Obwohl die letzten Tage sehr arbeitsintensiv gewesen waren und Paul seine Familie dadurch immer weniger sah, ließ er sich diese 90 Minuten am Samstag nicht nehmen. Im Sommer hatte er mit seiner Frau und seinen beiden Kinder Tom und Levke drei Wochen in einer Ferienwohnung in Dänemark an der Nordsee verbracht. Zwar hatten sie die Nordsee fast vor der Haustür, aber so ein Tapetenwechsel hatte der ganzen Familie sehr gut getan nach den zeitraubenden Ermittlungen um die beiden toten Oldenburger Studentinnen. »Dieter, machst du mir bitte noch ein Weizen?« Der Kneipenwirt kam wortlos an ihren Tisch, griff sich das leere Glas und verschwand wieder hinter dem Tresen.

Zusammen mit Arne und anderen Kollegen hatten sie in dieser Woche die Wohnung des Mordopfers Holger Ehmken durchsucht und einige Gegenstände beschlagnahmt. Der IT-Experte Arne Claaßen hatte den Laptop und das Smartphone, wie er selbst sagte, 'auf links gedreht'. Dabei hatte er festgestellt, dass Herr Ehmken seiner Ex-Freundin Julia Wilken zumindest virtuell nachgestellt hatte. Ihr Facebook-Profil hatte er ebenso häufig aufgerufen wie ihren vollständigen Namen in eine Suchmaschine eingegeben. Erstaunlich war, dass die ominösen Anrufe nachts um drei Uhr weder von seinem Smartphone noch von seinem Festnetz geführt worden waren. Wenn er noch ein weiteres Mobiltelefon besessen hatte, hatten sie es bisher nicht gefunden. Ein Foto von Julia Wilken stand sogar noch auf seinem Nachttisch, gerade so, als ob sie noch zusammen gewesen wären. Scheinbar konnte oder wollte er nicht akzeptieren, dass ihre Beziehung gescheitert war. In der nächsten Woche galt es zu ermitteln, wer außer Julia Wilken noch ein Motiv gehabt hätte, ihn umzubringen.

»Tor in Frankfurt…«, schallte es aus den Lautsprecherboxen und riss Paul aus seinen Gedanken, »...kurz vor dem Ende erzielt Marcel Jansen den Ausgleich für den HSV.«

»So eine Scheiße, nicht mal gegen die Hamburger können wir gewinnen«, schrie Paul und haute mit der Faust auf den Tisch. Arne hielt sich vor Lachen den dicken Bauch.

»Ja, was denn?«

»Ich schmeiß mich weg, selbst Werder hat gegen die gewonnen, sogar auswärts.«

»Das waren drei Punkte gegen den Abstieg für euch, mehr nicht.« Beide tranken ihr Bier aus und machten sich zu Fuß auf den Heimweg.

Obwohl er einfach nur abschalten wollte, um nicht an den Fall denken zu müssen, kreisten seine Gedanken um Holger Ehmken, der, kurz nachdem ihn seine Freundin verlassen hatte, auch noch seinen Job als Groß- und Außenhandelskaufmann verloren hatte. Zwei Säulen seines bisherigen Lebens waren ihm plötzlich weggebrochen. War es da nicht logisch, dass man sich an etwas, an einen Strohhalm klammern wollte?

»Arne, was hast du für einen Eindruck von den Computer- und Handydaten unseres Opfers?« Arne Claaßen kratzte sich die Stirn.

»Tja, die Interpretation der Daten ist eure Aufgabe, ich grabe sie ja nur aus, dokumentiere sie und bereite sie auf...«

»Schon klar, aber du hast dir doch schon einige Laptops und Smartphones angesehen. Wenn du dir sein Internetverhalten ansiehst, gab es da Auffälligkeiten im Vergleich zu einem - sagen wir - Durchschnittsnutzer?«

Arne sah in den Himmel und überlegte.

»Auf dem Laptop habe ich nichts Außergewöhnliches gefunden für einen männlichen User. Eine Pornosammlung, die finde ich aber auf jedem Rechner von einem Mann. Du musst nur wissen, wo du suchen musst. Aber auch da ganz normale Sachen, keine Spanner- oder S/M-Sachen oder so. Ansonsten hat er sich eifrig um einen neuen Job bemüht, entsprechende Seiten aufgerufen und auch Bewerbungen geschrieben. Gestern habe ich das Ganze in einem Bericht zusammengefasst.«

»Okay, schick deinen Bericht bitte am Montag gleich an Axel Meyerhoff zum LKA nach Niedersachen. Der hat uns als Fallanalytiker schon gute Dienste geleistet. Mich und Lisbeth nimmst du in Kopie.«

Kapitel 4

Sie drehte ihren Kopf zur Seite und las die Schrift auf dem Messingschild am Klinkergebäude:

Dr. med. Gisela von Tramitz, Fachärztin für Psychiatrie & Psychotherapie

In ihrer rechten Hand hielt sie die Überweisung ihres Hausarztes und klopfte damit auf die Handfläche der linken Hand. Noch immer war sie sich nicht sicher, ob sie den richtigen Schritt getan hatte. Aber es konnte nicht so weitergehen. Wann hatte sie zum letzten Mal durchgeschlafen? Tagsüber versuchte sie sich zusammenzureißen, um ihren Job gewissenhaft zu erledigen. Kam sie dann abends erschöpft von der Arbeit nach Hause, öffnete sie eine Flasche Rotwein, hatte keine Lust mehr auf irgendetwas; weder auf die Hausarbeit, noch darauf, einzukaufen oder gar auszugehen.

»Wollen Sie mit hier rein?«, fragte sie ein Mann im schwarzen Nadelstreifenanzug und hielt ihr die Tür auf. Sie sah zu ihm hoch und überlegte. »Also, was jetzt, mit reinkommen oder draußen bleiben? Es ist nicht so, dass mein Tag auf Sie gewartet hätte.« Verwirrt drückte sie mit der linken Hand gegen die schwere Holztür, was den fremden Mann dazu veranlasste, kopfschüttelnd im Treppenhaus zu verschwinden. Zögerlich schritt sie zur Eingangstür der Praxis, die ebenso im Erdgeschoss untergebracht war wie eine Anwaltskanzlei. Den Türschildern nach zu urteilen, befanden sich ab dem zweiten Stock nur noch Privatwohnungen.

Hinter einer Theke saß eine zierliche Sprechstundenhilfe mit langen, blonden Haaren. Sie stand auf und wollte offensichtlich in das Zimmer der Ärztin. Als sie Julia bemerkte, drehte sie sich zu ihr um.

»Moin, wie kann ich Ihnen helfen?« Julia Wilken hatte keine Ahnung, ob diese Freundlichkeit nur gespielt war, oder ob diese Tusse, die sie allenfalls auf Mitte zwanzig schätzte, einfach nur gut gelaunt war. Julia legte ihren Zettel auf den Tresen.

»Ich habe eine Überweisung von meinem Hausarzt.« Die Sprechstundenhilfe stellte das Grinsen einfach nicht ein.

»Ah, ich seh schon. Dann wollen Sie sicher bei uns einen Termin vereinbaren. Dafür hätten Sie aber auch anrufen können.« Ohne dass Julia etwas erwidern konnte, tippte sie wild auf ihrer Tastatur herum.

»Diesen Monat geht da auf keinen Fall etwas, da kann ich gar nichts für Sie tun, aber Ende des nächsten Monats...« Sie legte ihren dünnen Zeigefinger auf die Lippen. In diesem Moment ging die Tür auf, und eine nachdenkliche Frau, die ungefähr Julias kräftige Statur hatte, lief an ihr vorbei.

»Frau Doktor? Unsere Patientin rief gerade an, auf die wir seit zehn Minuten warten. Sie schafft es heute leider nicht mehr.« Julia fasste sich ein Herz und sprach die Ärztin an.

»Ich müsste Sie dringend sprechen. Es ist sehr wichtig für mich.« Frau Dr. von Tramitz schaute fragend zu ihrer Sprechstundenhilfe.

»Der nächste Termin ist erst in einer Stunde.« Die Ärztin winkte Julia zu sich.

»Also gut, kommen Sie mit rein.«

Es war für Julia das erste Mal, dass sie einen Seelenklempner aufsuchte. In diesem Raum sah es gar nicht so aus wie in einer Arztpraxis. In ihrer Vorstellung von dem Raum, in dem ein Psychiater praktizierte, gab es die obligatorische große Couch in braunem Leder. Vor ihr stand aber ein bequemer, schwarzer Lederstuhl. Der flauschige, blaue Teppich, in dem man fast versank, überraschte sie ebenso wie die Aquarellbilder vom Meer. Sie sollten offensichtlich für eine entspannte Atmosphäre sorgen.

Nachdem sie Angaben zu ihrer Person, ihrer Arbeit und dem Familienstand gemacht hatte, fragte die Doktorin: »Warum sind Sie heute bei mir?«

»Weil gerade ein Termin frei geworden ist.« Beide Frauen lachten gleichzeitig los. Julia tat es gut, und es brach das Eis zwischen ihnen.

»Ich weiß gar nicht so recht, wo ich anfangen soll...«

»Wo Sie möchten, erzählen Sie einfach frei von der Leber weg...«, half ihr Frau Dr. von Tramitz. Julia knibbelte an den Griffen ihrer Handtasche.

»Nun, vor ca. drei Monaten habe ich meinen Freund verlassen. Seitdem stellte er mir nach, ließ mich nicht in Ruhe, rief mich nachts an, sagte dann aber nichts. Dann hat er versucht, mich mit seinem Auto umzubringen. Nun wurde er selbst überfahren. Die Polizei sagt: dreimal, es sei also vorsätzlich gewesen. Aber das ist nur die Vorgeschichte, es ist nicht das, warum ich eigentlich hier bin.« Frau Dr. von Tramitz nickte ihr auffordernd zu, um ihr zu signalisieren, dass sie einfach weiter erzählen sollte. »Ich weiß gar nicht, wie ich das sagen soll. Ab und zu habe ich richtige Aussetzer. Ich kann mich dann an gewisse Zeiträume nicht mehr erinnern. Es liegt nicht am Alkohol, ich trinke zwar ab und zu ein Gläschen Rotwein, aber nie mehr als zwei Gläser an einem Abend. Was ich sagen will, es ist quasi wie ein Filmriss in Trunkenheit. Nur dass, wenn es passiert, ich zuvor nichts, gar nichts getrunken habe. Verstehen Sie?«

Die Therapeutin machte sich Notizen, blickte zu ihr auf. »Wie oft ist das bisher passiert?«

»Dreimal, nein, insgesamt viermal, und es macht mir Angst.«

»Haben Sie solche partiellen Gedächtnislücken früher schon einmal gehabt, Frau Wilken?«

»Nein, noch nie.«

»Wann trat Ihre erste Erinnerungslücke auf?«

»Das war eine Woche nach der Trennung von Holger, als er anfing, mich zu stalken. Das erste Mal waren es nur so 20 Minuten. Ich habe definitiv nicht geschlafen.«

»Und das letzte Mal?«

»Genau in dem Zeitraum, in dem mein Ex-Freund überfahren worden ist.«

***

Unter den in der Wohnung von Holger Ehmken sichergestellten Unterlagen fanden sich auch Eintrittskarten für das Spielcasino von Bad Zwischenahn. Zunächst hatte er nur Tageskarten zu je zwei Euro gelöst. Ab dem Zeitraum von Februar bis Juli verkehrte er regelmäßig dort und löste jeweils Monatskarten, die 25 Euro kosteten. Per Telefon und ohne richterlichen Beschluss wollte der Leiter des Casinos keinerlei Auskünfte geben, obwohl der ehemalige Kunde bereits tot war.

Paul und Lissi wurden vom Empfang ins Büro des Spielbankleiters geführt. Am Vormittag hatte die Spielbank noch nicht geöffnet. Nur ein paar emsige Reinigungskräfte saugten die vornehmen Teppiche. Im Vergleich zu den Spielbanken, die Paul aus seiner Zeit als Kommissar rund um Frankfurt kannte, erschien diese Spielbank geradezu winzig.

Nachdem der Leiter der Spielbank, Carsten Ewers, den Beschluss vom Amtsgericht Oldenburg gründlich durchgelesen hatte, fing er von sich aus an zu erzählen.

»Ja, Herr Ehmken, ich erinnere mich noch sehr gut an ihn. Am Anfang war er mir nicht aufgefallen, kam dann mit der Zeit immer häufiger. Eine klassische Spielbankkarriere, wenn Sie so wollen. Im März gewann er am Roulettetisch 36.000 Euro. Solch ein Betrag muss mir gemeldet werden. Seit diesem Tag glaubte er wohl, er könnte groß verdienen. Kam am Anfang des Monats täglich, zum Ende seltener, dann gar nicht mehr.«

»Das heißt, er hat hier seinen Monatslohn verspielt?«, wollte Lissi wissen.

»Das nehme ich jedenfalls an. Er verspielte zunächst das, was er an diesem einen Tag gewonnen hatte.«

»Aber Sie sind ein staatlich betriebenes Casino vom Land Niedersachsen. Wenn Sie erkennen, dass jemand spielsüchtig ist, müssen Sie ihm doch das Spielen verbieten, oder?«

»War Herr Ehmken spielsüchtig?« Der Leiter der Spielbank sah in zwei fragende Gesichter. »Sehen Sie, die Übergänge vom Gelegenheitsspieler zum unkontrollierten Zocker sind fließend. Außerdem lassen wir uns keinen Gehaltszettel, sondern nur einen Ausweis vorlegen.«

»Wie viel hatte Holger Ehmken 'auf der Uhr', also welchen Betrag hatte er insgesamt verspielt?«, fragte Paul in strengem Tonfall.

»Der Saldo zwischen Einzahlung und Auszahlung betrug 58.750 Euro, ich habe mir vorhin die Daten in unserem System rausgesucht.« Paul und Lissi blähten fast gleichzeitig die Wangen auf und atmeten aus. »Am 17. Juli beantragte Herr Ehmken dann eine Selbstsperrung, die für alle niedersächsischen Spielcasinos gültig ist.«

»Wissen Sie, woher das Geld kam?« Carsten Ewers streckte beide Arme zur Seite, mit den Handflächen noch oben.

»Ob das nun sein Gehalt, Erspartes oder geliehenes Geld war, entzieht sich meiner Kenntnis. Wir geben den Kunden keinen Kredit, das dürfen wir auch gar nicht.«

Als nächstes wollten die beiden Ermittler mit dem ehemaligen Arbeitgeber von Holger Ehmken reden. Sie vermuteten, dass die finanziellen Schwierigkeiten zum Jobverlust geführt haben könnten. Wenn sich Herr Ehmken, wo auch immer, eine große Summe Geld geliehen hatte, womöglich zu Wucherzinsen, könnte da jemand mächtig sauer gewesen sein und hätte ein Motiv gehabt. Größere Vermögenswerte konnten sie bei Holger Ehmken nicht ermitteln, und sein Konto war mit 2.500 Euro im Minus, der maximale Dispositionskredit ausgereizt.

***

Bei der Firma Baumann Farben & Lacke GmbH hatten sie zwar keinen Termin vereinbart, aber sie hofften, den Geschäftsführer Volker Baumann oder zumindest den Vorgesetzten von Holger Ehmken anzutreffen.

Vorher suchten sie jedoch einen asiatischen Imbiss in der Nadorster Straße auf, um ihre knurrenden Mägen mit würziger Nahrung zu besänftigen. Es roch nach gebratenen Nudeln und exotischem Gemüse. Immer wieder stieg Dampf auf, wenn der Koch – *Lisbeth hatte keine Ahnung, ob er Chinese, Koreaner oder Vietnamese war* – gekonnt in seinem Wok rührte. »Keine Problem, nur fumf Minuten«, *warum konnte er kein »ü« aussprechen?* Nachdem sie ihre Bestellungen aufgegeben hatten, stellten sie sich an den runden Stehtisch, der dringend mal abgewischt werden müsste. Lisbeth erledigte es mit einer Papierserviette gleich selbst. Die Augen noch kritisch auf den Tisch gerichtet, fragte sie Paul:

»Was glaubst du, woher er die Kohle hatte? Er wird doch nicht so viel verdient haben, und fast 60.000 Euro sind ne Menge Holz.« Paul trank einen Schluck von dem Mineralwasser und schaute gierig in Richtung Wok-Pfanne, aus der es laut zischte.

»Gute Frage. Vermögen hatte er kaum welches, jedenfalls nicht nach dem, was wir in seinen Unterlagen gefunden haben. Auch keine reichen Eltern. Ehrlich gesagt: Ich weiß es nicht, Lissi. Er wird es sich illegal erworben haben, vermute ich.«

»So, einmal gebratene Eiernudeln mit Huhnerbrustfilet suß-sauer fur die Dame, und einmal gebratenen Reis mit drei Sorten Fleisch und Gemuse fur den Cheffe, bitte schon«, sang der Koch mit seiner Fistelstimme. Die Tatsache, dass sie mit Plastikbesteck essen musste, machte Lissi nichts aus. Hauptsache, sie konnte sich über ihre geliebten Nudeln hermachen. Sie mussten ausgesehen haben wie hungrige Tiger bei der Fütterung.

»Meinst du, der is' eingebrochen?«, murmelte Lissi mit vollem Mund, sodass man es kaum verstehen konnte. Paul schüttelte den Kopf und schlang seinen Bissen runter.

»Oft leihen sich Spielsüchtige Geld von Verwandten oder Freunden, bis auch das nicht mehr reicht. Dann beklauen sie diese, aber wenn du keine Kontovollmacht hast, kommst du nicht so einfach an mehrere Tausend Euro. Wir hatten da mal so einen Fall in Frankfurt, ich hatte dort im Dezernat angefangen, als ich frisch von der Polizeischule kam. Wir werden Julia Wilken nochmal befragen müssen. Zu dieser Zeit war sie doch noch mit Holger Ehmken zusammen.«

»Bedauerst du eigentlich, dass du nicht mehr in Frankfurt arbeitest? Ihr hattet dort doch bestimmt viel aufregendere Fälle.« Paul mampfte weiter und konnte sich ein Grinsen nicht verkneifen, sodass ihm prompt ein paar Nudeln aus dem Mund fielen.

»Hm«, er wischte die Nudeln mit einer Serviette weg, »also ich finde, wir haben hier genug zu tun. Sogar mehr, als mir lieb ist. Ich wünschte mir, ich könnte mehr Zeit mit Wiebke und den Kindern verbringen. In Frankfurt wäre es noch schlimmer, da stünde ich wohl schon kurz vor der Scheidung.

Das passt schon alles so. Hier habe ich außerdem die beste Kollegin, die ich mir wünschen kann.« Lisbeth wurde rot, und ihr klappte die Kinnlade runter. Sie war sich auch nicht sicher, ob das Kompliment ausschließlich ihrer fachlichen Kompetenz galt. Solche 'warmen Worte' benutzte Paul selten. Er musste ihre Verlegenheit bemerkt haben und ging zu dem Asiaten.

»Meister, was kriegst du denn von uns?«

»Neun Euro fumfzich zusammen.« Paul gab ihm zehn, und sie verließen den Imbiss.

Kapitel 5

In dem diesjährigen Kurs, den Julia Wilken als Dozentin abhielt, fühlte sie sich unwohl, obwohl es erst die zweite Unterrichtsstunde war, bei der sie Selbständigen und Vereinsvorständen das komplizierte deutsche Steuerrecht näherbrachte. Beinahe wäre dieser Volkshochschulkurs gar nicht zustande gekommen. Nicht, weil sie sich außer Stande sah, sondern weil die Mindestanzahl von acht Teilnehmern beinahe verfehlt worden wäre. Am letzten Tag meldeten sich noch zwei Teilnehmer an. So bestand die inhomogene Gruppe aus sieben Männern und einer Frau.

Seit einigen Jahren gab sie diese Kurse, weil sie Menschen gerne etwas aus ihrer beruflichen Praxis erklärte. Ursprünglich wollte sie Berufsschullehrerin werden, entschied sich dann aber für das Finanzamt. Fachlich machte ihr kaum einer etwas vor. Zuweilen mochte sie ihre Arbeit nicht, weil der persönliche Kontakt zum Kunden fehlte, außer es rief mal ein Bürger direkt bei ihr an. In seltenen Fällen kamen steuerpflichtige Bürger auch in ihr Büro. Bestätigung holte sie sich von den Kursteilnehmern, die überwiegend mit ihr zufrieden und dankbar für die nützlichen Tipps waren.

Besonders von den Männern fühlte sie sich seltsam beobachtet, als ob sie den Kurs nur ihretwegen und nicht wegen des Themas Steuern belegten. In den Kursen der letzten Jahre hatte sie es sonst immer geschafft, die Atmosphäre aufzulockern, zu scherzen, und sich daraus einen lebhaften Dialog entwickeln zu lassen. Hier redeten die männlichen Teilnehmer nicht mehr als nötig. Die einzige Kursteilnehmerin wirkte völlig eingeschüchtert und hatte bisher nicht mehr als ihren Namen gesagt.

Bildete sie sich das nur ein oder glotzte der etwa 50jährige Mann mit Seitenscheitel und Hornbrille, der einen aus der Mode gekommenen Schlips trug, auf ihre Brüste? Dabei hatte sie noch nicht mal eine Bluse mit tiefem Ausschnitt an.

Was ihr viel größere Sorgen machte als die Stimmung in dieser Gruppe, war, dass trotz des Todes ihres Ex-Freundes Holger Ehmken, das Stalking nicht aufgehört hatte. Ganz im Gegenteil. Vorgestern erhielt sie eine SMS, gesendet mit unterdrückter Rufnummer: »Ich seh dich«. Sie hatte gerade die Terrassentür geöffnet, um in den Garten zu gehen. Panisch hatte sie sich in alle Richtungen im Garten umgeschaut, ohne dass sie *'ihn'*, den vermeintlichen Absender der SMS, hätte entdecken können. Das heftige und laute Bellen von Milo bestätigte sie in ihrer Befürchtung, dass sich jemand im Garten aufhielt. Sie hatte sich ins Haus geflüchtet, die Terrassentür abgeschlossen und sogar die Rollläden runtergelassen, obwohl es draußen noch hell gewesen war. Am liebsten hätte sie mit ihrem Bruder telefoniert, aber in Australien war es mitten in der Nacht. Stunden später hatte sie zunächst nicht einschlafen können, obwohl der Bordercollie direkt vor ihrem Bett lag. Als Julia nach unzähligem Hin- und Herwälzen endlich eingeschlafen war, hatte sie geträumt, dass eine kalte Hand ihr Fußgelenk packte. Schreiend war sie aufgewacht, hatte gesehen, dass ihr linker Fuß unter der Bettdecke hervorschaute. Milo hatte ihr Schreien mit einem aufgeregten Bellen quittiert. Nach kurzem Überlegen hatte sie sich dagegen entschieden, sich krank zu melden. Auf der Fahrt zur Arbeit hatte sie sich von zwei Fahrzeugen verfolgt gefühlt und war um ein Haar in das Autor vor ihr gefahren, da sie zu sehr mit dem Blick in den Rückspiegel beschäftigt gewesen war.

Was wäre denn, wenn einer von diesen emotionsarmen Kursteilnehmern ihr Stalker war? Aber dann hätte derjenige sie vorher schon kennen oder sie zumindest beobachtet haben müssen. Vielleicht observierte er sie schon eine Weile und hatte sich bloß angemeldet, um sie ungestört und unauffällig beobachten zu können?

»Frau Wilken, haben Sie mir überhaupt zugehört?« Sie zuckte zusammen und hoffte, dass man es ihr nicht angesehen hatte. Offenbar hatte sie zu lange ihren schwermütigen Gedanken nachgehangen.

»Entschuldigung, ich war in Gedanken, könnten Sie Ihre Frage bitte wiederholen?« *Na toll, wenn ihr Stalker wirklich einer von den sieben Männern war, die vor ihr saßen, dann freute er sich jetzt bestimmt.* Wenn dem so war, ließ er sich jedoch absolut nichts anmerken. Julia sah sich jeden Einzelnen an, erntete aber nur fragende Gesichter. Wem von diesen Männern wäre böswilliges Nachstellen zuzutrauen? Dem gelangweilten Herrn Mitte dreißig, der behauptete, im Vorstand eines Tischtennisvereines zu sein? Der Dritt-Semester-Student, der sich vor einigen Monaten selbständig gemacht hatte und nicht viel von Haarpflege hielt? Oder doch der alte Widerling mit der Hornbrille?

Je länger der Unterricht dauerte, desto unwohler fühlte sie sich. Fahrig packte sie ihre Sachen zusammen und verließ als erste den Raum in der Volkshochschule. Ihre Schritte im Stakkato waren Ausdruck ihrer Angst. Vor dem Auto stehend kramte sie in ihrer Handtasche, konnte die elektronische Schlüsselkarte nicht finden, als sich plötzlich eine Hand fest auf ihre Schulter legte.

***

Für die Fahrt zur ihrer Freundin Sanne wählte Lisbeth den Zug. Zwar konnte man Hamburg bequem über die Autobahn erreichen, aber am Freitagabend staute sich der Verkehr von Bremen nach Hamburg durch die vielen Pendler. Sicherheitshalber hatte sie einen Platz reserviert, was sich im Nachhinein als gute Entscheidung herausstellte. Die Leute standen im Gang, sodass selbst der Schaffner kaum durchkam. Lissi steckte ihre Stöpsel ins Ohr, um über ihr Smartphone 'Altes Fieber' von den 'Toten Hosen' zu hören, während sie aus dem Fenster die Welt an sich vorbeiziehen sah.

Die Befragung des ehemaligen Arbeitgebers von Holger Ehmken hatte ergeben, dass er tatsächlich deswegen entlassen worden war, weil der Geschäftsführer Volker Baumann von seinen finanziellen Problemen erfahren hatte. Überhöhte Spesenabrechnungen waren der Auslöser für sein Misstrauen gewesen. Bereits im März hatte er ihm deswegen eine Abmahnung geschrieben, um ihm zu signalisieren, dass er solch ein Verhalten nicht dulde. Als schließlich Material aus dem Lager verschwand, installierte Herr Baumann Kameras, die wenig später Holger Ehmken als Dieb entlarvten, was unweigerlich zur fristlosen Kündigung führte.

Lisbeth versuchte, die Gedanken über den unaufgeklärten Mordfall zu verjagen, indem sie an das bevorstehende Wochenende dachte. Sanne hatte über Philip, ihre Spiekeroog-Bekanntschaft, herausgefunden, wann er im Fitnessstudio Dienst hatte und vorgeschlagen, dort einen Schnupperkurs zu belegen.

»Spinnst du? Auffälliger geht es doch wohl nicht. Der denkt nachher noch, ich bin nur wegen ihm da«, hatte sie ihrer Freundin am Telefon an den Kopf geworfen. Lissi wäre es lieber gewesen, sie hätte 'Surflehrer' einfach aus der Ferne beobachten können. Über den Facebook-Chat hielten sie zwar Kontakt, er wusste jedoch nicht, dass sie an diesem Wochenende in Hamburg sein würde. *Vielleicht vergesse ich den Typen einfach und mache mir mit Sanne einen gemütlichen Filmeabend. Keinen Stress, einfach nur Entspannung. Genau das, was ich brauche.*

Lisbeth war froh, dass sie ihre braune Herbstjacke mitgenommen hatte, denn der Wind pfiff über den Bahnsteig, als ihre beste Freundin sie freudestrahlend empfing. Seit Monaten hatten sie sich nicht mehr gesehen. Sie umarmten sich herzlich.

»Schön, dass du mal wieder in Hamburg bist, Süße.«

»Wurde ja auch Zeit. Du, Sanne, können wir uns nicht am Wochenende bei dir einigeln, Filmchen gucken und einfach nur quatschen...« Sanne, die ihren

Arm um Lissi gelegt hatte, blieb stehen und hob den Zeigefinger. »Hey, meine Süße will kneifen. Das kommt überhaupt nicht in Frage. Ich habe extra etwas organisiert...«

»Nee, echt, auf so einen Schnupperfitnesskurs habe ich keinen Bock, und ich bin auch gar nicht in Form.« Sanne lachte so laut, dass Lissi dachte, ihre Freundin lache sie aus. »Nein, das ist schon vom Tisch. Ich war selbst im Fitnessstudio und habe Vorarbeit geleistet. Wenn ich so weitermache, könnte ich als Ermittlerin bei euch anfangen.« Lissi sah ihre Freundin erstaunt an und strich sich eine dunkle Haarsträhne aus dem Gesicht.

»Heute Abend trifft er sich mit seinem Kumpel beim 'Alex' am Jungfernstieg, und da habe ich einen Tisch für uns reserviert.« Lissi zog die Augenbrauen hoch und überlegte, wie lange sie mindestens brauchen würde, um sich dem Anlass entsprechend aufzuhübschen. Sanne schien ihre Gedanken lesen zu können.

»Keine Sorge, wir haben noch über zwei Stunden Zeit.«

***

Julia Wilken verspürte keine allzu große Lust, so spät noch vor die Tür zu gehen, aber Milo brauchte seinen Auslauf. Widerwillig zog sie ihren Mantel über, warf einen prüfenden Blick in den Spiegel und sprach dann zu dem Hund ihres Bruders: »Guck mich nicht so an. Wir gehen ja schon, aber nur die kleine Runde, hörst du?« Milo bellte einmal kurz, was Julia als Zustimmung wertete.

Beinahe hätte sie einem ihrer Kursteilnehmer gestern eine runtergehauen, als er sich von hinten angeschlichen und sie unsanft an der Schulter angefasst hatte. Nur um eine völlig unwichtige Frage über die nächste Unterrichtstunde zu stellen. Julia war sich nicht sicher, ob der ältere Mann mit Hornbrille, Herr Gerdes, ihr bewusst Angst einjagen wollte, oder ob er einfach so ein unsensibler Grobian war. Vielleicht brauchte er gar keine Brille. Machte sich einen Spaß daraus, alleinstehende Frauen heimlich zu beobachten? Stand er nachts bei ihr im Garten? Schickte er SMS‘ mit unterdrückter Rufnummer? Während sie Milo an der kurzen Leine hielt, nahm sie sich vor, gleich am Montag den freundlichen Hauptkommissar aufzusuchen. Obwohl er beim ersten Gespräch gestresst gewirkt hatte, fühlte sie sich von ihm ernst genommen. Sie ging fest davon aus, dass er ihr erneut glauben würde.

Wenn ihr wirklich immer noch nachgestellt wurde und sie sich das alles nicht einbildete, wer hatte dann Holger auf dem Gewissen? Julia dachte über seine Spielsucht nach und wie er sich in den letzten Wochen ihrer dreijährigen Beziehung verändert hatte. Möglicherweise hatte er sich von den falschen Leuten Geld geliehen. Es hatte eine gewisse Zeit gedauert, bis sie dahinter gekommen war, dass er Roulette spielte. Anfangs dachte sie, er hätte eine Geliebte. Immer häufiger musste er abends nochmal los, traf sich angeblich mit Freunden oder Kollegen. Bis sie ihm nachgefahren war und ihn in die Spielbank in Bad Zwischenahn gehen sah. Plötzlich machte das fehlende Geld in ihrer Geldbörse, das sie sich nicht erklären konnte, einen Sinn. Noch am selben Abend stellte sie ihn zur Rede. Er gestand ihr, dass er zu viel spielen würde, aber dass er sich Hilfe suchen, eine Therapie machen wolle. Er konnte oder wollte sein Versprechen nicht einhalten. Sie hatte ihn daraufhin vor die Tür gesetzt. Hätte sie mehr Geduld mit ihm haben sollen? Ihn mehr unterstützen?

Ihr Handy meldete den Eingang einer SMS:

du und dein schöner hund, ihr seht zauberhaft aus

Sie schaute sich in alle Richtungen um. Es war bereits dunkel, aber die Laternen leuchteten die Straße ganz gut aus. Außer einem Rentner, der auf der gegenüberliegenden Straßenseite ebenfalls mit seinem Hund spazieren ging, sah sie niemanden. Vielleicht war ein Auto an ihr vorbeigefahren, als sie vor das Haus ging. Ohne dass sie es wollte, beschleunigten sich ihre Schritte, und sie bog in die nächste Seitenstraße ein. Beobachtete sie etwa jemand aus ihrer Nachbarschaft? Zu ihren Nachbarn pflegte sie nur ein oberflächliches Verhältnis und beschränkte den verbalen Austausch auf das freundliche Grüßen. Aber den Leuten in ihrer Straße traute Julia nicht zu, hinter dem Stalking zu stecken. Vielleicht hatte der Absender der SMS aber auch nur ins Blaue geschossen, wusste nur, dass sie momentan einen Hund hatte. Es stand ja nichts in der Nachricht, dass sie beim Gassigehen gut aussähen. Oder wusste er es doch und hatte Kameras installiert...in ihrem Garten oder gar in ihrem Haus?

Julia Wilken sah zu, dass sie so schnell wie möglich wieder ihr Haus erreichte. Drehte den Schlüssel zweimal um. Sie atmete, als käme sie vom Joggen zurück. In technischen Dingen kannte sie sich nicht so gut aus. Aber sie guckte regelmäßig Krimis und Thriller im Fernsehen. Kameras und Mikrophone waren heutzutage winzig klein und gut zu verstecken. Sie begann zu suchen.

***

Schon als sie den Alsterpavillon, in dem sich das Restaurant 'Alex‘ befand, betraten, fühlte Lissi sich unwohl. Sie glaubte inzwischen, dass es eine Schnapsidee ihrer Freundin gewesen war, es so aussehen zu lassen, als würden sie zufällig auf Philip treffen. Wie viele Gaststätten gab es in Hamburg, tausend? Auf der anderen Seite hoffte sie, dass er sich freuen würde, sie überraschend zu sehen. *Hoffentlich traf er sich dort auch wirklich mit einem Kumpel und nicht mit einem Fitness-Häschen.*

Tatsächlich saß 'Surflehrer' direkt am Panoramafenster in Richtung

Binnenalster zusammen mit einem anderen jungen Mann. Philip sah mit seiner gut gebräunten Haut und seinem blütenweißen Hemd mit irgendeinem Seglersticker drauf, den sie aus der Entfernung nicht genau erkennen konnte, noch besser aus, als sie es in Erinnerung hatte.

»Sanne, bei aller Liebe, aber er wird mir niemals abnehmen, dass ich hier zufällig aufgekreuzt bin.« Ihre Freundin, die mit dem Rücken zu den beiden Herren drei Tische weiter saß, studierte seelenruhig die Speisekarte, als hätte sie gar nicht gehört, was Lissi gesagt hatte.

»Hey, Sanne, hörst du mir überhaupt zu?« Ohne aufzuschauen, antwortete diese:

»Sicher, Süße, er muss dir das gar nicht abkaufen. Es reicht, wenn du ihn überrumpelst. Lass mich nur machen. Du sagst mir einfach Bescheid, wenn einer der beiden mal zum Klo geht. So, nun bestellen wir erst einmal. Weißt du schon, was du willst?«

Philip schien sie bisher nicht entdeckt zu haben. Er redete intensiv mit seinem Gegenüber. Lissi erlebte ein Déja-vus. Sie fühlte sich an die Kneipe ‚Blanker Hans' auf Spiekeroog erinnert. In ihrem Bauch kribbelte es. Verstohlen schaute Lissi immer wieder an ihrer Freundin vorbei Philip an, der in diesem Moment aufstand und offensichtlich die Toilette aufsuchen wollte.

»Sanne, Philip ist gerade zum Klo gegangen...«

»Sehr gut, ich locke den Kumpel unter einem Vorwand an die Bar, und du nimmst seinen Platz ein.« Lissi wurde ganz flau im Magen.

»Unter was für einem Vorwand bitte? Und was sage ich dann, wenn er wieder da ist?«

»Ich erzähle ihm, es ginge um eine Wette, und du fragst deinen Surflehrer: 'Wo warst du so lange?'« Lissi versuchte ihr Lachen zu verkneifen, was ihr nicht gänzlich gelang.

Lissi hätte nie gedacht, dass sie diese schauspielerisch reife Leistung so gut über die Bühne kriegen könnte. Sie versteckte ihr Gesicht hinter der Speisekarte und hörte ihn nur.

»Ähm, ich glaube, Sie haben sich im Tisch geirrt. Ich sitze hier mit meinem Freund...« Lissi nahm die Menükarte runter und fragte mit ernster Miene:

»Wo warst du so lange?« ‚Surflehrer' fiel die Kinnlade runter, er rang nach Worten. Lissi befürchtete schon, er suche nach ihrem Vornamen.

»Lisbeth, was machst du hier, und wo zum Teufel ist Reiner?« Seine anfänglich überraschte Miene wandelte sich in ein einnehmendes Lächeln, sodass Lissi am liebsten mit ihm in den Urlaub irgendwo im Süden geflogen wäre.

»Der ist versorgt«, Lissi deutete kurz mit ihrem Kinn Richtung Bar, »hatte ich in unserem letzten Chat gar nicht erwähnt, dass ich am Wochenende in Hamburg bin?« Lissi lächelte spitzbübisch.

»Du kleines...«

»Ja? Was bin ich?«

»...raffiniertes..., ach komm, egal. Ich freue mich riesig, dass du in Hamburg bist. Was trinken wir zwei Hübschen denn?«

Kapitel 6

Julia nestelte unruhig an ihrem Seidenschal. Obwohl die Therapeutin ihr mehrfach versichert hatte, dass die Raumtemperatur durch ein Thermostat immer gleichbleibend auf angenehme 20 Grad Celsius gehalten wurde, meinte sie, aus jeder Pore ihrer Haut zu schwitzen. Das Glas mit stillem Mineralwasser hatte sie bereits bis zum letzten Tropfen ausgetrunken.

»Möchten Sie noch etwas Wasser?« Frau Dr. von Tramitz sah sie mit einem warmherzigen Blick an. Ihre großen, hervorstehenden braunen Augen vermittelten ein Gefühl von Geborgenheit. Kleine Lachfältchen und ihr adrett zurück gekämmtes, graues Haar ließen erahnen, dass sie schon viel erlebt, schon viele Patientinnen wie sie behandelt haben musste.

»Ja.« Julia kippte fahrig das leere Glas um, als sie es ihr hinhalten wollte.

»Frau Wilken, Sie sind bei mir in den besten Händen«, während sie das sagte, legte sie Julia ihre Hand auf ihre freie Linke. Sie schenkte ihrer Patientin das Glas voll.

»Ich fühle mich auch wohl bei Ihnen, aber die Polizei glaubt mir nicht mehr. Also nicht mehr so richtig.« Die Ärztin lehnte sich zurück in ihren Ledersessel und zog die Stirn in Falten.

»Waren Sie wieder bei dem netten Kommissar, von dem Sie bereits erzählt haben? Wie heißt er noch?«

»Herr Schweigert, ja. Ich sollte ihm die SMS zeigen, die ich erhalten hatte, als ich mit dem Hund draußen war. In meiner Hektik muss ich sie versehentlich gelöscht haben, oder...«

»Oder was?« Julia sah auf das Meeresbild an der Wand, als könnte sie dort eine Erklärung ablesen.

»Ich bin mir nicht sicher, ob *ich* die SMS gelöscht habe. Wenn ich es nicht war, könnte das nur jemand gewesen sein, der an meinem Handy war«, Julia holte tief Luft, »vielleicht jemand, der in meinem Haus war.« Julia konnte nicht mit dem Gedanken leben, dass jemand nachts unbemerkt in ihr Haus gelangte, Daten auf ihrem Smartphone löschte oder einen Fleece-Pullover klaute. *Vor allem, wie sollte das gehen, ohne dass Milo anschlug?* Es geschahen auch andere merkwürdige Dinge, die sie sich nur schwer erklären konnte. Wenn sie von der Arbeit kam, zog sie ihre Schuhe aus, um sie sauber ausgerichtet nebeneinander zu stellen. Immer! Vorgestern Morgen lagen sie so vor dem Schuhschrank, als wären sie umgestoßen worden. *Wenn Milo dagegen gelaufen war, warum hatte sie davon nichts mitbekommen?*

Am meisten Angst machte ihr aber der Stuhl an ihrem Küchentisch, der definitiv bewegt worden war, so als hätte jemand nachts an ihrem Küchentisch gesessen. Genau der Stuhl, auf dem Holger immer gesessen hatte, als sie noch mit ihm zusammen war. Sie konnte sich nicht erinnern, dass der Stuhl seit der Trennung von Holger überhaupt noch einmal benutzt worden war.

»Machen Sie sich nicht zu viele Gedanken. Vermutlich haben Sie sie wirklich versehentlich gelöscht, das passiert mir auch manchmal.« Julia trank hastig von dem Wasser. Sie wusste nicht, ob sie ihrer Therapeutin von den anderen Dingen erzählen sollte. Vom Fleece-Pulli hatte sie ja schon erzählt, aber das passierte, bevor Holger überfahren worden war. Wenn sie jetzt noch von anderen merkwürdigen, nicht erklärbaren Sachen erzählte, würde sie vielleicht sogar in eine geschlossene Anstalt eingewiesen werden.

Ich weiß doch selbst nicht mehr, was ich glauben soll. Kann ich meinen Sinnen noch trauen? Nein, diese eine Sache kann ich ihr nicht erzählen. Die würde keiner erzählen. Da war jemand, das schwöre ich, sogar Milo hatte das Badezimmer angebellt...

***

Es kam nicht so häufig vor, dass Paul Schweigert zu einem Gespräch ins karg eingerichtete Dienstzimmer seines Chefs gebeten wurde. Normalerweise informierte er Kriminaldirektor Heinz Jensen in Form von internen Mails oder durch Ermittlungsakten, die immer noch so aussahen wie vor fünfzig Jahren.

Mit seinem gepflegten weiß-grauen Bart und seiner inzwischen lichter gewordenen Kurzhaarfrisur sah er dem FDP-Politiker Wolfgang Kubicki zum Verwechseln ähnlich. Wache, intelligente Augen und seine markanten Gesichtszüge ließen auf hohe analytischen Fähigkeiten schließen. Die Tatsache, dass er erst vor wenigen Tagen zum ersten Mal Großvater geworden war, verliehe seinen Augen zusätzlichen Glanz. Bereits beim Vorstellungsgespräch vor sieben Jahren hatten beide gemerkt, dass die Chemie zwischen ihnen stimmte. Seiner Frau Wiebke zuliebe, die damals gerade mit Tom schwanger gewesen war, wollte Paul sich von Frankfurt nach Oldenburg versetzen lassen. Ein Wechsel von einem Bundesland zum anderen bedurfte mindestens zweier Befürworter. Mit Heinz Jensen hatte er seit ihrem ersten Gespräch den Rückhalt gefunden, den er brauchte. Paul hatte durch seine hervorragende Arbeit bewiesen, dass das Vertrauen in ihn gerechtfertigt war. Er betrachte seinen Chef inzwischen als väterlichen Freund.

»Wie geht es Levke?«, fragte Jensen, während er vor der Kaffeemaschine stand und Paul eine Tasse einschenkte. Paul strahlte. Gleichzeitig erinnerte er sich, dass er in den letzten Wochen viel zu wenig Zeit mit seiner Familie verbracht hatte.

»Sie schläft brav durch, aber tagsüber ist sie nicht zu bremsen. Ich merke das meist nur am Wochenende. Aber wenn man einen Augenblick nicht aufpasst, sind plötzlich Schubladen auf, die ich schon vergessen hatte.« Heinz Jensen strahlte, als wäre Levke seine eigene Enkeltochter.

»Versuchen Sie, so viel Zeit wie möglich mit Ihren Kindern zu verbringen, sonst wachen Sie eines Tages auf und merken, dass die Zwerge erwachsen sind. Ich habe das bei meinen Kindern erlebt. Die Zeit bringt Ihnen keiner zurück.«

»Würde ich gerne tun, *wenn ich einen guten und verständnisvollen Chef hätte*, könnte das sogar gelingen«, grinste Paul süffisant und wusste, dass Jensen ihm diesen Scherz nicht übel nehmen würde. Der Kriminaldirektor lachte und konterte: »Tja, da hätten Sie wohl in Frankfurt bleiben müssen, mein Lieber. Aber Spaß beiseite: Wie sieht es aus im Fall Holger Ehmken?« Paul fuhr sich mit Daumen und Zeigefinger über seinen Dreitagebart.

»Um ehrlich zu sein, tappen wir noch ziemlich im Dunkeln. Mir kommen einige Dinge ziemlich seltsam vor. Auf der einen Seite meldete sich die Ex-Freundin von Holger Ehmken bei uns - sie war bei mir persönlich - und gab zu Protokoll, dass sie gestalkt wurde. Das war allerdings bereits, bevor er überfahren wurde. Komischerweise hörte das Stalken aber nach seinem Tod nicht auf. Sie erstattete kürzlich erneut Anzeige, dieses Mal gegen Unbekannt.« Jensen besah sich die Blätter seines Ficus‘ genau und gab ihm Wasser. Ohne aufzuschauen, fragte er:

»Was schlussfolgern Sie daraus?«

»Für mich gibt es nur zwei Möglichkeiten. Entweder, jemand ganz anderes stalkt Julia Wilken, oder sie bildet sich die ganze Sache nur ein, beziehungsweise will sich nur wichtig machen. Ich halte ihre Aussage jedoch für glaubwürdig.«

»Woran machen Sie das fest?« Jensen sah zu Paul und hob das Kinn leicht an.

»Ihre Angaben schilderte sie sehr detailliert. Alles, was sie mir erzählt hat, ist konsistent. Ich finde keinerlei Widersprüche. Nun könnte man auf die Idee kommen, dass das fortgesetzte Nachstellen von ihr erfunden wurde, um von sich als möglicher Täterin abzulenken. Aber das halte ich für unwahrscheinlich. Wir können sie als Täterin sowieso nicht ausschließen. Sie hat kein Alibi, und sie lieferte uns von sich aus ein Motiv. Aber mit welchem Wagen hätte sie ihn überfahren sollen? Wo ist das Auto? An dem gesuchten Fahrzeug müssten Spuren sein. Wenn wir das Auto finden, führt uns das früher oder später zum Täter oder zur Täterin.«

»Gibt es noch andere Verdächtige?«

»Holger Ehmken hatte Geldsorgen, er war spielsüchtig. Hatte in der Spielbank in Bad Zwischenahn viel mehr Geld ausgegeben, als er verdiente. Dadurch hatte er sogar seinen Job verloren. Ob er sich bei den falschen Leuten Geld geliehen hat, wissen wir bisher nicht. Vielleicht gibt es aber auch noch ganz andere Motive, das können wir jedenfalls nicht ausschließen.« Jensen nickte verständnisvoll.

»Brauchen Sie weitere personelle Ressourcen für die Sonderkommission?«

»Nein, wir sind soweit gut aufgestellt. Allerdings möchten wir uns direkt an die Öffentlichkeit wenden. Wir suchen weiterhin Zeugen und brauchen Angaben über den Verbleib des Fahrzeuges. Ihr Einverständnis vorausgesetzt, werde ich das mit der Staatsanwaltschaft und dem Pressesprecher koordinieren.« Kriminaldirektor Jensen ging auf Paul zu: »Natürlich haben Sie mein Okay, das wissen Sie…«, er gab ihm die Hand, und mit der linken fasste er ihn an die Schulter, »…wenn Sie irgendetwas brauchen, lassen Sie es mich wissen. Ich vertraue Ihnen und weiß, dass mein bester Mann diesen Fall leitet. Das wollte ich Ihnen sagen, und deshalb hatte ich Sie hergebeten.«

***

Ohne jeglichen Wellengang lag die Hunte in ihrem Flussbett. Lisbeth zog den Reißverschluss ihrer Lederjacke ganz nach oben, um sich gegen die abendliche Kälte während ihres Spaziergangs zu schützen. Sie sah nicht die schönen braun-gelben Blätter an den Bäumen. Einiges Laub lag bereits im Fluss. Um das malerische Herbstbild bewusst wahrzunehmen, fehlte ihr momentan die Ruhe. Obwohl der aktuelle Mordfall nervenaufreibend genug war, konnte sie kaum darüber nachdenken. Durch das Einschalten der Öffentlichkeit über die lokalen Medien - sogar mit Hilfe der Kollegen in Hannover via Facebook - hatten sich jede Menge neue Hinweise ergeben. Es könnte jedoch Wochen dauern, bis diese ausgewertet waren. Wie schon in anderen Fällen mussten die unzähligen falschen Hinweise von den wertvollen gefiltert werden.

Was für ein unglaubliches Wochenende, das nun schon einige Tag her war, lag hinter ihr? Sie hatte gar nicht fassen können, dass Philip darauf bestand, ihm seine Studentenbude zu zeigen. Ihr Engelchen im Kopf hatte laut 'Nein, nicht am ersten Abend!' geschrien. Sogar mehrmals. Mit der Bemerkung, dass sie schon die ein oder andere unaufgeräumte Studentenbude im Rahmen von Ermittlungen zu sehen bekommen hatte, hatte sie zunächst abgelehnt. Das Engelchen in ihrem Kopf wollte jedoch seine Wohnung sehen. Schließlich käme ihr Besuch überraschend, sodass der Zustand der Wohnung Aufschluss darüber geben würde, ob er wirklich alleine lebte. *Sie wollte gerne auf den Engel hören, verfluchte sich aber gleichzeitig dafür, dass die Ermittlerin in ihr sich unwillkürlich einschaltete. Das fehlte noch, dass du in seiner Wohnung herumschnüffelst, als wäre er ein Verdächtiger in einem Mordfall. Aber sind nicht alle Frauen so?*

Schließlich hatte sie mit Sanne vereinbart, ihr eine SMS zu schreiben, sobald sie in seiner Wohnung war. Obwohl Lissi ihm vertraute, hielt sie das für eine gute Idee. Nur hatte sie, weil sie unerträglich aufgekratzt gewesen war, vergessen, die SMS zu schreiben. Inmitten eines unbeschreiblich schönen, intensiven Kusses meldete sich ihr Handy mit der vertrauten Melodie 'Wrong' von ‚Depeche Mode'. Während Teufelchen, das 'Wrong' als

Zeichen deutete, wie falsch die Situation war, versicherte sie ihrer Freundin, sie sei in besten Händen, was buchstäblich stimmte. Seine Einrichtung und die Leere in seinem Kühlschrank sagten ihr, dass hier schon länger keine Frau mehr gewesen war. Immerhin hatte er ihr einen Sekt angeboten. Vielleicht war er aber auch ein ganz ausgeschlafenes Kerlchen und suchte die Frauen in deren Wohnungen auf. *Aber wenn das wirklich so war, warum bringt er mich dann zu sich nach Hause? Vielleicht, weil sie etwas ganz besonderes war?*

Als sie daran dachte, wie der Abend geendet hatte, kribbelte es in ihrem ganzen Körper. In der Nacht hatten beide kein Auge zugetan. Was konnte dieser durchtrainierte Mann mit seinen großen, feingliedrigen Händen zupacken. Der einzige Wermutstropfen bestand darin, dass ihre Tage überfällig waren. Natürlich hatten sie ein Kondom verwendet, genau genommen sogar mehrere. Aber im Eifer des Gefechts war er nicht sachgemäß damit umgegangen. Sie beschloss, auf dem Rückweg zu ihrer Wohnung in einer Apotheke einen Schwangerschaftstest zu kaufen.

Nachdem sie zu Hause die Toilette aufgesucht hatte, lief sie mit dem Teststab unruhig durchs Wohnzimmer, während sie auf das Ergebnis wartete. Warum dauerte es so lange, bis ein Streifen das Ergebnis anzeigte? In der Anleitung stand etwas von 'innerhalb weniger Minuten'.

***

Nach einem langen Arbeitstag freute sich Paul darauf, seine Familie wiederzusehen. Er hatte gerade seinen Wagen im Carport abgestellt und die Tür elektronisch verriegelt, als sein Nachbar von gegenüber ihn abpasste.

»Moin, Paul, hast du kurz Zeit?« Udo Zierke unterrichte im Lothar Meyer-Gymnasium Deutsch und Geschichte, bis er vor sechs Monaten pensioniert wurde. Er war etwa einen Kopf kleiner als Paul. Sein dunkelblonder Haarkranz wies einige graue Stellen auf. Die zweifelsfrei herausragenden Kochkünste seiner Frau Renate hatten für einen stattlichen Bauch gesorgt.

Schon im Sommer verspürte er nicht gerade viel Lust, sich mit dem Mann, der anscheinend unendlich viel Zeit hatte, näher zu beschäftigen. Die Anonymität einer Großstadt hatte Paul in Frankfurt geprägt, somit hielt er nichts davon, sich seine Freunde in der Nachbarschaft zu suchen, nur weil man zufällig in derselben Straße wohnte. Seine Frau Wiebke redete immer wieder auf ihn ein, wurde nicht müde zu betonen, dass es auf dem Land einfach üblich war, einen guten Kontakt zu den Nachbarn zu pflegen. Im Sommer grillten die Schweigerts in ihrem Garten, und Paul lud ihn auf ein Weißbier ein. Damals erzählte Udo Zierke von seinen Plänen, einen Kriminalroman zu schreiben. Schließlich sei er ja nicht nur als Deutschlehrer, sondern auch als wissensdurstiger Mensch geradezu prädestiniert dafür.

»Ich hatte heute echt einen langen Tag, Udo, was gibt es denn?«

»Ja, verstehe ich doch. Was ich wissen wollte, hast du meine ersten 25 Seiten schon lesen können?« Paul verdrehte die Augen, wollte seinen Nachbarn jedoch nicht vor den Kopf stoßen. »Der Rächer von Ellenserdamm« hatte der eifrige Lehrer als Arbeitstitel über sein Manuskript geschrieben, den Paul für völlig daneben hielt. Tatsächlich hatte er bereits die ersten drei Seiten gelesen, aber entnervt aufgegeben.

»Ich habe reingelesen...«

»Und?«, schnitt ihm Udo das Wort ab und bekam Schnappatmung. »Was hältst du davon? Also rein aus professioneller, kriminalistischer Sicht. Ist das realistisch?« *Wie bringt man einem pensionierten Lehrer bei, das Schreiben besser aufzugeben? Am besten gar nicht, denn der wohnt ja in ein paar Monaten immer noch gegenüber.*

»Also, *rein kriminalistisch* habe ich bisher nichts auszusetzen.« Udo strahlte wie ein Junge, der in seinem Zeugnis nur Einsen bekommen hatte. Völlig überraschend schlang er seine kurzen Arme um Paul und brummelte unverständlich Worte in dessen Jacke, die Paul als Dank interpretierte.

Wiebke wartete schon an der Tür mit vor der Brust verschränkten Armen. Offenbar hatte sie aus der Küche heraus den 'Überfall' von Udo mitbekommen.

»Hallo, Schatz«, sie gab ihm einen Begrüßungskuss, »was wollte denn Udo?«

»Lass mich erst einmal reinkommen.« Nachdem die Tür geschlossen war, entledigte sich Paul seiner Jacke.

»Ach, er wollte wissen, wie mir sein Entwurf gefällt.« Wiebke zog die Stirn in V-förmige Falten.

»Aber du hast dich doch bei mir so darüber beschwert?«

»Ja, sicher. Soll ich ihm etwa sagen, wie schlecht und langweilig er schreibt?«

»'türlich nicht. Das nimmt er persönlich und hetzt die anderen Nachbarn gegen uns auf.« Wiebke umarmte ihn liebevoll. »Das hast du genau richtig gemacht, Herr Chefdiplomat. Du darfst gerne weitere gute Taten vollbringen: Levke muss noch gebadet werden. Wenn du das gut machst, gibt es danach leckeres Essen.« Paul grinste seine Frau schelmisch an.

»Und wenn nicht, was dann?«

»Einen Schlag in den Nacken.«

Die großartige Mischung aus Geplansche und wildem Kriegsgeheul in der Badewanne ließ Paul eine Weile den aktuellen Fall vergessen. Als er später gemeinsam mit Wiebke bei einem Glas Spätburgunder auf der Couch saß, holten ihn die Ereignisse des Tages wieder ein. Seine Sonderkommission hatte heute eher einem Call-Center geglichen als einem Fachkommissariat. Am Ende des Tages waren 197 Hinweise eingegangen, sei es über Telefon oder über die als Kommentare auf der Facebook-Seite 'Polizei Hannover', die inzwischen über 114.000 sogenannte Fans zählte und den Zeugenaufruf gepostet hatte. Arne hatte ihm erklärt, wie eine Millionenreichweite erzielt werden konnte, indem sehr viele Facebook-Nutzer diesen Aufruf teilten.

Ein Großteil der neu eingegangenen Hinweise bezog sich auf das gesuchte Fahrzeug. Einer wollte es in den Niederlanden, in einer Werkstatt bei Groningen, gesehen haben. Paul wäre den vielversprechenden Hinweisen am liebsten sofort selbst nachgegangen, erinnerte sich aber an die Worte seines Chefs und wies zwei Mitarbeiter an, die 'heißen' Spuren sofort zu überprüfen und ihn gegebenenfalls zu informieren.

Im Hintergrund flimmerte das ‚heute-journal' über den Flachbildschirm, ohne bei Paul große Aufmerksamkeit zu erregen. Auf der Dienststelle hatten sie kurz überlegt, ihren Fall an 'Aktenzeichen XY ungelöst' weiterzugeben. Um ausgewählt zu werden, befand der Pressesprecher der Oldenburger Polizei, sei der Fall jedoch nicht spektakulär genug.

»Haben wir noch...« Paul stoppte seinen eigenen Satz, als er seine schlafende Frau neben sich beobachtete. Ihre gleichmäßigen Atemzüge vermittelten ihm ein Gefühl der Geborgenheit. Er hätte ihr gewiss noch viel länger zugesehen, wenn er nicht selbst hundemüde gewesen wäre.

***

Nicht einmal ihrer besten Freundin Sanne erzählte sie von dem Schwangerschaftstest.. Obwohl sie die Nacht mit Philip nicht bereute, fragte sich sich, wie ihre Zukunft aussehen würde. Offenbar hatte er zurzeit keine Beziehung, nachdem er sich vor fünf Monaten von seiner langjährigen Freundin Isabella getrennt hatte. Irgendwie glaubte sie ihm nicht, wenn er sagte, keine Frau hätte seitdem seine Studentenbude von innen gesehen. *Vermutlich machst du bei deinen Teilnehmerinnen vom Spinningkurs Hausbesuche nach gemeinsamen Saunabesuchen.* Lissi versuchte, die Gedanken aus ihrem Kopf zu verbannen. Schließlich wollten die vor ihr liegenden Hinweise zum Mordfall Ehmken abgearbeitet werden. Ehe sie sich an die Arbeit machte, atmete sie tief durch und ging zum Fenster, einfach, um den Moment zu genießen. Dieses Mal sah sie die Schönheit der Ahornblätter unten an der Straße. Es war ein unglaublich erleichterndes Gefühl, an den negativen Schwangerschaftstest zu denken.

Kapitel 7

Gewöhnlich vermied Julia es, zum Mittagessen in die Kantine des Finanzamts zu gehen. Sie war froh, wenigstens für eine Stunde dem Aktenalltag entfliehen zu können. Heute bildete eine Ausnahme. Sie wollte früher nach Hause gehen, deshalb verkürzte sie ihre Mittagspause. Als sie mit dem orangenen Tablett in der Schlange vor der Essensausgabe wartete, wusste sie, dass es ein Fehler war. Ein hustender Kollege hinter ihr trug genauso wenig zu einer angenehmen Atmosphäre bei wie das lieblos zubereitete Salatbuffet, ganz zu schweigen von den Hauptmenüs. Immerhin durfte sie zwischen Spaghetti Bolognese und Tofu-Burgern und dazu einer Senf-Tahin-Soße mit Avagavendicksaft auswählen. Keines der beiden Gerichte sprachen sie auch nur im Geringsten an. Somit lud sie sich nur eine Schale mit gemischtem Salat voll.

Das letzte, was sie jetzt wollte, war, ihrem Kollegen Eduard Kötertal beim Essen zuschauen zu müssen. Sie fand ihn immer schon sonderbar. Aber in letzter Zeit hatten seine komischen Verhaltensweisen sogar noch zugenommen. Abgesehen davon, dass er lächerlich aussah, wenn er bemüht lächelte oder krampfhaft über seine eigenen schlechten Witze lachte, versuchte er immer häufiger, sie in ein privates Gespräch zu verwickeln. Zum Glück siezten sie sich. Neulich hatte er ihr anstatt des 'Du' gleich das 'Edie' angeboten, was sie dankend ablehnte. Inzwischen glaubte Julia, der Blumenstrauß ohne Karte vor vier Wochen könnte doch von ihm gewesen sein.

»Ach, Frau Wilken, schön, Sie hier zu sehen.« Kötertal grinste aufgesetzt. *Wahrscheinlich kann der gar nicht normal lächeln wie jeder andere.* »Sie sieht man ja selten in der Kantine. Mensch, hätten Sie doch was gesagt, wären wir zusammen runtergegangen.« *Deswegen habe ich ja nichts gesagt, du Nervsack!* «Ich sehe, bei Ihnen ist noch ein Platz frei.« Julia schaufelte den schlecht schmeckenden Salat schnell in sich rein. Obwohl sie versuchte, ihren Kollegen nicht anzusehen, musste sie doch hin und wieder aufschauen. *Wie bei einem Unfall, du weißt, du solltest nicht hinschauen, aber irgendwie musst du doch hingucken.* Als sie direkt auf seine zu langen Nasenhaare schaute, war es mit ihrer Geduld vorbei. Wortlos ließ sie die Gabel fallen, wischte sich mit einer Serviette den Mund ab, und schaute ihm böse in die Augen. Beim überstürzten Verlassen der Kantine konnte sie seine Blicke auf ihrem zu großen Hintern förmlich spüren. Könnte *Kötertal vielleicht der geheimnisvolle Stalker sein? Zumindest hatte er ihre private Handynummer. Aber er wohnte außerhalb von Oldenburg in Bad Zwischenahn. Würde er extra ihretwegen nach Oldenburg fahren, um sie vor ihrem Haus oder sogar in ihrem Garten zu beobachten? Das machte doch gar keinen Sinn. Er sah sie doch jeden Tag im Büro.*

Sie erwischte Kötertal vor einigen Tagen am Garderobenständer an ihrer Jacke. Ihr kam es so vor, als hätte er daran geschnüffelt. Angeblich hatte ihr Handy geklingelt, als sie kurz den Raum verlassen hatte. Unter 'Entgangene Anrufe' konnte sie aber keinen neuen Eintrag finden.

Oh Gott, jetzt bin ich schon selbst kurz davor, im Dienstzimmer eine Minikamera zu installieren, um ihn zu überwachen. Das kann, das darf alles nicht so weitergehen.

***

Gewöhnlich gestaltete sich das Lesen eines Berichtes der Spurensicherung so langweilig wie eine Gebrauchsanweisung. Beim Durcharbeiten des vorliegenden Textes kam es Paul jedoch so vor, als hätte ihn ein Krimiautor verfasst. Es wurden mehr neue Fragen aufgeworfen als beantwortet. Es konnte ein VW-Golf sichergestellt werden, bei dem es sich möglicherweise um das Fahrzeug handelte, mit dem Holger Ehmken überfahren worden war.

»Was meinst du mit 'möglicherweise', jetzt mach's nicht so spannend?«, fragte Lisbeth energisch, als Paul zu erklären begann.

»Dass wir es zum jetzigen Zeitpunkt noch nicht wissen. Lass es mich von Anfang an erzählen...«, Lisbeth verschränkte die Arme vor der Brust. Ihr Gesichtsausdruck verriet, dass sie eine kürzere Variante vorgezogen hätte, »...auf dem Parkplatz des Supermarktes 'Real' in Etzhorn wurde ein dunkelblauer Golf mit kaputtem Blinklicht gemeldet, der schon eine ganze Weile dort gestanden haben muss. Als die Kollegen von der Schutzpolizei eine Halterabfrage durchführten, stellten sie fest, dass die Kennzeichen als gestohlen gemeldet worden waren. Genau einen Tag vor dem Mord an Holger Ehmken. Die Kennzeichen wurden von einem Peugeot abgeschraubt.«

»Was ist nun mit dem sichergestellten Auto?«

»Langsam, Lissi. Über die Fabrikationsnummer ermittelten die Kollegen den ehemaligen Halter.«

»Wieso ehemalig?« Lisbeth stand auf und lief unruhig auf und ab.

»Ganz einfach, weil der Golf schon vor über einem Monat bei der Zulassungsstelle abgemeldet worden war.« Paul hielt einen gelben, selbstklebenden Zettel hoch, auf dem eine Adresse stand. »Das ist die Adresse vom Besitzer.«

»Woher wissen wir, dass es sich um das Tatfahrzeug handelt?«

»Die Spurensicherung schreibt, dass sowohl das kaputte Licht als auch die Dellen darauf hindeuten. Zusätzlich konnten sie durch UV-Licht Spuren von Blut auf der Motorhaube identifizieren, obwohl der Wagen zumindest äußerlich gründlich gereinigt worden war. Die DNA-Proben sind schon im Labor. In einigen Tagen wissen wir, ob die Probe mit der DNA von Holger Ehmken übereinstimmt.«

»Zumindest haben wir jetzt einen guten Ermittlungsansatz. Welches Auto hat schon Blutspuren auf der Motorhaube?«

»Das sehe ich ganz genauso. Die Beschädigungen passen auch nicht zu einem Wildunfall, so die letzten Ausführungen im Bericht der Spurensicherung.« Paul klappte die Akte zu und sortierte sie in dem dafür vorgesehenen Schrank ein. Als er sich anschließend seine Jacke anzog, saß Lissi immer noch am Schreibtisch. Mit einem eigentümlichen Glanz in den Augen blickte sie still vor sich hin. Sie schien mit ihren Gedanken spazieren zu gehen. Nicht zum ersten Mal in den letzten Tagen war Paul diese geistige Abwesenheit seiner Kollegin aufgefallen. Ein leichtes Lächeln umspielte ihren Mund. Egal, an was sie gerade dachte, es musste etwas Schönes sein. Paul schob den Gedanken beiseite, sie nach dem Grund zu fragen, obwohl es ihn interessierte.

»Lissi, was ist jetzt, kommst du nicht mit?«

»Äh, was?« Paul hielt demonstrativ den Zettel mit der Adresse des Besitzers des Unfallfahrzeuges hoch.

»Wir müssen doch den Typen hier befragen, wo er ihn abgestellt hat, wann er den Verlust bemerkt hat.«

»Natürlich.« Lisbeth grinste in sich hinein. Sie war immer noch nicht richtig bei der Sache.

***

Julia blieb fast das Herz stehen, als sie die Tür zu ihrem Dienstzimmer öffnete. Keine fünf Minuten vorher hatte sie zur Toilette gemusst. Zu diesem Zeitpunkt befand sich nur der mies gelaunte Herr Kötertal im Büro. Mit breitem Grinsen deutete er auf den Herrn vor ihm, dessen Profil sie nur zu gut kannte.

»Schauen Sie mal, Frau Wilken. Dieser steuerehrliche Bürger ist nun schon zum zweiten Mal zu mir gekommen, um mich um Rat zu fragen.« Julia wusste nicht, welcher Seitenscheitel akkurater gekämmt war, der von ihrem Kollegen oder der des Mannes mit der Hornbrille. Hätte sie sich nicht so erschreckt, hätte sie vermutlich laut losgelacht. Wie bei einer schlechten Comedy-Show saßen sich die beiden Witzfiguren gegenüber. Kötertal hätte rein optisch fast der Bruder seines Gegenübers sein können.

»Hallo, Herr Gerdes«, sagte sie ohne große Freude in der Stimme.

»Ach, Sie kennen sich bereits? Ich dachte, Herr Gerdes sei bisher nur bei mir gewesen.«

»Hallo, Frau Wilken.« Sich zu Kötertal wendend, sagte er weiter: »Ich kenne Frau Wilken vom Volkshochschulkurs.« Julia nahm ihren Platz ein, ihre Gedanken rasten. *Gab es so etwas wie gemeinschaftliches Stalken? Hatten die zwei sich im Internet kennengelernt und beschlossen, zusammen zu stalken? Würde zumindest doppelte Freude bedeuten, wenn der eine dem anderen erzählte, wie er sie wieder mal erschrecken konnte. Oder war das Ganze reiner Zufall?*

»Wenn Sie Fragen haben, warum stellen Sie diese dann nicht in der Volkshochschule?«, fragte Julia gereizt. Sie legte ihre rechte Hand auf die Schreibtischunterlage und unterdrückte den Impuls, mit den Fingern zu trommeln.

»Na, Sie haben uns doch erklärt, dass das Finanzamt zur Auskunft an die Bürger verpflichtet ist. Bei Bedarf sollten wir dort direkt nachfragen. Genau das tue ich gerade.«

»Das haben Sie richtig gemacht, Herr Gerdes.« Für diesen hochnäsigen Unterton hätte sie ihren Kollegen am liebsten erwürgt. Was bildete der sich ein? Für solche Fragen gab es den Donnerstagnachmittag. Heute war Mittwoch. Sollte 'Hornbrillen-Gerdes' doch morgen wiederkommen. Sie war überzeugt, dass diese Brille nur als Verkleidung diente. Wahrscheinlich bestanden die Brillengläser nur aus Fensterglas. Ungeduldig blickte sie auf ihre Armbanduhr: kurz nach drei. Viel zu früh, um schon Feierabend zu machen. Lange würde sie die Gesellschaft dieser beiden Herren nicht mehr ertragen können.

»Ich habe Herrn Gerdes von Ihrem Hund erzählt, Frau Wilken«, grinste Kötertal dümmlich.

»Mein Hund heißt Rex, ein Irish Setter, braucht auch jede Menge Bewegung«, ergänzte Herr Gerdes.

Sie verfluchte sich innerlich dafür, dass sie Milo einmal mit ins Büro genommen hatte, weil ihre Nachbarin nicht nach ihm sehen konnte. Freiwillig hätte sie ihm nie von dem Hund ihres Bruders erzählt.

»Das ist ja toll. Was haben Sie noch so alles über mich erzählt? Wo ich wohne - oder meinen Kontostand vielleicht?«, zischte Julia aggressiver, als sie es vorgehabt hatte. Ihr Kollege ließ die Frage unbeantwortet. Bestens gelaunt zog er eine Steuerbroschüre aus der Schublade, um sie Herrn Gerdes in aller Ruhe zu erläutern.

Täuschte sie sich oder verbrüderten die beiden Perversen sich gerade? Okay, vielleicht waren sie gar nicht pervers, aber ganz normal sicherlich auch nicht. Wer weiß, vielleicht hatten sie sich wirklich im Internet kennengelernt und tauschten schon heimlich Fotos von ihr aus? Mensch, Julia, reiß dich zusammen, du bildest dir das alles nur ein! Julia nahm den Geruch von einem aufdringlichen Moschus-After-Shave wahr, welches den süßlichen Duft von Kötertals Rasierwasser sogar noch überlagerte. Jetzt wusste sie, was sie bereits während ihrer Unterrichtsstunde so gestört hatte. Sie nahm sich vor, diesen Gerdes selbst mal unter die Lupe zu nehmen. Seine Adresse hatte sie durch die Anmeldedaten. Es wäre doch interessant zu wissen, was Google, Facebook & Co über den spießigen Herrn so alles wussten.

Julia stand so schnell auf, dass ihr Stuhl nach hinten gegen den Aktenschrank rollte. Hätte er keine Rollen gehabt, wäre er wohl krachend auf den Boden gefallen. Sie ging zu Gerdes, zog ihn heftig am Arm, sodass dieser unwillkürlich aufstand.

»Hey, was soll das? Wir sind doch noch gar nicht fertig hier.« Julia zerrte weiter an seinem Arm, bis er am Garderobenständer stand. Der verdutzte Mann formte seine Lippen, ohne auch nur ein Wort herauszubekommen. Er bekam seinen Mantel vor die Brust gedrückt, gefolgt von seinem Filzhut.

»So, das war's heute für Sie. Ich muss noch etwas Dienstliches mit meinem Kollegen besprechen. Einen schönen Tag noch.« Julia schob ihn aus der Tür.

»Was haben wir zu besprechen, Frau Wilken?« Julia schritt zum Fenster, öffnete es und atmete tief die frische Luft ein. Sie drehte sich zu Kötertal um, sah ihn mit finsterer Miene an.

»Halten Sie einfach Ihren Mund, ja?«

Überraschenderweise hielt sich ihr pedantischer Kollege daran und bohrte nicht weiter nach.

***

Unter der Leitung von Paul Schweigert wartete die Sonderkommission fast stündlich auf das Ergebnis des DNA-Abgleiches. Unabhängig davon referierte Axel Meyerhoff über das Täterprofil. Wie immer war sein üppiger Schnurrbart tadellos gezwirbelt. Anders als in beliebten deutschen Krimiserien gezeigt, gab es im Fachkommissariat in Oldenburg keine durchsichtigen Scheiben, sondern einfache Flipcharts. Ein Fernsehmann hatte ihm mal erklärt, dass diese Glaswände aus Gründen der Perspektive verwendet wurden. Man konnte einfacher von der anderen Seite der Wand die Kommissare filmen.

Nachdem der Profiler vom LKA das persönliche Umfeld des Opfers Holger Ehmken erläutert hatte, begann er mit der Rekonstruktion des Tathergangs. Dabei listete er jede ermittelte Tatsache auf. Die Kollegen ergänzten lediglich Kleinigkeiten.

»Ich komme nun zum Täterprofil, das ich anhand der Hinweislage erstellt habe.« Axel Meyerhoff lag die Rolle eines Dozenten. In seinem Vortrag legte er immer wieder kurze Pausen ein, während er seinen Blick über die aufmerksamen Kollegen schweifen ließ. »Wir gehen von einem männlichen Täter im Alter von zwanzig bis vierzig Jahren aus. Ich bin übrigens davon überzeugt, dass es sich um einen Einzeltäter handelt.« Frank Albers meldete sich.

»Ja, Frank.« Durch die intensive Zusammenarbeit der ‚Soko Schlosspark' waren die Kollegen inzwischen alle per 'du'.

»Heißt das, wir schließen Julia Wilken aus? Sie hatte in meinen Augen das stärkste Motiv, dadurch, dass sie gestalkt wurde, oder?«

»Das Stalken hat nach ihren Aussagen nach der Tat aber nicht aufgehört. Okay, sie könnte sich das alles auch ausgedacht haben. Aber ich halte sie und auch jede andere Frau als Täterin für äußerst unwahrscheinlich. In vergleichbaren Fällen, bei denen Männer mehrfach von einem Pkw überrollt wurden, handelte es sich fast ausschließlich um männliche Täter. In unserem Fall gehen wir entweder von großer Wut aus, oder er wollte ganz sicher gehen, dass das Opfer auch wirklich tot war. Vielleicht sogar beides.« Meyerhoff sah erwartungsvoll in die Runde, als warte er auf Fragen. Es wurden jedoch keine gestellt. Also fuhr er fort.

»Wahrscheinlich hat der Täter gewartet, bis Holger Ehmken das Haus verließ. Den Mord im Schutz der Dunkelheit zu begehen, war meines Erachtens nach geplant.« Lisbeth betrat den Besprechungsraum und schloss die Tür hinter sich. Sie wandte sich an alle Kollegen:

»Der sichergestellte VW ist das Tatfahrzeug. Der DNA-Abgleich hat ergeben, dass es sich beim Blut auf der Motorhaube um das Blut von Holger Ehmken handelt.« Ein Raunen ging durch das Kollegium. Paul kramte in einem Ordner.

»Wir befragen die Anwohner, wer diesen VW mit den gestohlenen Kennzeichen,« Paul kramte weiter in einem Ordner, »LER für Leer - CS 48 in den Tagen vor der Tat dort gesehen hat. Vielleicht hat jemand das Gesicht des Fahrers gesehen. Frank, du bekommst ein Foto des sichergestellten Fahrzeugs und führst die Anwohnerbefragung erneut durch.« Der Angesprochene nickte. »Axel, fahre bitte fort.«

»Ein Auto als Mordwaffe ist ungewöhnlich. Was ist, wenn das Opfer den herannahenden Wagen bemerkt und sich mit einem Sprung gerettet hätte? Auftragsmörder würden kein Auto verwenden. Somit gehen wir von einem unorganisierten, ja chaotischen Täter aus, der impulsiv handelte. Durchschnittliches Bildungsniveau. Er verfügt über sehr gute Ortskenntnisse. Entweder, weil er aus dieser Gegend kommt, oder weil er die Wohnung, die Holger Ehmken erst ein paar Monate bewohnte, ausgekundschaftet hatte.«

»Schließt du Spielschulden als Motiv aus?«, nutzte Paul eine kurze Pause, die Meyerhoff machte, um einen Schluck Wasser zu trinken.

»Nein, wir können es nicht ausschließen. Für wenig wahrscheinlich halte ich jedoch, dass der Geldverleiher einen Killer engagiert hat. Wenn, dann hat er selbst aus Wut getötet. Wir müssen zunächst ermitteln, von wem sich Holger Ehmken das Geld lieh. Wenn ich das richtig erinnere, geht es immerhin um mehrere 10.000 Euro.«

»Vielleicht hat Ehmken das Geld einfach gestohlen«, gab Lisbeth zu bedenken.

»Dann müsste er schon eine Bank überfallen haben, um an so viel Bargeld zu kommen. Auch mit mehreren Wohnungseinbrüchen erbeutet man nicht so viel. Okay, wertvollen Schmuck könnte er gestohlen haben. Diese Hehlerware an den Mann zu bringen, gestaltet sich schwierig, gerade wenn man sich in der Szene nicht auskennt. Vergesst bitte nicht, er wollte sehr schnell an Bargeld kommen, um wieder spielen zu können.«

Paul vergab nach der Präsentation des Fallanalytikers weitere Aufträge an seine Mitarbeiter. Über das Motiv würden sie an den Täter kommen, davon war er überzeugt. Aber Paul wurde das Gefühl nicht los, irgendetwas übersehen zu haben.

Kapitel 8

Müde schlurfte Lisbeth die knarzenden Treppenstufen hinauf zu ihrer Wohnung. Im dritten Stockwerk hielt sie an, wie eine alte Frau, die mit zwei schweren Einkaufstüten denselben Weg gehen musste. Mit ihrer rechten Hand fuhr sie sich über den Nacken. Dabei bemerkte sie, wie verspannt sie war. Den gesamten Nachmittag hatte sie nur im Bürostuhl gesessen, einen Hinweis nach dem anderen geprüft und abgearbeitet. Bis auf einen kurzen Gang zur Kaffeemaschine war sie nicht einmal aufgestanden. Hätte Paul sie nicht nach Hause geschickt, säße sie immer noch dort. Ein Blick auf ihre Armbanduhr verriet ihr, dass es 18:44 Uhr war. Ihre nächste Wohnung würde nicht im obersten Stockwerk liegen. Falls doch, hätte das Haus mit Sicherheit einen Fahrstuhl. Kurz bevor sie ihre Eingangstür erreichte, ging auch noch das Licht im Treppenhaus aus. Sie musste wirklich sehr langsam die Treppe raufgeschlurft sein. Dass sie es nicht schaffte, bevor das Treppenhauslicht erlosch, war ihr erst einmal passiert. Damals war sie betrunken.

»Bist spät dran heute!«, schallte ihr eine unverwechselbar sonorige Stimme entgegen, die sie seit Spiekeroog an den Sänger von 'Sunrise Avenue' Samu Haber erinnerte. Nur dieser Erinnerung verdankte Philip es, dass sie nicht sofort ihre Dienstwaffe zog. Er musste gleich im nächsten Moment auf den Lichtschalter gedrückt haben.

»Du hast doch gesagt, du schreibst heute eine Prüfung.« Während sie das sagte, zog sie die Stirn in Falten. Er hingegen sah umwerfend aus. Trotzdem mochte sie solche Überraschungen überhaupt nicht. Erst recht nicht nach ihrer Entführung vor einigen Monaten.

»Hallo, Lissi, ich freue mich auch, dich wiederzusehen.« Wäre dieses überragende, fast schon hochmütige Lächeln nicht gewesen, hätte sie ihm vermutlich eine gescheuert.

»Auch hallo, aber wozu gibt es Telefone? Warum hast du nicht angerufen?« Ihre Frage ignorierend, nahm er ihr den Wohnungsschlüssel wie selbstverständlich aus der Hand und schloss auf, als hätte er das schon hundertmal gemacht. Ihr kam alles so unwirklich vor. Anstatt dass sie ihn hereinbat, folgte sie ihm in ihre eigene Wohnung. Sie überlegte kurz, ob sie nicht eine halbe Stunde schmollen sollte. Aber seine wunderschönen, feingliedrigen Hände konnten fantastisch gut massieren. Das hatte sie in Hamburg schon genießen können. Einem Impuls folgend, kickte sie mit der Hacke die Tür hinter sich zu, drückte ihn an die Wand, um ihn mit einem Zungenkuss zu überraschen. Kurz bevor sie seine Lippen traf, hauchte sie ihm noch ein »du Schuft, du« entgegen. Es kribbelte in ihrem Bauch, als hätte sich dort eine Armee Ameisen versteckt. Wie die Tiere fielen sie übereinander her, zogen sich gegenseitig die Jacken aus. Erneut gefiel ihr, wie er zupacken konnte. Er wusste, was er wollte, fragte nicht lange, sondern setzte es um. Er hob sie spielerisch leicht hoch, als müsse er sie nach der Hochzeit über die Schwelle tragen, versäumte jedoch nicht, sie weiterhin intensiv zu küssen. Im Nachhinein wusste sie gar nicht genau, ob er sie gezielt ins Wohnzimmer getragen hatte. Jedenfalls waren sie auf der Couch gelandet. Von den Einzelheiten der nächsten halben Stunde würde sie nicht mal Sanne etwas erzählen.

Als er ihr anschließend - ohne groß zu fragen - den Nacken massierte, rasten ihre Gedanken. Nur, um auch sicherzugehen, hatte sie sich letzte Woche die Antibabypille besorgt. Ihm aber weder davon erzählt, noch von der Tatsache, dass sie befürchtet hatte, schwanger geworden zu sein. *Antibabypille plus die sachgerechte Verwendung eines Kondoms sollten doch wohl Verhütung genug sein, oder? Obwohl er mir wahnsinnig guttut, traue ich ihm, was andere Frauen angeht, nicht über den Weg. So einen Traumtyp hast du nie für dich allein. Also nimm mit, was du kriegen kannst. Ich müsste jemanden aus seinem engen Freundeskreis kennen. Mensch, Lisbeth, du wirst schon misstrauisch, wenn irgendeine andere Frau einen Beitrag bei Facebook mit einem 'gefällt mir' versieht. Mach mal einen Punkt.*

Sie drehte den Kopf, sah in ein Gesicht, dem man die offensichtliche Freude ansah, sie mit seinen himmlischen Fingern zu kneten. Merkte er nicht, wie zerrissen sie sich fühlte? Sein warmes Lächeln beantworte ihre unausgesprochene Frage mit ‚Nein'. Ein Blick, der einfach nur sagte: 'Mach dir keine Sorgen, Liebes, bei mir bist du gut aufgehoben.' Und wie gut sie das war.

***

Ursprünglich hatte Paul sich vorgenommen, an diesem Samstag einige Polizeiberichte zu lesen, die er sich mit nach Hause genommen hatte. Sein Sohn Tom brauchte dringend neue Fußballschuhe. Einen fragenden Blick zu seiner Frau Wiebke quittierte sie mit einem Augenrollen. »Nichts. Du gehst mit ihm. Das ist Männersache.« So war er mit ihm in die kleine Innenstad von Varel gefahren, um das einzige Sportgeschäft in der Fußgängerzone aufzusuchen. Früher, als er in der Jugend vom SSV Bornheim kickte, waren Stollenschuhe schwarz mit weißen Streifen, entweder von Adidas oder von Puma. Heutzutage gab es solche Schuhe in den abenteuerlichsten Farben von leuchtend blau bis hin zu neon-orange. Der Marktführer Nike konnte große Verkaufserfolge mit diesen Paradiesschuhen verzeichnen. In eben die hatte sich Tom verliebt.

»Früher hätten sie mich verhauen, wenn ich mit leuchtenden Tretern aufgelaufen wäre«, murmelte Paul vor sich hin.

»Was hast du gesagt?«

»Ach, nichts. Und du bist sicher, dass sie dir passen?«

»Na logo, die sind cool.«

»Steh mal auf und lauf ein paar Schritte.« Tom stolzierte los, als laufe er ins Weserstadion ein. Paul folgte ihm und prüfte mit seinem Daumen, wie weit vorne der große Zeh seines Jungen war.

»Krieg ich die?« Paul stöhnte, als er auf das Schild mit dem viel zu hohen Verkaufspreis sah.

»Also gut.«

»Yeaahhh!« Tom drehte noch eine Ehrenrunde durch das Geschäft, sodass alle anwesenden Kunden es auch ja mitbekamen. Trotz neuer Fußballschuhe ging das F-Jugendspiel des TuS Büppel 1:2 gegen den TuS Obenstrohe verloren, wobei Tom zumindest den zwischenzeitlichen Ausgleich erzielt hatte.

Um kurz nach drei am Sonntagnachmittag hatte Paul erst zwei Seiten Berichte der Anwohner-Befragungen gelesen, als Wiebke plötzlich in der Tür vom Arbeitszimmer stand.

»Arne steht an der Tür und will dich abholen.« Mist, um 15:30 Uhr spielte Werder gegen den HSV, das Nordderby. Leichtsinnigerweise hatte er Arne zugesagt, sich mit ihm das Elend anzuschauen, es dann aber völlig vergessen.

»Es wäre schön gewesen, wenn du mich vorher informiert hättest, dass du deine Familie am Sonntagnachmittag alleine lassen willst.«

»Schatz, es ist doch nur für zwei Stunden.« Einen Versuch, sie zu umarmen, verhinderte sie frühzeitig, indem sie sich wegdrehte.

Im Büppeler Krug war mehr los, als Paul gedacht hatte. An den zahlreichen schwarz-grünen Trainingsanzügen mit der Aufschrift ‚KBV »Fleu weg« Büppel' konnte Paul sehen, dass der hiesige Boßelverein heute einen Wettkampf ausgetragen haben musste. Die Jungs waren ja an sich ganz in Ordnung, wenn sie nicht ständig versuchen würden, ihn zu überreden, diesen Friesensport auch auszuüben. Er hatte ohnehin keine Lust, aber selbst wenn, würde Wiebke im Quadrat springen, wenn er im Herbst und Winter auch noch jeden zweiten Sonntag unterwegs wäre.

Ein junger Kerl mit kurz geschnittenen Haare und Oberarmen wie ein Schlachter zeigte auf Paul. »Wenn ihr den blonden Lockenkopf da vorne nehmt, könnte das vielleicht der erste Mann bei euch im Verein sein, der richtig boßeln kann.« Offenbar gehörte er der gegnerischen Mannschaft an und hatte auch schon einige Biere und Jägermeister intus.

»Schuster, was stimmt nicht mit dir?«, dröhnte die Antwort des Büppeler Boßlers Thorsten Lubczyk, den Paul vom Fußballgucken kannte. Es folgte schallendes Gelächter. Paul winkte ab.

»Dieter, bringst du mir noch ein Hefeweizen und eine Frikadelle?«

»Mit Senf?«, fragte der Wirt.

»Jo.« In ganz Frankfurt hatte es keine so herzhaft leckeren Frikadellen gegeben wie hier im »Krug«. Im Laufe der Jahre hatte sich Paul hin und wieder gefragt, ob die Entscheidung, Frankfurt zu verlassen, richtig gewesen sei. Obwohl ihm die intensive Ermittlungsarbeit zusetzte, freute er sich auf die Feierabende, auf jede freie Stunde mit seiner Familie. Zumindest hier auf dem Land war die Welt noch in Ordnung. Die Berichte hatten Zeit bis Montag. Wenn er gleich nach dem Spiel nach Hause ging, wollte er die restliche Zeit vom Wochenende seinen drei Lieben widmen.

***

Diese ganze Geheimniskrämerei. Er hasste das. Aber was hätte er denn machen sollen? Es musste doch sein. Dieser Ehmken war nicht gut für sie. Hatte er von Anfang an gewusst. Schließlich verzockte der seine ganze Kohle in der Spielbank. Ein Versager. Mit Julia als Finanzbeamtin. Das konnte nicht gutgehen.

Kein Problem für ihn, einfach gestohlene Kennzeichen anzuschrauben statt der, die vorher dort befestigt waren. Er hatte Monate gebraucht, bis er die alte Kiste gefunden hatte. Mit einem Hochdruckreiniger hatte er die Motorhaube gründlich gereinigt. Wenn das stimmte, was man im Fernsehen so sah, würden die Bullen aber trotzdem kleinste Härchen oder Hautpartikel finden. Nachdem er sich den alten Golf 'ausgeliehen' hatte, hatte er immer Handschuhe getragen. Selbst wenn sie doch etwas finden sollten, sie hatten nichts, mit dem sie es vergleichen konnten. Er stand in keiner Polizeidatei. Noch nicht einmal zum Blutspenden ging er.

Ehmken hatte bekommen, was er verdient hatte. Nur diesen Blick wurde er nicht mehr los, der verfolgte ihn in seinen Träumen, wenn er überhaupt mal schlafen konnte. Dieses Entsetzen in seinen Augen. Der Mund grässlich verzerrt kurz vor dem Aufprall. Die Arme schützend vor den Körper haltend, als wenn er damit den Aufprall hätte verhindern können. In dieser Sekunde wusste er, dass er sterben würde. War es wirklich so, dass ganz kurz vor dem Tod das Leben in Bildern vor dem geistigen Auge vorbeilief? Hatte er ihn erkannt? Vermutlich nicht. Ehmken würde vom Scheinwerferlicht geblendet gewesen sein. Letztlich war das aber auch egal.

Kein Schrei, sondern einfach nur ein dumpfer Aufschlag. Der getroffene Körper war durch die Luft geflogen und hinter dem Auto gelandet. Er musste sichergehen, dass Ehmken wirklich tot war. Rückwärtsgang rein, dann nochmal vorwärts drüber. Vollgas. Raus aus der Stadt.

Er musste weiterhin vorsichtig sein. Durfte keinen Fehler machen. Dann würde alles gut werden. Ganz bestimmt.

Kapitel 9

Unweit der Autobahnabfahrt Nadorst, im Scheideweg, lag der Firmensitz der Maler- und Lackierer-Firma. Ihr Geschäftsführer Volker Baumann hatte bei der Kripo angerufen, um seine Aussage zu revidieren. Am Telefon wollte er nicht darüber sprechen, was genau er damit meinte.

»Was stimmte an Ihrer Aussage nicht?« Lisbeth war auf die Antwort genauso gespannt wie Paul. Im Gesicht des Mittfünfzigers zeichnete sich Besorgnis ab. Es schien ihm unangenehm zu sein.

»Nun, ich hatte Ihnen ja versichert, dass die Spesen von Holger Ehmken auf den Cent genau abgerechnet worden sind.« Volker Baumann sah in seinem nicht teuer wirkenden dunkelblauen Anzug eher wie ein Kaufmann als wie ein Handwerksmeister aus. Etwas kleiner, dafür deutlich schwerer als Paul, schien die Verantwortung für den vom Vater übernommen Betrieb an ihm zu zehren. »Aufgrund von Materialschwund, der für uns langsam nicht mehr zu erklären war, habe ich die Inventur, die sonst immer zum Jahresende durchgeführt wird, vorziehen lassen. Dabei kam heraus, dass Material im Wert von insgesamt fast 25.000 Euro fehlt.«

»Und Holger Ehmken könnte etwas damit zu tun haben, obwohl der bereits seit einigen Monaten nicht mehr für Sie arbeitete?«, fragte Lisbeth.

»Sie hatten ihm doch gekündigt?«, fügte Paul hinzu.

»Ja, sogar fristlos. Wissen Sie«, Baumann schritt zu einer Glasscheibe, durch die er einen guten Blick auf seinen Betrieb hatte, »Herr Ehmken hatte eigentlich keinen Zutritt zum Lager. Mein Junior gab ihm jedoch einen Schlüssel, ohne dass dies in der entsprechenden Liste vermerkt wurde. Davon habe ich erst heute erfahren. Hätte ich das gewusst...«

»Ja, ja, schon gut. Nehmen wir mal an, Ehmken hat das Material Stück für Stück entwendet. Wenn der es unter der Hand verkauft hätte, welchen Betrag hätte er erzielen können?«

»Ich schätze so ca. 20.000 Euro.« Lisbeth sah Paul an. Sie dachten wohl dasselbe. Es waren zwar schon Menschen für weit weniger umgebracht worden, aber der Firma schien es gutzugehen. Paul hatte in der Nord-West-Zeitung über eine Expansion nach Russland gelesen. Sie machten Millionenumsätze. Selbst wenn der Geschäftsführer von der Unterschlagung früher gewusst hatte, als er angab, fiel er somit als Tatverdächtiger aus. Es sei denn, es gab noch andere persönliche Motive. Holger Ehmken hatte große Teile seines Gehaltes verzockt, aber sich nicht bei den falschen Leuten Geld geliehen. Wer war so sauer auf ihn gewesen, dass er ihn mehrfach überfahren hatte?

***

Er stellte sich Julia Wilken vor: in schwarzen Spitzen-Dessous. Ihre üppigen Rundungen in edler Seide verpackt. Wie wohl ihre Unterwäsche an ihr geformt war? Vor allem, wie wohl deren Inhalt aussah? Weich und rein. Sein Glied wurde steif. So wie in jedem Unterricht bei ihr, ohne dass sie es je mitbekommen hatte. Wenn er ehrlich war, hatte er sich für diese Weiterbildung nur ihretwegen angemeldet, gleich nachdem er sie auf dem Flur gesehen hatte. Damals besuchte er einen anderen Kursus - über Digitalfotografie und Bildbearbeitung. Julia unterschied sich von seiner damaligen Kursleiterin dadurch, dass sie kein dürres Püppchen, sondern ein echtes Vollweib war. Genau so, wie er es am liebsten mochte.

Jetzt befand er sich jedoch allein zu Hause. »Die Gedanke sind frei« hieß es in einem uralten Volkslied. Es war nicht einmal verboten, was er in seiner

Vorstellung mit ihr machte. Gewiss, einige Frauen würden ihn für pervers halten. Aber das war ihm egal. In seiner Fantasie gehörte sie nur ihm. Mal stellte er sie sich im Urlaub an einem einsamen Strand vor, mal im Finanzamt. In seiner Fantasie war es menschenleer, bis auf sie und ihn. Jedes Mal erfüllte sie ihm seine intimsten Wünsche, waren sie auch noch so ausgefallen. Er schmunzelte in sich hinein.

Was würde sie über ihn denken, wenn sie wüsste, was er über sie dachte? Was er in seiner schmutzigen Fantasie mit ihr machte. Vermutlich würde sie sich angewidert abwenden. Ihn kurzerhand aus dem Volkshochkurs schmeißen. Sie durfte es nie erfahren. Dafür würde er sorgen.

Gestern hatte sie den Unterricht ausfallen lassen, angeblich wegen Krankheit. Vielleicht hatte sie einfach etwas anderes vor, traf sich mit einem Mann? Sein Gesicht lief rot an vor Zorn. Vielleicht fühlte sie sich nur unwohl oder hatte sich eine harmlose Grippe eingefangen. Er musste es herausfinden. Am liebsten wäre er zu ihr nach Hause gefahren, um zu fragen. Er wusste natürlich, wo sie wohnte, weil er ihr nachgefahren war. Wie sollte er erklären, woher er ihre Adresse hatte?

***

'Surflehrer' war bis zum Wochenende geblieben. Es hatte sich gut angefühlt, dass jemand bei ihr zu Hause auf sie wartete. Wobei 'jemand' die Untertreibung des Jahres war. Ihr Traummann. Lisbeth verstand immer noch nicht, wieso er sich ausgerechnet sie ausgesucht hatte. Nicht, dass es keine Männer gab, die sich für sie interessierten. Davon gab es genügend. Niveauvolle, aber auch echte Proleten. Im Sommer pfiffen ihr manchmal Bauarbeiter hinterher. Am Anfang hatte sie sich noch darüber geärgert. Inzwischen nahm sie so etwas als Kompliment. Als sie heute frustriert vom

Dienst nach Hause zurückkehrte, sie kamen in ihrem Mordfall nicht weiter, wartete keiner mehr auf sie. Die Wohnung fühlte sich so leer an ohne ihn. Sie widerstand dem Impuls, ihn auf dem Smartphone anzurufen. Heute Abend war er im Fitness-Studio, um einen Spinning-Kurs zu leiten. Vermutlich mit jeder Menge hübscher Frauen, die gut trainiert waren. Vor ihm in hautengen Tops schwitzten, ihn trotz der Anstrengung noch anlächelten.

Ihr Fitnesslehrer Philip spielte in einer ganz eigenen Liga. So selbstbewusst, ständig gut gelaunt und unbekümmert. *So einer muss andere Frauen geradezu anziehen wie das Licht Insekten. Das geht doch gar nicht anders, oder?*

Lissi, jetzt hör aber auf!, schalt sie sich. *Wenn sich das Leben von der Sonnenseite zeigt, dann genieße es doch. Aber: eincremen nicht vergessen.* Sie ging an die Pinnwand in der Küche, vergewisserte sich, wann der nächste Frauenarzttermin anstand, als das Telefon klingelte. Auf dem Display las sie ‚Sanne'.

»Hey!«

»Hallo, Süße, was hörst du dich so enttäuscht an, wenn ich dich anrufe? Das war früher aber anders.« Lisbeth setzte sich Teewasser auf, ohne zu antworten. Stattdessen plapperte ihre Freundin weiter. »Ah, ich verstehe, du dachtest, dein Prinz würde anrufen.«

»Er ist nicht mein Prinz.« Sannes Lachen klang laut aus dem Hörer.

»Oh, Entschuldigung, dein Fitnesspapst, oder sollte ich sagen, dein 'pörsonel' Trainer«, dabei zog Sanne das englische Wort 'personel' betont in die Länge.

»Sanne, bitte. Ich bin schlecht drauf.« Lisbeth friemelte umständlich einen Beutel schwarzen Tee aus der Verpackung und hängte ihn in die Teekanne.

»Aber du hattest ihn doch fast eine Woche bei dir, ganz für dich allein. Was gibt es schöneres?«

»Ja, eben. Heute komme ich in eine leere Wohnung. Ich vermisse ihn so. Ist das normal? Wir kennen uns doch noch gar nicht so lange.« Das Teewasser kochte. Lissi goß die Teekanne voll.

»Lisbeth Eicken, dich hat es ganz schön erwischt. Du bist verliebt.«

»Meinst du?«

»Ja, was denn sonst? Wie steht's mit ihm? Ist er auch in dich verliebt?«

»Ich denke schon. Also, ich hoffe es.«

»Aber gesagt hat er es nicht?« Lisbeth ging ins Wohnzimmer. Der Tee würde gut ohne sie ziehen können. Beim Blick auf die Couch spielte sich vor ihrem geistigen Auge ein Film ab. Genauer gesagt, eine ganze Serie. Sie hätte nie geglaubt, was ein Mann so alles mit ihr anstellen konnte. Der Kerl war unglaublich.

»Nein, hat er nicht.«

»Das macht nichts. Männer sind nicht so schnell mit den berühmten drei Worten. Wie waren die fünf Tage? Ich will alles wissen. Was habt ihr getrieben?«

»Sanne, echt!«

»Komm schon. Mir kannst du es doch erzählen.« Lisbeth ging zurück in die Küche, entfernte den Teebeutel. Dabei grinste sie.

»Er war... ich meine, er ist der Jackpot, in jeder Hinsicht, hatte sogar gekocht, als ich von der Arbeit zurückkam.«

»Ich wusste es. Dann freu dich doch.« Lisbeth klemmte sich das Telefon zwischen Kinn und Schulter, um die Kanne nebst Tasse in das Wohnzimmer zu tragen.

»Tu ich ja. Aber das ist alles fast zu gut, um wahr zu sein. Wie in einem wunderschönen Traum, von dem du bloß nicht aufwachen willst. Aber kennst du nicht diese Ungewissheit? So ein Typ hat doch immer eine Frau am Start.«

»Ja, und zwar dich. Mach dir nicht so viele Gedanken, Süße.«

»Okay, ich versuch's. Du hast recht. Aber was ist mit dir, wann kommst du mich das nächste Mal in Oldenburg besuchen?«

Die beiden Freundinnen plauderten noch eine halbe Stunde. Nachdem Lisbeth aufgelegt hatte, fühlte sie sich nicht mehr so allein. Sie sollte sich auch mal wieder bei ihrer Mutter blicken lassen. Gerade jetzt konnte sie sich gut vorstellen, wie allein diese sich fühlen musste, seit ihr Vater sie vor Jahren verlassen hatte. Genauso lange hatte sie nichts mehr von ihm gehört. Manchmal las sie Berichte über ihn in der Zeitung. Er bekleidete ein wichtiges Amt in Hannover. Keiner in ihrer Dienststelle wusste, dass 'er' ihr Vater war. ‚Eicken' war der Geburtsname ihrer Mutter, den sie angenommen hatte, als sie achtzehn geworden war.

Bestimmt verfolgte er ihren Werdegang bei der Kriminalpolizei. Obwohl sie keinen Kontakt mehr zu ihm wollte, hoffte sie insgeheim, dass er stolz auf sie war. Wie wohl jede Tochter. Sie hatte sich als Kind oft gewünscht, dass er ihr das gesagt oder sie einfach nur in den Arm genommen hätte. Doch so sehr sie sich auch angestrengt hatte, sei es durch gute Noten in der Schule oder durch Fleiß beim Klavierunterricht, nie hatte sie entsprechende Anerkennung von ihm bekommen. Wie konnte er nur so gefühlskalt sein? Mit seiner juristischen Ausbildung schienen ihm die Paragraphen und seine Karriere stets näher als die Gefühle seiner Familie. In der Öffentlichkeit wirkte ihr feiner Herr Vater überzeugend. Er konnte Leute ohne Mühe für sich einnehmen. Wenn er einen Raum betrat, wirkte sein Charisma. Kaum einer erkannte die Fassade. Sie schon.

»Zum Teufel mit dir«, sagte sie laut und trank die Tasse Tee leer.

***

Er hoffte, angemessen gekleidet zu sein. Prüfend sah er in den Innenspiegel seines Volvos. Die Krawatte saß tadellos. Ebenso wie sein Seitenscheitel. Die Frauen mochten es, wenn man auf sein Äußeres achtete. Das wusste er. Auf der Fahrt zu Julia Wilkens Haus hatte er angehalten, um einige lila Edelnelken zu kaufen. Sicher würde sie sich über diese Aufmerksamkeit freuen. Er griff sich den Strauß und stieg aus dem Auto. Nachdem er das Fahrzeug elektronisch verriegelt hatte, sah er ihr Auto in der Einfahrt. Sie müsste also zu Hause sein. Vermutlich war sie doch krank. Vielleicht könnte er ihr etwas aus der Apotheke besorgen. Er betätigte die Klingel. Zwei gongähnliche Töne in unterschiedliche Höhe konnte er hören. Weiter geschah nichts. Er schaute nach links in ein Küchenfenster. Rechts vor der Eingangstür befand sich ein weiteres Fenster, das wohl zum Wohnzimmer gehörte. Die Gardine bewegte sich, als wenn jemand dort gestanden hätte und eilig zurückgewichen wäre. Vielleicht ging es ihr so schlecht, dass sie keine Gesellschaft haben mochte. Aber dann ging man doch nichts ans Fenster, oder?

Herr Gerdes nahm eine Visitenkarte aus dem Jacket. 'Beste Genesungswünsche' kritzelte er auf die Rückseite, um sie anschließend in die Nelken zu legen. Vorsichtig, als hielte er eine Porzellanschüssel in der Hand, legte er die Blumen vor der Tür ab. Er ging zwei Schritte rückwärts, nicht ohne den Blick von den Nelken zu nehmen, dabei faltete er die Hände. Erst als er zufrieden war, drehte er sich um.

***

Julia hatte ihre Klingel gehört, als sie sich im Wohnzimmer befand. Milo spitzte die Ohren, bellte jedoch nicht. Guckte stattdessen fragend zu Julia.

Aufgrund der Ereignisse der letzten Wochen öffnete sie nicht mehr die Haustür, ohne zu wissen, wer davor stand. Sie hatte sich sogar überlegt, eine kleine Überwachungskamera zu installieren, sich bisher aber nicht zu einer Entscheidung durchringen können. Neugierig blickte sie aus dem Wohnzimmerfenster, um sofort zurückzuweichen. *Was zur Hölle will der denn hier? Woher hatte er ihre Adresse?*

Wahrscheinlich ist er nicht zum ersten Mal auf meinem Grundstück. Aber warum zeigte er sich jetzt ganz offen? Ja, klar: Sie hatte sich krank gemeldet. Nun suchte er sie auf. Wollte er sie einschüchtern?

Sie stand in der Küche in einer dunklen Ecke, konnte ihn gut sehen. Er sie aber nicht, hoffte sie. Er stand regungslos da, die Hände gefaltet, wie vor einem offenen Grab. Schließlich drehte er sich um und ging zum Auto. Erst als er tatsächlich weggefahren war, traute sie sich, die Tür zu öffnen. Nelken. Grabblumen! Sie hielt vor Schreck die Hand vor den Mund. Nahm den Strauß, ging ins Haus und schmiss ihn in die Ecke. Ein hysterischer Schrei. *Hatte sie gerade selbst geschrien?* Unschlüssig schritt sie zu den Blumen, hob sie auf. Keine Karte, keine Nachricht. *Natürlich nicht. Hornbrillen-Gerdes wollte ihn ja persönlich abgeben. Warum, glaubst du, sollte er dann noch eine Karte mit besten Wünschen dazulegen? Das hat der doch mit Absicht gemacht. Der weiß ganz genau, wofür Nelken normalerweise verwendet werden. Soll das eine Drohung sein? Oder eine Warnung? Will er damit seine Überlegenheit demonstrieren? »Hier, sieh her, ich bin immer bei dir, selbst bei und nach deinem Tod.«*

Julia entsorgte den Blumenstrauß im Hausmüll, ohne die Visitenkarte zu finden. Sie hastete die Treppen hinauf in ihr Arbeitszimmer. Sah aus dem Fenster. Sie wollte sich vergewissern, ob er noch in der Nähe war. Doch sie konnte weder ihn noch sein Auto erkennen. Sie suchte den Aktenordner mit den Unterlagen der Volkshochschule heraus. In der Teilnehmerliste fand sie seinen Namen sowie seine Adresse. Sie sah zum Fenster. Plötzlich wusste sie, was zu tun war. Sie notierte sich die Adresse auf einem gelben Zettel. Ein gequältes Grinsen machte sich in ihrem Gesicht breit.

***

Im Kommissariat herrschte hektische Betriebsamkeit, nachdem ein DNA-Abgleich nachgewiesen hatte, dass das Blut auf der Motorhaube Holger Ehmkens Blut war. Natürlich wollte die Sonderkommission möglichst schnell herausfinden, wer den alten Golf am Tag des Mordes sowie an den Tagen zuvor gefahren hatte. Eine Überprüfung aller Blitzerfotos in Oldenburg und Umgebung wurde genauso eingeleitet wie ein Zeugenaufruf in der Nord-West-Zeitung. Zusätzlich sollten die Anwohner befragt werden. Jemandem musste doch das Auto aufgefallen sein. Entweder vor der Tat oder direkt danach, als das Fahrzeug mit hoher Geschwindigkeit davonraste. Möglicherweise hatte jemand auch beobachtet, wie es schließlich auf dem Parkplatz abgestellt worden war.

Lisbeth stand von ihrem Schreibtisch auf, um mit verschränkten Armen unruhig auf und ab zu gehen. Sie trug eine blaue Jeans mit modischen weißen Waschflecken, dazu eine körperbetonte schwarze Bluse. In ihren Augen erkannte Paul ein Glitzern. Die heiße Spur hatte ihren Jagdinstinkt geweckt.

»Haben wir das Foto vom Golf schon auf Facebook veröffentlicht?«, fragte Lisbeth Paul streng, so als leite sie selbst die Ermittlungen. Paul mochte selbständig denkende Mitarbeiter. Lisbeth musste er jedoch hin und wieder mal zügeln.

»Die Kollegen aus Hannover haben es vor einer Viertelstunde online gestellt. Obwohl die Tat jetzt schon ein paar Wochen her ist, werden wir sicherlich neue Hinweise bekommen. Zumindest stehen durch den Aufruf in der Zeitung die Telefonleitungen bei den Kollegen kaum mehr still.« Lisbeth lehnte sich an die Kante ihres Schreibtisches, fuhr sich nachdenklich durch ihr Haar.

»Gut, das wird Tage dauern, die brauchbaren Hinweise von den vielen Wichtigtuern zu unterscheiden, die auch mal was Interessantes gesehen haben wollen.«

»Da sagst du was.« Anders als in vielen Krimiserien im Fernsehen bestand der tatsächliche Kripodienst aus mühsamer Puzzlearbeit. Geduld gehörte zu den größten Tugenden. »Aber unabhängig von der Auswertung der neuen Hinweise geht mir diese Julia Wilken nicht aus dem Kopf.« Lisbeth zog die Stirn in Falten, hörte ihrem Chef konzentriert zu. »Frau Wilken kommt zu mir, weil ihr Ex-Freund sie stalkt, sie nicht in Ruhe lässt.«

Paul stand auf, notierte Stichpunkte auf dem Flipchart, um Struktur in seine Gedanken zu bringen. »Ihr Ex-Freund Holger Ehmken wird brutal überfahren. Warum hört das 'angebliche' Stalken nicht auf?« Er versah den letzten Punkt mit einem fetten Fragezeichen. Unter diese Frage zeichnete er eine Verzweigung. »1. Möglichkeit: Holger Ehmken war nicht der Stalker. 2. Sie hat die Stalkerei erfunden.«

Lisbeth schritt in Richtung Paul, zeigte auf die Notizen. »Es gibt noch eine dritte Möglichkeit: Sie bildet sich die Stalkerei nur ein, das heißt, sie ist überzeugt davon, obwohl es nie stattgefunden hat.« Paul kratzte sich mit beiden Händen hinterm Kopf.

»Das glaube ich nicht. Für mich klang sie damals glaubwürdig, klingt sie heute noch.«

»Kann sein, kann aber auch nicht sein. Was für handfeste Beweise haben wir, dass es einen Stalker gegeben hat, außer ihre eigenen Aussagen?«

»Ein verschwundener Fleece-Pulli. Angeblich eine Person im Garten. SMS‘ und E-Mails, die sie alle wieder gelöscht hat. Nächtliche Anrufe, deren Herkunft nicht ermittelt werden konnten.« Nach Pauls Aufzählung breitete Lisbeth die Arme mit den Handflächen nach oben aus: »Siehste.«

»Okay, okay, ich verstehe, was du sagen willst. Nehmen wir mal an, sie hat das alles erfunden, plant vielleicht sogar, ihn zu töten. Dann liefert sie uns vorher noch ihr Tatmotiv, das Stalken. Das wäre schon ziemlich dämlich. Nachdem Ehmken überfahren wurde, kommt sie erneut zu uns, berichtet erneut von Stalking. Warum?«

»Das ist doch klar. Damit wir denken, es muss doch jemand anderes gewesen sein.« Paul schüttelt energisch mit dem Kopf.

»Es wäre doch einfacher für sie gewesen, sich für die Tatzeit ein falsches Alibi zu besorgen. Es hilft nichts, wir müssen ihr erneut auf den Zahn fühlen. Morgen statten wir ihr einen Besuch ab.« Lisbeth nickte, schien mit ihren Gedanken jedoch ganz woanders zu sein. Paul beobachtete ihr verändertes Verhalten schon seit ein paar Tagen. Wenn ihre Gedanken abschweiften, bekam sie einen eigentümlichen, zufriedenen Gesichtsausdruck. Er hielt es für unangebracht, nachzufragen, da ihre Arbeit nicht darunter litt. Im Gegenteil, sie strotzte nur so vor Energie. Paul vermutete einen neuen Mann in ihrem Leben.

»Lisbeth, warum kommst du nicht am Wochenende zu uns zum Essen? Wiebke würde sich freuen, Tom und Levke sowieso.«

»Ein anderes Mal gerne. Am Wochenende habe ich keine Zeit.« Lisbeth strahlte dabei über das ganze Gesicht. Paul wusste nicht, ob sie es nicht schaffte, das Grinsen zu verbergen, oder ob sie ihm sagen wollte: 'Denk dir doch deinen Teil'.

Als Lisbeth das Büro verlassen hatte, bekam Paul ein Lied nicht mehr aus dem Kopf. Ein grässlicher Ohrwurm: »Eine neue Liebe ist wie ein neues

Leben, na na na na na na...«

Kapitel 10

Es war einfach kein freier Parkplatz am Haarenufer zu finden. So bog sie in die Jahnstraße ab. Ganz am Ende, kurz vor dem Kaiserteich, fand sie eine Parklücke, in der sie ihren Renault abstellte. Zu Fuß würde Julia Wilken keine zehn Minuten brauchen. Der Herbst hatte bereits viele Blätter von den Bäumen fallen lassen. Der letzte Regenschauer hatte das Gehen auf dem Bürgersteig nicht gerade einfacher gemacht.

Als Oldenburgerin kannte sie sich in dieser noblen Gegend gut aus. Die Dunkelheit machte ihr nichts aus. In ihrer Handtasche befand sich Pfefferspray, sodass sie sich hier sogar sicherer fühlte als in ihren eigenen vier Wänden. Hier hatte sie zumindest nicht das Gefühl, verfolgt zu werden. Schließlich erreichte sie ihr Ziel. Direkt neben der Cäcilienschule wohnte Herr Gerdes, wie es sich für einen Spießer gehörte. Vermutlich zählte der Hausmeister zu seinen besten Kontakten. Womöglich meldete er sogar, wenn Schüler außerhalb des Schulhofes rauchten. Julia traute es ihm zumindest zu, obwohl sie ihn gar nicht so gut kannte. Sein seltsames Verhalten während des Volkshochschulkurses ließ sie ebenso darauf schließen wie das, was sie im Internet über ihn herausgefunden hatte.

Hektisch ging sie ein paar Schritte zurück. Weit genug, um hinter einer Hauswand zu verschwinden. Neugierig lugte sie jedoch hervor. Sie wollte sich vergewissern, ob es wirklich Eduard Kötertal war, der bei Gerdes klingelte. *Was zur Hölle hat der hier verloren?* Sie erinnerte sich an die Situation im Büro, als 'Hornbrillen-Gerdes' ihren Kollegen im Finanzamt aufgesucht hatte. Es mochte zwar nur ein Vorwand gewesen sein, aber zumindest hatte der Besuch einen dienstlichen Hintergrund. *Aber nun treffen sie sich privat? War es das erste Mal? Oder besucht er ihn regelmäßig?*

Julia konnte nicht fassen, was sie sah. Kötertal begrüßte ihn per

Handschlag. Als wäre es völlig selbstverständlich, bat Gerdes ihn herein. Leider konnte sie nicht hören, was gesprochen wurde. Dafür stand sie zu weit weg. Sie sah sich nach einer Möglichkeit um, damit sie auf die rückwärtige Seite des Hauses gelangen konnte, ohne das Grundstück zu betreten. Kaum hatte sie ihren neuen Standort mit freier Sicht auf das erleuchtete Wohnzimmer erreicht, wurden die Rollläden heruntergelassen. Vorher sah Kötertal kritisch nach draußen, mit der Nase fast an der Terrassentür. Julia schien es so, als wollte er sich vergewissern, dass keiner sie beobachtete.

Was haben die beiden zu besprechen? Na, was wohl, das liegt doch auf der Hand: Sie sprechen natürlich über dich, was sonst? Sie spürte, wie sie Gänsehaut auf dem Unterarm bekam. Vielleicht stellten sie gerade eine Art Schichtplan für professionelle Stalker auf. Oder sie planten ihre Entführung. Julia schaute auf die Uhr: 20.16 Uhr. Allzu lange wollte sie Milo nicht alleine in ihrer Wohnung lassen.

»Hey, hallo, was machen Sie da?«, hörte sie eine sonore Stimme. Die Richtung, aus der die Stimme kam, konnte sie im ersten Moment nicht genau bestimmen. War sie selbst jetzt plötzlich zur Stalkerin geworden? Eine Taschenlampe blendete sie von der Seite.

»Ähm, ich, also«, stammelte sie, während der Spaziergänger mit seinem Schäferhund näher kam, »ich war hier gestern spazieren und hab da was verloren.«

»Das suchen Sie ausgerechnet jetzt? Im Dunkeln?« Der Hund knurrte böse, bellte aber nicht.

»Ruhig, Rex. Was haben Sie denn verloren? Soll ich Ihnen bei der Suche helfen?«

»Nein, nein. Es ist nur ein Anhänger, an dem ich sehr hänge.« *Ein Anhänger, an dem ich sehr hänge. Was Blöderes ist dir wohl nicht eingefallen, Julia?* «Sie haben recht, bei Tageslicht lässt es sich besser suchen.«

»Wie sieht der Anhänger aus? Geben Sie mir doch Ihre Adresse oder Telefonnummer, falls ich ihn finde, rufe ich Sie an«, bot der Mann mit dem weißen Bart an.

»Nein, danke. Vielleicht habe ich ihn ja ganz woanders verloren.« Ohne sich zu verabschieden, drehte sie sich um. Sie marschierte stramm los, damit er keine weiteren unangenehmen Fragen stellen konnte. *Meine Adresse samt Telefonnummer, soweit kommt's noch. Am Ende kennt der den Kötertal noch.*

***

Obwohl Paul ziemlich lange im Büro war, hatte er sich Protokolle von Zeugenaussagen mit nach Hause genommen. Levke schlief bereits. Zu Tom ging er noch ins Zimmer. Völlig übermüdet, aber begeistert erzählte der ihm von seinem Fußballtraining im Flutlicht.

»Das macht sogar viel mehr Spaß als im Sommer. Flutlicht ist echt geil.« Paul hatte seinem Sohn versprochen, ihm beim Training zuzuschauen. Das schlechte Gewissen nagte an ihm.

»Was habt ihr denn genau geübt, mein Großer?«

»Zuerst Aufwärmen, dann mit dem Ball Slalom laufen...«

»Um Pylonen herum?« Tom schaute ihn fragend an.

»Was sind 'n Pylonen?«

»Na, so gestreifte Hütchen, die es auch im Straßenverkehr gibt.«

»Ach so, ja genau, und dann: Doppelpass.«

»Prima, am Ende noch ein Spielchen gemacht?«

»Ja klaaar, 5:2 gewonnen, ich habe zwei Tore geschossen.«

»So will ich dich hören, sehr gut. Nun wird aber geschlafen.«

»Papa? Am Samstag, beim Auswärtsspiel gegen Bockhorn bist du dann aber dabei, oder?«

»Aber sicher.« Paul gab ihm einen Kuss und löschte das Licht.

Als er ins Wohnzimmer kam, sah Wiebke kritisch auf die Berichte, die Paul mitgebracht hatte.

»Schatz, ich kann doch auch nichts dafür.« Er wollte ihr einen Kuss geben, aber sie wandte sich ab.

»Danke, dass ich Tom mal wieder alleine zum Training fahren durfte. Ist ja kein Problem. Ich habe unsere kleine Tochter einfach mitgenommen, die ziemliches Theater gemacht hat.« Sie sah ihn zornig an. »Was hast du nicht alles versprochen, du fährst mit ihm zum Training und zum Spiel. Und an wem bleibt wieder alles hängen? Von der Hausarbeit will ich gar nicht erst anfangen. Die erledigt sich ja von selbst. « Paul wusste gar nicht, was er sagen sollte. Sie hatte ja recht - irgendwie. Auf der anderen Seite konnte er aber auch nicht einfach wie ein gewöhnlicher Beamter um halb fünf seinen Stift fallen lassen. Wenn er als Leiter der Sonderkommission ernst genommen werden wollte, konnte er schlecht sagen: »Jungs, ich habe Familie, ermittelt mal schön alleine weiter.« Schließlich erwartete er von seinen Mitarbeitern auch vollen Einsatz, wenn es sein musste, auch am Wochenende. Verbrecher hielten sich selten an gewöhnliche Geschäftszeiten.

Paul dachte sehnsüchtig an ihren Urlaub in Dänemark. Drei Wochen hatte er nur Augen für seine Familie gehabt. Im Ferienhaus direkt am Strand spielte die Uhrzeit keine Rolle. Tom musste er abends fast mit Gewalt von dem feinen Sandstrand wegzerren. Also nicht wirklich mit Gewalt, sondern mit verbaler Überzeugungsarbeit. Abends, wenn die Sonne über dem Meer unterging, saßen sie zusammen bei einem guten Glas Wein. Beide Kinder schliefen bereits völlig abgekämpft selig in ihren Kiefernholzbetten. An solchen Abenden gab es gute Gespräche. Oder sie schwiegen einfach zusammen, was man mit Wiebke sehr gut konnte. Sie nahmen sich Zeit füreinander. Paul vermisste diese gemeinsamen Stunden der Muße vermutlich genauso wie seine Frau. Aber er konnte sich auch nicht zerteilen.

»Wir könnten doch am Sonntag an den Strand nach Dangast fahren.« Wiebke verschränkte die Arme. Fuhr sich mit der rechten Hand über den Ellenbogen, als ob ihr plötzlich kalt geworden wäre.

»Sonntag soll es regnen.«

»Na und? Tom liebt dieses Wetter. Uns allen könnte eine stramme Brise guttun.«

»Ja, wenn du meinst.« Echte Begeisterung hörte sich anders an. Tom nahm sich fest vor, das kommende Wochenende ganz seiner Familie zu schenken. Das Auswärtsspiel von Tom in Bockhorn war wichtig.

***

Nur widerwillig hatte Julia sich in das VHS-Gebäude geschleppt, das sich in der Karlsstraße auf der rückwärtigen Seite des Hauptbahnhofs befand. Sie hatte bereits den Termin letzte Woche ausfallen lassen. Als sie während einer Pause die Toilette aufsuchte, bekam sie das Gespräch zweier Kursteilnehmer mit. Diese befanden sich offensichtlich auf der Herrentoilette. Durch die geöffneten Fenster konnte sie Max Krause gut verstehen.

»Glaub's mir doch, die Wilken ist ein ganz wilder Feger, die tut immer nur so, als könnte sie kein Wässerchen trüben. Ich habe ein Bild von ihr im Netz gefunden, das sie mit einem tiefem Ausschnitt bei einer Strandparty zeigt.« Julia wusste, von welchem Bild die Rede war. Dieses unglückselige Foto hatte sie aus dem Netz entfernen lassen, glaubte sie zumindest - bis gerade eben. 'Das Internet vergisst nichts', hieß es. Offenbar hatte jemand das Bild vorher kopiert und woanders verbreitet.

»Max, du redest dir da was ein.« Das war die Stimme von Leon Kirchgässner, dem Vorstand eines Tischtennisvereins. Offenbar unterhielt er sich mit dem ungepflegten Studenten, der sich mit einer Beratungsfirma selbständig gemacht hatte.

»Na ja, bei uns versucht sie ihre riesigen Hupen doch immer zu verstecken. Heute wieder ein biederer Rollkragenpullover. Ich sag dir, solche Frauen, die immer so auf schüchtern tun, das sind die versautesten.«

»Du und deine Fantasie. Komm, wir müssen zurück. Die Pause ist gleich um.« *Wie viel von ihren sieben männlichen Kursteilnehmern waren solche Perverslinge?* Sie hatte es ja schon immer vermutet. Jetzt wurden ihre Vermutungen bestätigt. Männer und ihre schmutzigen Fantasien. Es lag doch auf der Hand, dass mindestens einer von ihnen ihre Nähe suchte. Gerdes hatte sogar die Dreistigkeit besessen, an ihrer Wohnungstür zu klingeln. Dann auch noch die Nelken. Was für ein perfides Spiel wurde hier getrieben? Hatten sich diese Widerlinge organisiert? Schossen sie heimlich Fotos von ihr, um sie dann auszutauschen?

Julia beschloss, Überwachungskameras an ihrem Haus und am Zaun anbringen zu lassen. Die Polizei würde Beweise sehen wollen. Als sie das letzte Mal bei der Kriminalpolizei war, hatte es geheißen, es seien alles Vermutungen, die sie zwar ernst nähmen, aber sie bräuchten 'belastbare' Beweise. Sie hatte den Kommissar angeschrien: »Gilt es als Beweis, wenn ich tot bei Ihnen im Kühlhaus liege mit einem komischen Zettel am Zeh?« Sie solle sich beruhigen, hatte man ihr gesagt. Ja, ja, wenn sie es nicht selbst in die Hand nahm, würde nichts passieren.

Aber eine Blöße würde sie sich nicht geben: sich vor diesen Arschlöchern von Kursteilnehmern verkriechen. Sie trank einen Schluck Wasser aus dem Wasserhahn, sah prüfend in den Spiegel. Nachdem sie ihren Rollkragenpullover zurechtgezupft hatte, nickte sie sich selbst aufmunternd zu. Der Gang zurück in den Unterrichtsraum fiel ihr nicht leicht.

Normalerweise hatte sie keine Probleme damit, vor einer Gruppe zu stehen. Diese bestand zudem nur aus acht Teilnehmern, wobei die einzige Teilnehmerin heute fehlte. Julia blickte in die fragenden Gesichter. Sieben Männer glotzten sie gleichzeitig an. In jedem einzelnen sah sie einen Stalker. Vielleicht tat sie den anderen ja unrecht. Aber bei Herrn Gerdes und bei Max Krause gab es Beweise. Sie besuchten diesen Unterricht doch nur, um ihr ungestraft nachstellen zu können. Um sich halbwegs sicher zu fühlen, setzte sie sich hinter ihr Laptop, der mit einem Beamer verbunden war.

»Könnten Sie das mit der Umsatzsteuerrückerstattung bitte nochmal erklären, Frau Wilken?«, fragte Max Krause in strengem Tonfall.

»Sie sind seit fünf Monaten selbstständig, Herr Krause, und haben das immer noch nicht verstanden? Das ist Grundwissen!«, herrschte sie ihn barscher als beabsichtigt an.

»Ja, okay. Das stimmt, aber deswegen bin ich doch hier. Meine erste Einnahmen-Überschuss-Rechnung liegt schließlich noch vor mir.« Julia verspürte nicht die geringste Lust, diesem Typen etwas zu erläutern. Sollten es die Perversen doch unter sich tun.

»Herr Gerdes, Sie schreiben immer so vorbildlich mit. Würden Sie so freundlich sein, es ihm mitzuteilen, ja?« Während der Angesprochene sogar eine perfekte Antwort gab, dachte sie an den Besuch ihres Kollegen bei Herrn Gerdes. Am liebsten hätte sie Kötertal gefragt, was die beiden privat miteinander zu schaffen hatten. Aber wie sollte sie das anstellen, ohne ihm zu erzählen, dass sie ihn vor dem Haus von Gerdes gesehen hatte? Kötertal würde ihr nicht glauben, wenn sie behauptete, sie wäre zufällig dort gewesen. Plötzlich hatte sie eine Idee. Sie notierte ihren kurzen Gedanken auf einem Zettel. Nun konnte sie zufriedener in die Runde der Teilnehmer blicken.

***

»Was ist, wenn der Täter gar nicht im Umfeld von Holger Ehmken zu suchen ist?« Lisbeth war nach ihrer Frage an die Schreibtafel gegangen. Sie war heute Morgen bereits vor Paul im Büro gewesen, was selten vorkam. Die anderen Kollegen der Sonderkommission ließen noch auf sich warten.

»Wie kommst du jetzt darauf?«

»Hier stehen alle Namen, also Personen, die in persönlicher Beziehung zu ihm standen«, Lisbeth zog mit dem Zeigefinger einen imaginären Kreis um das Schaubild, »alles gut und schön. Oft finden wir den Mörder auch im persönlichen Umfeld. Aber nehmen wir einmal an, der Fahrer des Golfs war betrunken.« Paul zog die Stirn in Falten.

»Warum fährt er dann rückwärts, überrollt den Körper, um ihn erneut zu überfahren? Das macht für mich keinen Sinn.«

»Betrunkene handeln selten logisch. Vielleicht merkte er gar nicht, dass er gerade einen Menschen überfahren hatte, hörte nur einen dumpfen Schlag. In seinem Suff wollte er dann zunächst nachsehen. Er legt den Rückwärtsgang ein, fährt über ihn drüber. Im Scheinwerferlicht sieht er dann erst, was er angerichtet hat. Gibt Vollgas und haut ab.« Paul stand von seinem Stuhl auf, ging zu Lisbeth. Er fuhr sich mit der Hand über seinen Dreitagebart.

»Theoretisch könnte es zwar so passiert sein. Aber ich glaube, dass er um den toten Körper herum gefahren wäre und danach Gas gegeben hätte. Wir dürfen deine Hypothese zwar nicht ausschließen, dennoch halte ich die Theorie über sehr viel Hass beim Täter für deutlich wahrscheinlicher. Meyerhoff stützt diese Ansicht. Solltest du jedoch recht haben, wird es sehr schwer für uns werden, den Täter finden. Außer er verplappert sich oder stellt sich selbst.«

Lisbeth ging zu ihrem Schreibtisch, setzte sich an die Tischkante und stützte sich mit beiden Händen seitlich ab. Resigniert kippte sie den Kopf so weit nach vorne, dass ihr Kinn fast ihr Schlüsselbein berührte.

»Seit Wochen zerbrechen wir uns hier den Kopf. Befragen unzählige Leute.« Lisbeth rieb sich mit einer Hand den Nacken. »Bis auf das Auto, also die Mordwaffe, haben wir nichts. Nur vage Motive, Mutmaßungen, Spekulationen. Unser Besuch bei Julia Wilken brachte auch keine neuen Erkenntnisse.«

»Da gebe ich dir recht, Lissi. Sie schien verängstigter denn je. Wenn du mich fragst, war das auch nicht gespielt. Teilweise sogar recht wirr.« Der Besuch hatte an einem Montag stattgefunden. Nach Lisbeths wunderschönem Wochenende in Hamburg. Sie wusste nicht, ob es der Glanz der Stadt oder der von Philip gewesen war, der sie verzaubert hatte. Er konnte so einfühlsam sein, fragte nach ihren Wünschen. Hörte ihr nächtelang zu.

»Lissi?«, riss Paul sie aus ihrem Tagtraum, »hörst du mir überhaupt zu?«

»Äh, ja. Also normalerweise ja, nur eben gerade nicht, was hattest du gesagt?« Paul fing an zu lachen.

»Alles klar, wie heißt dieser Typ?« Lisbeth schmunzelte verlegen.

»Geht dich gar nichts an.«

»Na gut. Also, was haben wir in unserem Fall übersehen? Was machen wir falsch?«

Ehe Lisbeth antworten konnte, stürmte Frank Albers ins Büro. Er sah ziemlich blass aus um die Nase. Sein Oberhemd hing unordentlich aus der Hose.

»Frank, du könntest wenigstens anklopfen.«

»Wir haben einen Toten. Er wurde in der Volkshochschule in der Karlsstraße hinter dem Bahnhof gefunden.«

Kapitel 11

Das mehrstöckige VHS-Gebäude war deswegen gebaut worden, um verschiedene, im Stadtgebiet Oldenburg gemietete Räumlichkeiten zu ersetzen. Für die moderne Inneneinrichtung interessierten Paul und Lisbeth sich nicht. Von einem uniformierten Kollegen wurden sie zur Herrentoilette im 1. Stock geführt. Vor dem Betreten stattete man sie mit Plastiküberziehern für die Schuhe und mit Einmalhandschuhen aus.

Obwohl Paul Schweigert aus seiner Zeit bei der Kripo in Frankfurt aus dem Rotlichtmilieu einiges gewohnt war, musste er sich stark zusammenreißen, um den aufkommenden Würgereiz zu unterdrücken. Lisbeth hingegen stürmte, sich die Hand vor den Mund haltend, zur Damentoilette. Ein Mitarbeiter der Spurensicherung sah ihr verständnisvoll hinterher: »Sie ist nicht die einzige, die einen solchen Anblick nicht vertragen kann.« In der Kabine, in der die Leiche lag, hatte sich eine große Blutlache gebildet. Auf den Innenwänden befanden sich Blutspritzer.

Paul schätzte das Opfer auf Ende zwanzig. Schwarze, zottelige Haare. Sein Dreitagebart passte zu der ungepflegten Erscheinung. Eine abgewetzte Lederjacke, die Jeans ausgefranst, dazu trug er schwarze Markenturnschuhe.

»Moin, Herr Dr. Janssen. Können Sie uns schon etwas sagen?«, fragte Paul den Leiter der Rechtsmedizin.

»Moin, Herr Schweigert. Der Schnitt durch die Kehle hätte vermutlich schon ausgereicht, damit er verblutet wäre. Dadurch wurde auch die ganze Sauerei hier im Wesentlichen verursacht.« Dr. Janssen deutete auf das Blut. »Aber sehen Sie hier,« er zeigte auf den Bauchbereich des Opfers, das mit einer geöffneten Lederjacke, darunter ein Pullover und Jeans bekleidet war, »übersät mit Einstichen im Brust- und Bauchbereich, soweit ich das jetzt schon sagen kann. Ich will eurem Fallanalytiker Meyerhoff nicht vorgreifen. Aber für mich sieht das aus wie ein Fall von Übertötung. Näheres natürlich erst nach der Obduktion.« Paul wollte näher herantreten, wurde jedoch vom Rechtsmediziner zurückgehalten.

»Vorsicht, die Spurensicherung ist hier noch nicht fertig. Fotos wurden bereits gemacht, aber Sie wollen doch keine Spuren zerstören.« Paul nickte wortlos.

»Was ist mit der Tatwaffe?«

»Fehlanzeige. Ich tippe auf ein sehr scharfes Messer. Entweder hat der Täter es mitgenommen oder irgendwo im oder außerhalb des Gebäudes entsorgt.« Paul verließ die Toilette. Lisbeth kam ihm mit blassem Gesicht entgegen.

»Entschuldigung. Aber das ging gar nicht. Mir ist immer noch schlecht.«

»Dafür musst du dich nicht entschuldigen, ich war auch kurz davor, mich zu übergeben.« Paul wandte sich an den uniformierten Beamten. »Wer hat den Toten gefunden?«

»Eine polnische Putzfrau,« er schaute auf seinen Notizblock, »Magdalena Kowalczyk. Sie wurde in einen Seminarraum am Ende des Ganges gebracht. Sie steht noch unter Schock.«

»Wissen wir schon, wie der Tote heißt?«

Der Polizeiobermeister las erneut von seinen Notizen ab: »Max Krause, Jahrgang 1986, wohnhaft in der Gertrudenstraße in Oldenburg.«

»Nicht weit entfernt vom Gertrudenfriedhof. Kannst du von hier aus hinlaufen«, kommentierte Lisbeth. »Ich werde überprüfen, ob Max Krause hier in der Volkshochschule gearbeitet hat oder ein Kursteilnehmer war.« Um genau das wollte Paul sie gerade bitten, stattdessen sagte er:

»Sehr gut, ich befrage inzwischen die polnische Putzfrau.«

Paul erinnerte sich daran, wie Julia Wilken über ihre Kurse erzählte, die sie an der Volkshochschule gab. Sollte es nur ein Zufall gewesen sein, ein neues Todesopfer ausgerechnet hier zu finden? Einerseits hatten sie mit ihrem bisherigen Mordfall schon genug zu tun. Andererseits könnte es, wenn es eine Verbindung zwischen Max Krause zu Julia Wilken gab, dazu führen, dass die Lösung des einen Falles gleichzeitig den zweiten Fall mit aufklären würde. Er raufte sich seine lockigen Haare. Für ihn gab es in beiden Fällen einfach zu viele Konjunktive. Zu viele offene Fragen.

Ohne anzuklopfen betrat Paul den letzten Raum im Gang. Er sah eine untersetzte Frau mit rundlichem Gesicht dort auf einem Stuhl sitzen. Sie wirkte wie in Trance. Der Sanitäter packte seine Sachen in den Koffer.

»Schweigert, Kripo Oldenburg. Kann ich mit ihr sprechen?«

»Ja, ich habe ihr ein Mittel gegeben. Sie steht noch unter Schock.« Paul setzte sich zu ihr an den Tisch. Sie schien ihn gar nicht richtig wahrzunehmen.

»Frau Kowalczyk, sind Sie in der Lage, mir ein paar Fragen zu beantworten?« Direkt nach einem Ereignis waren die Erinnerungen noch frisch. Beschreibungen von Personen, die sie möglicherweise gesehen hatte, würden jetzt präzise sein.

»Chce wrócic do domu.«

»Sprechen Sie Deutsch?«

»Entschuldigung, ja. War furchtbar.«

»Haben Sie jemanden gesehen, der aus der Toilette kam?«

»Nein.«

»Erzählen Sie einfach von Anfang an. Wann haben Sie das Gebäude betreten?«

»Um acht. Jeden Dienstag und Donnerstag. Muss immer pünktlich sein.«

»Waren Sie die erste, die das Gebäude betreten hat?«

»Ja, habe Schlüssel.«

»Und es war keine andere Person im Gebäude?«

»Nein. Ich habe mir Putzkittel angezogen, Reinigungswagen geholt. Fange an mit Gang putzen. Mich gewundert, warum Fenster offen war. Sonst passiert nie. Also ich mache Fenster zu. Dann rufe ich Chef an auf Handy.«

»Okay, das haben Sie richtig gemacht. Welches Fenster stand offen?«

»Großes Fenster vom Gang, gleich neben Toilette.«

»Ist Ihnen außer dem Toten sonst noch etwas aufgefallen? Etwas Ungewöhnliches, etwas, das anders war als sonst?« Frau Kowalczyk überlegte, schüttelte dann den Kopf.

»Ich danke Ihnen.« Paul informierte einen Kollegen von der Spurensicherung. Gemeinsam liefen sie den verwinkelten Gang entlang bis zu dem beschriebenen Fenster. Nachdem der Kollege die Spuren gesichert hatte, öffnete Paul das Fenster, um rauszuschauen. Bis nach unten zum Parkplatz waren es gut und gerne drei Meter. Wenn sich der Täter nicht wie ein Fallschirmspringer professionell abgerollt hatte, dürfte er sich Verstauchungen oder Prellungen zugezogen haben. Es sei denn, er war direkt auf ein geparktes Auto gesprungen. Zumindest jetzt stand dort kein Auto. Pauls Blick schweifte über den Parkplatz, der nur über eine Einfahrt befahren werden konnte, die mit einer Schranke versehen war.

»Max Krause hatte hier einen Kurs für Steuerangelegenheiten belegt«, berichtete Lisbeth. Paul hatte gar nicht bemerkt, wie sie plötzlich hinter ihm stand. Er drehte sich zu ihr um. »Geleitet wird dieser von Julia Wilken.«

***

Paul fragte sich, warum Julia Wilken so verstört wirkte. Sicherlich kam die Nachricht vom gewaltsamen Tod eines ihrer Kursteilnehmer überraschend. Aber sie tat so, als hätte Max Krause ihr nahe gestanden. Sie blickte, an ihrer Terrassentür stehend, nach draußen. Der Spätherbst hatte dafür gesorgt, dass viele gelb-braune Ahornblätter noch an den Bäumen hingen oder bereits abgefallen waren. Nachdem sie ihr vom Tod Max Krauses berichtet hatten, war sie ganz blass geworden. Unruhig hatte sie an ihrem Pullover gezupft, die Arme vor dem Körper verschränkt, als wäre die Raumtemperatur bei zehn Grad.

»Frau Wilken, in welchem Verhältnis standen Sie zu Max Krause?« Julia drehte sich zu Paul, der die Frage gestellt hatte, um. Sie sah beide Ermittler abwechselnd an. Bewegte den Kopf fahrig hin und her wie ein Tier, das auf der Flucht war. Vielleicht fühlte sie sich verfolgt.

»Ich verstehe nicht, wie Sie das meinen? Er war ein Kursteilnehmer wie die anderen auch.«

»Hat er Sie jemals bedrängt, oder fühlten Sie sich von ihm verfolgt?«, wollte Lisbeth wissen.

»Nein, das nicht. Wenngleich ich ihn schon seltsam fand.«

»Was meinen Sie genau mit 'seltsam'?«

»Das kann ich Ihnen gar nicht so richtig erklären. Es war etwas Unbestimmtes. Frau Kommissarin, Sie kennen das vielleicht, wenn Sie das Gefühl haben, immer, wenn Sie nicht hingucken, begafft Sie so ein Typ.«

Lisbeth nickte verständnisvoll, während Paul sich nicht zum ersten Mal vorzustellen versuchte, wie Julia immer wieder auf Max Krause eingestochen hatte, um anschließend aus einem mehr als drei Meter hohen Stockwerk zu springen. Bei der kräftigen Figur von Julia Wilken war ein Sprung aus solcher Höhe kaum vorstellbar. Doch vielleicht war der Täter gar nicht gesprungen, sondern hatte nur aus dem Fenster geschaut. Erst dann bemerkt, dass es zu hoch war, um dann über den Haupteingang das Gebäude zu verlassen. Nach der vorläufigen Einschätzung vonFallanalytiker Axel Meyerhoff schien es eher unwahrscheinlich, dass eine Frau diese Tat verübt haben könnte. »Unwahrscheinlich, wenn auch nicht völlig ausgeschlossen«, hatte Meyerhoff hinzugefügt. Paul verdrängte seine Gedanken.

»War Herr Krause ein Teilnehmer, der aktiv mitgearbeitet hat oder hielt er sich eher zurück?«

»Er hat sich mehr beteiligt als die meisten anderen. Für meine Begriffe brauchte er aber länger, um einfache Sachverhalte zu verstehen. Ziemlich leichtsinnig von ihm, wenn Sie mich fragen, sich ohne das Wissen um die steuerlichen Aspekte selbständig zu machen.« Paul hielt das für eine Schutzbehauptung. Sie mochte ihn offensichtlich nicht. Von ihrem nervösen Verhalten war sie abgewichen. Jetzt wirkte sie anders. Rational. Überlegt. Als wäre sie wie eine gute Schauspielerin in eine neue Rolle geschlüpft. Oder hatte sie sich einfach nur von dem ersten Schock erholt?

»Kannten Sie Herrn Krause schon von früheren Kursen?«

»Nein.«

»Wie verhielten sich die anderen Teilnehmer gegenüber Herrn Krause? Gab es da Spannungen?«

»Nicht, dass ich wüsste.« Paul versuchte, seinen Eindruck, den er jetzt von Julia Wilken hatte, gedanklich zu konkretisieren. Kalt, abweisend. Das war eine zutreffende Beschreibung. Er beschloss, in die Offensive zu gehen.

»Frau Wilken, innerhalb kürzester Zeit werden zwei Männer ermordet: Ihr Ex-Freund Holger Ehmken und nun Max Krause, der bei Ihnen einen Kursus belegt hatte. Haben Sie dafür eine Erklärung?« Frau Wilken schnappte nach Luft.

»Wie soll ich das erklären, ich verstehe das ja selbst nicht.«

»Soll das etwa ein Zufall gewesen sein?«

»Weiß ich doch nicht,« sie drehte sich entschlossen zu ihrer Terrassentür um, »wenn Sie sonst keine weiteren Fragen habe, bitte ich Sie zu gehen. Schönen Tag noch.«

***

»Meinst du wirklich, sie könnte beide Morde begangen haben?«, fragte Lisbeth, als sie zusammen im Auto saßen. Sie fuhren über die Autobahn zurück zur Polizeiinspektion.

»Nein, das glaube ich nicht. Ich denke aber, es ist kein Zufall, dass beide Opfer in Verbindung zu Julia Wilken standen. Da muss es weitere Verbindungen geben. Vielleicht wurde sie tatsächlich von beiden gestalkt.« Lisbeth schüttelte energisch den Kopf, was Paul aus dem Augenwinkel mitbekam.

»Erst stalkt sie ihr Ex-Freund, okay. Dieser wird mehrfach, wahrscheinlich aus großer Wut, überfahren. Einige Wochen später wird der nächste mutmaßliche Stalker von Julia ermordet. Wieder sieht es so aus, als wäre eine Menge Wut im Spiel gewesen. Oder aber, der Täter wollte beide Male einfach sichergehen. Also ehrlich, wie Jennifer Lopez sieht Frau Wilken nun nicht gerade aus, und sie hat gleich zwei Stalker?« Paul lachte, bremste runter, um die Autobahnausfahrt Haarentor nicht zu verpassen.

»Da gebe ich dir recht. Was haben Ehmken und Krause gemeinsam, außer dass beide die Wilken kannten? Wenn wir diese Frage beantworten können, kommen wir weiter. Aber lass uns zunächst die Zeugenaussagen der anderen Kursteilnehmer auswerten. Ich kann mir auch nicht vorstellen, dass keiner den Täter gesehen hat. Die Volkshochschule liegt hinter dem Bahnhof, der Busbahnhof gegenüber. Da halten sich immer Leute auf. Und es war nicht mitten in der Nacht.«

Lisbeth nickte zustimmend. »Stimmt alles, was du sagst, aber nach wem suchen wir genau? Wir haben keine Personenbeschreibung. Möglicherweise hat der Täter sich beim Sprung aus dem Fenster verletzt, humpelte vielleicht.«

»Okay, wir wissen zwar nicht, wie der Täter aussah. Aber bei dem Blutrausch, in dem er sich befand, muss er sich die Jacke, oder was er auch immer trug, eingesaut haben. Einen solchen Bekleidungsgegenstand haben wir in der VHS zumindest nicht gefunden. Axel Mayerhoff wird uns weiterhelfen, wenn er sein neues Täterprofil endlich fertiggestellt hat.« Durch die Unterhaltung mit seiner besten Mitarbeiterin bekam Paul zum ersten Mal das Gefühl, dass sie nahe dran waren. Vorausgesetzt, es handelte sich um den gleichen Täter, hatte er dieses Mal mehr Spuren hinterlassen. Fehler gemacht. *Kein Mensch zieht sich einen Schutzanzug an und marschiert in die Volkshochschule.*

»Er könnte sich die Jacke ausgezogen, sie auf links gedreht wieder angezogen haben, und dann zum Auto marschiert sein. Oder er trug sie zusammengerollt unter dem Arm.«

»Es war kalt draußen. Ein Typ mit zusammengerollter Jacke fällt doch auf. Genau das müssen wir herausbekommen. Ich spreche gleich mit dem Staatsanwalt, damit wir eine Öffentlichkeitsfahndung einleiten können.«

Kapitel 12

Lissi mochte keine Überraschungen. Sie hasste Überraschungen. Dieserunverschämte Kerl tauchte einfach in ihrem Büro bei der Kripo auf. Sie fragte sich, wie er es überhaupt geschafft hatte, am Empfang vorbeizukommen. Vermutlich hatte Marcella Dienst, die neue junge Kollegin mit den pechschwarzen langen Haaren und italienischen Wurzeln. Natürlich, Philip hatte sie einfach um den Finger gewickelt. Sich dabei nicht mal großartig angestrengt. Nach kurzem Klopfen stand er im Büro. Paul schaute auf, und sie bekam einen verständnisvollen Blick zugeworfen.

»Sieh zu, dass du verschwindest. Wir sollten nicht Freitagabend um viertel nach sieben im Büro sitzen, um langweilige Berichte zu lesen.« Philip hatte noch kein Wort gesagt. Stand einfach grinsend im Raum.

»Paul, er kann doch nicht hier aufkreuzen ...«

»Lisbeth, bitte. Du machst jetzt Feierabend. Das war eine dienstliche Anweisung.« Empört, aber auch erleichtert packte sie ihre Sachen. Im Hinausgehen warf Paul ihr noch ein »Schönes Wochenende, ich war schließlich auch mal jung« hinterher. Sie konnte sich gerade noch verkneifen, ihrem Chef den Mittelfinger zu zeigen.

Nur weil Lisbeth sich gestern am Telefon über die viel zu langen Tage im Büro beklagt hatte, war Philipp in Hamburg ins Auto gestiegen, um sie aus dem Präsidium zu entführen. In ihrer Wohnung angekommen, kümmerte er sich gekonnt um ihre tief sitzende Nackenverspannung. Obwohl sie ihn noch nicht lange kannte, war sie überrascht, wie leicht sie sich bei ihm fallenlassen konnte.

Morgens hatte sie nicht einmal gehört, wie er aufgestanden, zum Bäcker gegangen war, und ein herrliches Frühstück zubereitet hatte. Neun Stunden

Schlaf am Stück hatte sie nach dieser Woche auch gebraucht. Während die Sonderkommission gespannt auf das neue Täterprofil des Fallanalytikers wartete, gingen unzählige Hinweise ein. Der Artikel in der Nord-West-Zeitung über den grausamen Mord in der VHS hatte großes Aufsehen erregt. Es sollten sich Zeugen melden, die während des fraglichen Zeitpunktes Beobachtungen gemacht hatten. Wie so oft riefen auch viele Wichtigtuer an, die nichts zur Aufklärung beitragen konnten oder einfach nur den Vorfall kommentierten, bis hin zu politischen Meinungsäußerungen. Ein 85jähriger Mann meinte am Telefon: »Unter Adolf wäre das nicht passiert.« So galt es, die brauchbaren von den zahllosen unnützen Hinweisen herauszufiltern. Bisher hatte sich aber noch keine 'heiße' Spur ergeben.

»Und du willst mir wirklich nicht sagen, wohin wir fahren?« Philip gab noch einen Schuss Milch in die Pfanne mit den Rühreiern, um es anschließend mit Pfeffer und Salz zu würzen.

»Nein, es ist aber nicht weit weg.«

»Na toll. Ich weiß doch gar nicht, was ich einpacken soll.« Er stellte die dampfende Pfanne auf den Untersetzer und setzte sich zu Lissi an den Tisch.

»Klamotten für einen Tag. Wetterfeste Kleidung. Das ist alles, was du wissen musst.« Ohne eine Entgegnung abzuwarten, küsste er sie auf den Mund. »So, und nun keine Fragen mehr. Wir frühstücken jetzt lecker.« Sie sah, wie er genussvoll einen Schluck vom frisch gepressten Orangensaft nahm. Philip hätte ihr schon sagen können, wohin die Reise ging. Schließlich war sie kein Teenager mehr. Andererseits kam sie gegen sein entwaffnendes Lächeln kaum an. Dieser Schuft.

Mitten in Bad Zwischenahn parkte ihr Freund seinen Audi A3. An den Gedanken, ihn als 'meinen Freund' zu bezeichnen, konnte sie sich immer noch nicht so recht gewöhnen. *So eine Sahneschnitte ist mit mir zusammen. Was findet er an mir? Außerdem ist er doch viel zu jung für mich. Vielmehr ich zu alt für ihn, oder?* »Genieße es, solange es dauert, Kindchen«, hörte sie ihre liebe Oma Else im Geiste sagen. Lisbeth schob ihre Gedanken beiseite.

»Bad Zwischenahn ist voller alter Kurgäste. Was wollen wir hier?«

»Segeln.« Lisbeth konnte nicht anders. Sie lachte schrill.

»Im zweiten Nebenjob bist du wahrscheinlich auch noch Skilehrer, also im Winter meine ich, oder?«

»Och, ich war schon in Stanton.«

»Wo liegt Stanton?«

»So sagen wir Skilehrer zu Sankt Anton, das in Österreich liegt.« Lisbeth wusste nicht, ob Philip gerade über seinen eigenen Witz lachte oder ob er sie einfach nur hochnehmen wollte.

Am Steg drückte er Lissi eine orangene Schwimmweste in die Hand.

»Du glaubst doch nicht im Ernst, dass ich mit dir in diese Nussschale steige? Außerdem habe ich überhaupt keine Ahnung vom Segeln.« Missmutig zog sie den Reißverschluss bis zum Anschlag zu. Der kalte Wind lud nicht gerade zu einer Segeltour ein.

»Das Boot nennt sich Jolle. Du musst lediglich auf mein Kommando den Kopf einziehen oder hin und wieder eine Leine fester ziehen, mehr ist das nicht. Das bringe ich dir schon bei.«

»Hast du bisher alle deine Freundinnen so herumkommandiert?«

»Leg die Schwimmweste an und steig ein. Vielleicht erzähle ich es dir auf dem See.«

»Meer. Es heißt Bad Zwischenahner Meer, mein Freund.«

Sie wollte nicht, dass er sie für einen Feigling hielt. Beim Einstieg in das kippelige Boot rutschte sie mit dem rechten Fuß weg. Philips starker Griff an ihrem Oberarm verhinderte Schlimmeres. Der Blick auf das Wasser hatte etwas erstaunlich Beruhigendes. Gleichmäßige kleine Wellen. Gleichmäßiges Plätschern. Sie schaute ihrem Steuermann in die wunderschönen Augen. Hatte er genau das geplant? Dass sie runterkam?

»Vorsicht, fertig machen zur Halse!« Sie sah ihn fragend an.

»Wenn ich 'jetzt' rufe, duckst du dich, damit ich das Segel auf die andere Seite des Bootes führen kann. Alles klar?« Sie nickte. Lisbeth verstand zwar immer noch nicht, warum sie auch gegen den Wind vorwärts fuhren, aber ihr Freund sah so aus, als wisse er genau, was er tat. Sie genoss die Segeltour.

»Du wolltest mir noch sagen, ob du die anderen Frauen auch so rumkommandiert hast.«

»Wollte ich das?« Empört verschränkte Lissi die Arme vor der Schwimmweste.

»Ja!« Er blickte in die Ferne.

»Ich muss dir was gestehen … »

»Ja?«

»Du bist die erste Frau, die ich zum Segeln mitgenommen habe.«

***

Fast alle Mitglieder der inzwischen 19köpfigen Sonderkommission versammelten sich im großen Besprechungsraum. So eigenwillig wie sein gezwirbelter Schnurrbart gab sich auch Axel Meyerhoff selbst. Statt einer gewöhnlichen Powerpointpräsentation nutzte er lediglich unterschiedliche

Bilder, die er während seines Vortrages an die Leinwand projizieren ließ, darunter einige unansehnliche Bilder der beiden Opfer. Die wichtigsten Punkte seines Täterprofils notierte er mit einem Edding auf einem Flipchart. Paul mochte keine Anglizismen, aber 'Schreibblockwendetafel' konnte sich als alternativer Ausdruck für ein Flipchart einfach nicht durchsetzen.

»Ich gehe also von einem männlichen Täter für beide Morde aus. Der Gesuchte ist etwa zwanzig bis vierzig Jahre alt, hat mittleres Bildungsniveau und verfügt über gute Ortskenntnisse. Einen Auftragsmörder schließe ich aus. Dieser würde erstens nicht die Tatwaffe wechseln, zweitens würde er nicht die Toilette einer Volkshochschule als Tatort auswählen. Viel zu riskant, zu wenig Fluchtmöglichkeiten. Er hat großes Glück gehabt, dass er so blutverschmiert, wie er gewesen sein muss, keinem aufgefallen ist. Zumindest gibt es hierzu noch keine Zeugenaussagen.«

»Wir suchen also einen Serientäter?«, wollte Frank Albers wissen.

»Vorsicht mit solchen Ausdrücken«, warnte Meyerhoff. Paul pflichtete ihm bei: »Auch wenn wir intern jetzt davon ausgehen, möchte ich diesen Ausdruck nicht hören. Schon gar nicht gegenüber der Presse. Es würde uns nur unnötig unter Zugzwang setzen und die Bevölkerung unnötig beunruhigen.« Meyerhoff sah sich bestätigt.

»Danke. Das ist auch mein Verständnis. Wir haben es hier nicht mit einem Täter zu tun, der wahllos unschuldige Bürger brutal ermordet.« Der Fallanalytiker wirkte fast verschüchtert. Wie ein kleiner Junge richtete er seinen Blick aus dem Fenster. Er zog sich sein graues Jackett aus und hängte es sorgfältig über einen Stuhl, während er nach den richtigen Worten suchte. Diese bewusste Pause führte dazu, dass die Anspannung unter den Kollegen wuchs.

»Unser Täter hat ein klares Motiv. Dieses werden wir bei Julia Wilken oder in ihrem direkten Umfeld finden. Bei der ersten Tat hatte er noch eine größere Distanz zu seinem Opfer. Landläufig ausgedrückt bedeutet das: Es mordet sich einfacher mit einem Auto als mit dem Messer. Um jemanden die Kehle durchzuschneiden, befinde ich mich direkt am Opfer. Versteht sich von selbst. Heißt aber auch, die Hemmschwelle ist gesunken.« Paul fragte sich erneut, ob es nicht auch Julia Wilken selbst gewesen sein könnte. Sie hatte das stärkste Motiv. Fühlte sich verfolgt, bedrängt, belästigt. Andererseits konnte sich Paul nicht vorstellen, wie die füllige Julia Wilken aus dem Fenster der VHS aus ca. drei Metern Höhe sprang. Als Lisbeth und er sie aufgesucht hatten, humpelte sie nicht einmal. Den Gedanken, sie könnte sich in der VHS versteckt und das Fenster zur Täuschung geöffnet haben, keimte in ihm auf. Aber verbringt jemand nach einem brutalen Mord die Nacht in der Volkshochschule, um am nächsten Morgen seelenruhig davon zu spazieren?

»Fakt ist, der Täter muss voll mit Blutspritzern gewesen sein. Entweder war ihm das egal, und er nahm das Risiko auf sich, entdeckt zu werden, oder er wechselte die Kleidung.«

»Dann hätten wir ja eine blutverschmierte Jacke oder einen Pullover in dem Gebäude finden müssen«, bemerkte Lisbeth.

»Korrekt. Da das nicht der Fall war, kann er sie nur mitgenommen haben. Hinzu kommt, dass die zweite Tat eine spontane Handlung gewesen sein dürfte.«

»Wie meinen Sie das? Warum könnte es eine Impulshandlung gewesen sein?«, schaltete sich Paul ein. Axel Meyerhoff setzte sich gemächlich auf einen Stuhl. Er schlug ein Bein über das andere. Starrte in die Runde, ohne etwas zu sagen.

»Liebe Kollegen, versetzen wir uns einen Augenblick in die Lage des Täters: Vielleicht wissen wir gar nicht, ob sich unser Opfer im Gebäude der Volkshochschule aufhält. Wir vermuten es nur. Wir wollen uns nur mal umschauen. Eventuell ist die einzige Information, die wir haben, ein Name, das ungefähre Aussehen und ….«, wieder nutzte Meyerhoff ein künstliche Pause, »…wir wissen, dass er Kursteilnehmer von Frau Wilkens Steuerkursus ist.«

»Bei der Gelegenheit tragen wir ein Teppichschneidemesser bei uns?«, hakte Lisbeth ein. Nach dem Obduktionsbericht von Dr. Reinhard Janssen sollte ein handelsübliches Messer die Tatwaffe gewesen sein. Dieses konnte bisher noch nicht sichergestellt werden.

»Guter Einwand. Deswegen gehe ich davon aus, dass der Täter ein Handwerker sein könnte. Oder zumindest eine Person, die so ein Messer täglich bei sich trägt.« Als Paul die Liste der Kursteilnehmer durchlesen wollte, in der Ausbildung und Beruf verzeichnet waren, erklärte der Fallanalytiker:

»Ich habe die Teilnehmerliste überprüft. Christopher Bruns ist Handwerksmeister, für die Tatzeit hat er kein Alibi.« Ein Raunen ging durch den Besprechungsraum. »Ein weiterer Teilnehmer hat eine Ausbildung zum Maler und Lackierer.« Na also, dachte Paul, da haben wir endlich einen echten Ermittlungsansatz. So langsam nimmt die Geschichte Formen an. Wir suchen jetzt kein Phantom mehr. Ich bin gespannt, welche Eigenschaften Axel dem potentiellen Täter noch zuweist. Es war die richtige Entscheidung gewesen, ihn bereits nach dem ersten Mord beim LKA aus Hannover anzufordern. Er mag auf einige Kollegen seltsam und kauzig wirken. Kaum jemand, der ihn privat traf, würde bei seinem Erscheinungsbild seinen Beruf als Fallanalytiker erraten.

Während Paul in seinen Gedanken versunken war, kam ein junger Kollege der Kripo, der nicht Mitglied der Soko war, herein.

»Jetzt nicht, bitte.« Paul wies ihn mit einer Geste an, er möge den Raum schnell wieder verlassen.

»Herr Schweigert, draußen steht eine Zeugin, die eine Aussage zu dem

VHS-Mord machen möchte.«

»Aber das hat doch Zeit bis nach der Besprechung«, fauchte Paul ihn an.

»Das sehe ich anders, Herr Hauptkommissar. Ganz anders.«

***

Wie sollte er Wiebke erklären, dass er schon wieder erst nach acht aus dem Büro gekommen war? Seine Kinder sah er immer seltener. Wenn er Glück hatte, lag Tom noch wach in seinem Bett. Er schien auf ihn zu warten, um Papa seine Heldentaten vom Fußball erzählen zu können. Levke schlief meistens schon. Die Kindererziehung, der Haushalt, die Einkäufe, alles blieb an seiner Frau hängen. Das tat ihm auch leid. Aber nur für Wiebke hatte er sich doch aus Frankfurt nach Oldenburg versetzen lassen, was nicht so einfach gewesen war. Eine Versetzung in ein fremdes Bundesland gestaltete sich deutlich schwieriger als innerhalb eines Landes. Manchmal hatte er das Gefühl, dass sie während ihrer jahrelangen Fernbeziehung mehr Zeit für Zweisamkeit hatten. Er hatte die 4-Stunden-Fahrt von Frankfurt an den Jadebusen auf sich immer gern auf sich genommen. Schließlich freute er sich genauso auf das Zusammensein am Wochenende wie sie. Als er zum ersten Mal mit ihr in Dangast am Strand entlang lief, dachte er, sie wohnt dort, wo andere Leute Urlaub machen. Gelegentlich besuchte sie ihn auch in seiner Wohnung im Frankfurter Westend. Sie war beeindruckt von den vielen Wolkenkratzern, fügte allerdings stets hinzu: »Aber dauerhaft hier leben, das könnte ich nicht.« Zum echten Abschalten von der Arbeit kam er nur bei ihr an der Nordsee. Hier wehte immer Wind, also mehr oder weniger. 'Ein büschen Wind ist immer', hieß es bei den Friesen. Mit dem Gedanken getragen, ganz nach Varel zu ziehen, hatte er sich schon länger. Die Nachricht von ihrer ersten Schwangerschaft beschleunigte jedoch die Entscheidung. Es fühlte sich alles richtig an.

Nach der Aufklärung der beiden Mordfälle würde er sich erst einmal Urlaub nehmen. Mit der ganzen Familie nach Wangerooge fahren.

Plötzlich klopfte es an die Fensterscheibe seines Autos. »Paul, gut, dass ich dich erwische«, sprach Udo Zierke gegen die geschlossene Fensterscheibe. *Der hat mir gerade noch gefehlt. Aber was soll ich machen? Das Auto nicht öffnen ist ja wohl keine Option. Ich werde ihn ganz einfach abwimmeln. Freundlich, aber bestimmt.* Paul öffnete die Fahrertür. »Moin erstmal, konntest du die nächsten 30 Seiten schon lesen?«, sprudelte es aus Udo heraus. »Ist dir aufgefallen, dass ich den Titel geändert habe in 'Der blutige Rächer von Ellenserdamm?'« Paul wunderte sich, aber nicht über den neuen Titel, sondern wegen seines aufdringlichen Nachbarn. »Ha, ich wusste es, gefällt dir auch, ne?«

»Hallo, Udo, du, ich habe gerade echt viel zu tun ...«, setzte Paul an, kam aber nicht weit.

»Weiß ich doch, du jagst die echten Killer, was? Du, hör zu, ich brauche da echt mal deinen Rat.«

»Um ehrlich zu sein, habe ich bisher nur die ersten drei Seiten gelesen, Udo.« Als ob er ihm gar nicht zugehört hatte, plapperte der pensionierte Lehrer, der unendlich viel Zeit zu haben schien - darum beneidete er ihn -, munter drauflos.

»Wichtig ist doch die Authentizität. Es muss realistisch sein. So wie im 'Tatort'.«

»Natürlich, wir kriegen jeden Täter nach 85 Minuten, kein Problem.« Sein Nachbar schien den Sarkasmus gar nicht verstanden zu haben, oder er ignorierte seine Anmerkung einfach.

»Und es ist in meinem Buch ganz genauso. Nicht der, von dem man am Anfang denkt, er ist es, sondern ein ganz anderer. Wie bei euch bei der Kripo in Oldenburg. Du kennst dich ja aus …« Paul hörte gar nicht mehr richtig zu. Udo schien von seinem eigenen Monolog begeistert. Hatte er seine Schüler mit solchen endlos scheinenden Vorträgen auch so gequält? Wahrscheinlich waren seine Ex-Schülerinnen und Schüler froh, als er in Pension gegangen war.

»Na, was ist dein Rat zu der Sache?«

»Zu welcher Sache?«

»Oh, das erklärte ich doch gerade lang und breit: Ob der Mörder seine Opfer lieber mit der Axt oder mit der Mistgabel umbringen soll? Aber dann weiß der Leser ja schon, der Mörder muss aus dem landwirtschaftlichen Bereich kommen. Das ist nicht gut.«

»Was?« Udo strahlte über das ganze Gesicht.

»Hey, danke, Paul, du hast mir echt weitergeholfen. Ich gebe dir die neuen Seiten, sobald ich sie geschrieben habe, ja? Schönen Abend noch und grüß Wiebke, wenn du zu Wort kommst.« Udo lachte über seinen eigenen, abgedroschenen Witz.

Paul schüttelte mit dem Kopf und verriegelte das Auto elektronisch. Wiebke kam ihm nicht mal entgegen, sondern saß auf der Couch, wischte über das Display ihres iPads. Ohne aufzuschauen, sprach sie mit ihm.

»Schön, dass du Zeit für unseren eifrigen Nachbarn hast. Die Kinder schlafen schon, falls es dich noch interessiert.« *Kann sie durch Wände gucken?* Paul ging zurück in den Flur, zog seine Jacke aus, hängte sie an einen Haken und setzte sich zu seiner Frau.

»Hallo, Schatz, ich freue mich auch, dich zu sehen.« Wiebke antwortete nicht. Zunächst.

»Wiebke, ich kann doch auch nichts dafür, wenn es immer so spät wird.

Und hast du mir nicht immer gepredigt, wie wichtig gute Nachbarschaft im Dorfleben ist?«

»Essen steht im Kühlschrank. Kannst du dir selbst warm machen.« In ihrem Gesicht erkannte Paul Kummerfältchen. Sie wirkte auf das iPad konzentriert, war es aber nicht. Paul schnaufte. Stand auf, schritt in die Küche. Öffnete den Kühlschrank, nahm aus dem einen Pott das scharf angebratene Gyros, aus einer zweiten Schale den Reis, gab beides auf einen Teller, legte einen Kunststoffdeckel drüber, um es in die Mikrowelle zu stellen. Das gleichmäßige Brummen des zuverlässigen Küchengerätes nahm er gar nicht wahr.

Was sollte er machen? 'Kollegen der Sonderkommission, bitte sucht euch einen neuen Leiter. Ich werde mich die nächsten vier Wochen intensiv um meine Familie kümmern. Aber dann könnt ihr wieder auf mich zählen. Versprochen.' So etwas gab es nicht mal in schlechten Krimis im Fernsehen. Wiebke wusste doch vorher, welchen Beruf er ausübte. Hoffentlich würde die neue Zeugenaussage einen schnellen Fahndungserfolg bringen. Zunächst erschien Lea Brahms nicht glaubwürdig, da sie so viele Tage gewartet hatte, um zur Polizei zu gehen. Sie arbeitete als Sekretärin in einer Beratungsfirma direkt neben dem VHS-Gebäude. Auf die Frage, warum sie so lange mit ihrer Aussage gewartet hatte, druckste sie herum. Erst als Paul sie mit Lissi alleine ließ, erzählte sie ihr, dass sie Sex mit dem Geschäftsführer hatte. Sie befürchtete, dass es Fragen ihrer Kollegen nach sich zöge, wenn bekannt würde, dass sie so spät noch im Büro gewesen war. Momentan gab es in der Firma wenig zu tun. Überstunden fielen als Erklärung somit aus. Nachdem sie sich angezogen hatte, beobachtete sie, wie ein ca. fünfundzwanzig bis fünfunddreißigjähriger Mann aus dem Fenster sprang. Mittelgroß, dunkler Pulli, Jeans. Das Gesicht konnte sie in der Dunkelheit nicht richtig erkennen. Bevor er jedoch sprang, schmiss derjenige eine Jacke hinaus. Das hatte ihre Aufmerksamkeit erregt. Unten aufgekommen, hatte er die Jacke zusammengerollt und war davon gehumpelt.

»Was glaubst du«, Paul fuhr erschrocken zusammen. Er hatte gar nicht bemerkt, wie sie plötzlich hinter ihm stand, »wann wir wieder ein normales Familienleben führen können? Nach oder noch vor deiner Pensionierung?«

»Wiebke, jetzt übertreib bitte nicht. Am Wochenende könnten wir doch ...«

»Ach so, wie am letzten Wochenende meinst du, als wir vor dem Nautimo in Wilhelmshaven standen und du einen - wieder mal - höchst wichtigen Anruf bekamst?« Paul wusste gar nicht, was er darauf sagen sollte. »Macht ja nichts, Tom hatte sehr viel Spaß in der dunklen Rutsche. Mir war gar nicht wohl dabei, ihn allein rutschen zu lassen. Aber mit Levke im Kinderbecken waren mir meine Hände gebunden. Du verstehst das sicher.«

»Aber das passiert doch nicht jedes Wochenende.«

»Nö, nur ungefähr jedes zweite. Also sollte ich besser dankbar sein. Tut mir leid. Meine beste Freundin Eva weiß inzwischen besser über die Kinder und mich Bescheid als du, Herr Chefermittler.« Natürlich hatte sie recht. Selbst wenn sie in ihren Ausführungen maßlos übertrieb. Wie gerne wäre er mit Tom zusammen gerutscht. Hätte sich mit ihm Verfolgungsjagden geliefert. Ganz zu schweigen vom wichtigen Fußballspiel am Tag zuvor. Tom hatte das wichtige 2:1 gegen Obenstrohe geschossen. Zum Glück gab es eine Handyaufzeichnung von dem Volleyschuss, den sie sich gemeinsam gefühlte fünfzig Mal angeschaut hatten.

»Sag mir einfach, wann du wieder Zeit für uns hast. Wir wollen dich nicht bei deinen wichtigen Ermittlungen stören.« Mit diesen Worten ließ sie ihn mit seinem Abendessen, das inzwischen in der Mikrowelle bestimmt abgekühlt war, allein. Im Flur hörte er sie noch etwas sagen, das sich wie »manchmal frage ich mich, ob er mit seinem Beruf verheiratet ist ...« anhörte.

Als er ins Wohnzimmer kam, fand er es verlassen vor. Wiebke war schon nach oben ins Schlafzimmer gegangen. So sah er sich noch die Tagesthemen an. Bevor er zu ihr nach oben ging, wollte er wenigstens noch kurz einen

Blick auf seine Kinder werfen. Levke lag friedlich in ihrem Kinderbettchen. Ihr gleichmäßiger Atem beruhigte ihn. Tom schien wild zu träumen. Von der Bettdecke hatte er sich freigestrampelt. Paul deckte ihn sorgsam zu. Auch wenn er wenig Zeit für seine Kinder hatte: Sie waren gesund, und es ging ihnen gut.

Vor dem ehelichen Schlafzimmers sah er dann etwas, was in der über zehnjährigen Beziehung mit Wiebke noch nie vorgekommen war: sein Kopfkissen nebst sorgfältig zusammengelegter Bettdecke lagen vor der geschlossenen Schlafzimmertür.

Kapitel 13

Es musste aufhören! Wie lange konnte er noch diese ganze Scharade aufrecht erhalten, eine Woche, einen Monat? Sicher kein ganzes Jahr. Dieser ganze Aufwand, wenn er, anstatt zu telefonieren, Skype benutzte. Nur um den Schein zu wahren. Aber er fühlte sich ihr gegenüber schließlich verpflichtet. Jeder Mann hätte das getan, sie beschützt vor diesen miesen Stalkern. Ihr ging es nicht gut. Das schlimmste hatte er bisher von ihr abwenden können.

Eine so schöne Wohnung. Die Wohnung seines Freundes lag direkt am See- und Binnenhafen. Exklusive Lage mit einem tollen Blick auf den beschaulichen Hafen. Hier wohnten nur betuchte Leute. So wie sein Freund, der längere Zeit unterwegs war und ihm angeboten hatte, solange bei ihm zu wohnen. Im Gegensatz zu den Nachbarn, die mit einem goldenen Löffel geboren worden waren, hatte Hanno sein Geld mit einer IT-Firma gemacht. Dafür musste er in letzter Zeit immer öfter ins Ausland fliegen. Zurzeit hielt er sich in Singapur auf.

Er holte sich ein Jever Pils, stellte sich auf den Balkon, atmete die kühle, wohltuende Luft ein. Der erste Schluck rann seine Kehle hinab. Kühl und herb, so mochte er es. Ein einsamer Ruderer zog mächtig an den Skulls, um kraftvoll vorwärts zu kommen. Die Kälte schien ihm nichts auszumachen. Er war stark. Schien sich durch nichts aufhalten zu lassen. Das gefiel ihm. Er war genauso. Wenn er sich erst einmal etwas in den Kopf gesetzt hatte, setzte er es auch um. Bis zum Ende. Er verachtete Leute, die immer nur halbe Sachen machten. Die immer nur laberten: »Ich sollte, ich müsste, wenn ich doch nur …« Er hingegen zog es durch. Das war im Geschäftsleben ebenso wichtig wie im privaten Bereich. Was würden seine Kunden ihm erzählen, wenn er ihnen ein halb fertiges Produkt abliefern würde? Er war erst zufrieden, wenn er sich selbst um jedes Detail gekümmert hatte und am Ende alles tipptopp war und glänzte.

Zurück im Wohnzimmer, das mit Mahagonischränken und einem sündhaft teuren Glastisch eingerichtet war, las er erneut die Presseberichte über »seinen« Fall. Über das Ausmaß der Berichterstattung in den Medien war er überrascht. Er wollte das gar nicht: berühmt werden. Schon gar nicht mit einem spektakulären Mord. Die furchtbaren Bilder in seinem Kopf wurde er nicht mehr los. Konnte kaum noch schlafen, wenn überhaupt, döste er drei, vier Stunden weg, um schweißgebadet wieder aufzuwachen. Während der Tat selbst schien er nicht mehr er selbst gewesen zu sein. Gewiss, den tiefen, langen Schnitt durch die Kehle dieses Schweins hatte er noch bewusst ausgeführt. Dieses Entsetzen in seinen Augen. Sein Opfer erkannte erst in der letzten Sekunde, wie ernst es war. Sein Tod war unausweichlich. Was danach kam, konnte er sich selbst nicht erklären. Als stünde er außerhalb seines Körpers, kam es ihm so vor, als hätte ein Fremder immer wieder zugestochen. Völlig unnötig, durch den Schnitt durch die Kehle wäre dieser ekelige Student sowieso verblutet. Selbst wenn ein Notarzt sofort zur Stelle gewesen wäre. Der Scheißkerl hatte es auch nicht anders verdient.

Er war nicht der brutale Mörder, zu dem ihn dieser Schmierfink von der Presse machen wollte, sondern ein braver Bürger gewesen. Zahlte gewissenhaft seine Steuern, war polizeilich nie auffällig geworden. Er hatte noch nicht einmal einen Punkt in Flensburg. Wann immer ein Mensch Hilfe brauchte, zögerte er nicht. Wenn seine 80jährige Nachbarin ihn darum bat, ging er für sie einkaufen. Keiner, der ihn kannte, würde ihm so etwas zutrauen. Seine Freunde nicht, seine Verwandten schon gar nicht.

Um sich zu beruhigen, sah er sich Fotos von Julia auf seinem Laptop an. Sie wusste nicht, dass er diese Fotos besaß. Sie wirkte so unbeschwert, so fröhlich in ihrem eigenen Garten, als sie das weiße Sommerkleid mit den schwarzen Punkten trug. Er zoomte ihr Gesicht heran. So unschuldig, so unbesorgt. Ihre Wangen zeigten ihre glatte, makellose Haut. Sie brauchte sich nicht zu schminken, tat es auch selten. Das bewunderte er an ihr. Sie war anders als andere Frauen. Das Bild war vor über einem halben Jahr entstanden. Inzwischen war es sein Lieblingsfoto. Er vermisste sie. Vermisste ihr Lachen, ihre gutmütige Art. Sie war nicht perfekt. Weiß Gott nicht. Vielleicht mochte er das so an ihr. Keine andere Frau könnte je ihren Platz einnehmen.

Er fuhr den Laptop runter, um ins Bett zu gehen. Hoffentlich würde er diese Nacht Schlaf finden können. Wenigstens ein bisschen.

***

Nur ganz kurz hatte Paul darüber nachgedacht, sich in Oldenburg ein Hotelzimmer zu nehmen, anstatt auf der Wohnzimmercouch zu schlafen. Bisher hatten sie in ihrer Beziehung über alles reden können, sowohl vor ihrer Hochzeit also auch danach. Diesmal sprachen sie selbst am nächsten Morgen kein einziges Wort miteinander. Wenn überhaupt, wurde mit den Kindern gesprochen. Bedeutete, wenn man nicht mehr miteinander reden konnte oder wollte, zwangsläufig das Ende der Beziehung?

Mit einem flauen Gefühl fuhr er zur Arbeit. Er versuchte sich einzureden, in jeder Ehe gäbe es Probleme. Erfahrungsgemäß gab es in den nach außen hin so glücklichen Ehen besonders große Probleme. Gemeinsam hatten sie schon ganz andere Dinge durchgestanden, wie ihre langjährige Fernbeziehung, oder als sie eifersüchtig geworden war auf seine neue, junge Kollegin damals in Frankfurt. Paul musste unwillkürlich grinsen bei dem Gedanken. Es hatte Wochen gedauert, bis er bemerkt hatte, warum sie so gereizt wirkte, wenn er von seinem Job erzählte. Wie herzhaft beide lachen mussten, als Paul ihr schließlich erklärte, sie sei einfach nur nett zu ihm und im Übrigen vom anderen Ufer. Schließlich nahm er sich vor, nach dem Feierabend in Ruhe mit Wiebke zu reden.

Die Befragung der Kursteilnehmer von Julia Wilken fand im VHS-Gebäude statt. Am Vormittag wurden nur wenige Kurse abgehalten, dadurch hatte der Direktor der Volkshochschule ohne großes Zögern zugestimmt. Falls einer von den Teilnehmern der Täter war, könnte er sich am Tatort unter Druck gesetzt fühlen. Jeder Zeuge sollte einzeln im bekannten Seminarraum befragt werden. Unter einem fadenscheinigen Grund würden die Kommissare jeden Einzelnen auch auf die Herrentoilette führen, die mit einer Kamera versehen worden war. Dieses heimliche Filmen entsprach nicht der Dienstvorschrift. Im Kopf des Täters sollten, so Axel Meyerhoff, die Erinnerungen an den brutalen Mord zurückkehren. Winzige Reaktionen, etwa ein Zucken mit den Augen oder eine kurze Änderung der Körpersprache, könnten Indizien sein. Ein Verdächtiger würde dann genauer unter die Lupe genommen werden.

»Alle sechs Kursteilnehmer werden im Abstand von 30 Minuten in den Raum geführt?«, vergewisserte sich Paul.

»Ja, wie besprochen. Frank nimmt sie unten im Café im Erdgeschoss in Empfang oder wartet dort, wenn wir bei einem Zeugen etwas länger brauchen.«

»Danke, Lisbeth. Wir fangen mit Herrn Gerdes an.«

Sigfried Gerdes wirkte wie aus der Zeit gefallen mit seinem Seitenscheitel, der penibel gekämmt worden war. Sein etwas zu großes, graues Jackett wollte nicht so recht zu seiner braunen Cordhose passen. Vor sich auf den Tisch hatte er seine dunkelblaue Schirmmütze gelegt. Er roch nach altem Schweiß.

»Seit wann sind Sie schon Rentner, Herr Gerdes?«

»Etwas über vier Jahre.«

»Und wofür brauchen Sie als Rentner steuerliches Fachwissen?«, fragte Lisbeth und stützte sich mit den Ellenbogen auf dem Tisch ab.

»Als Rentner muss ich doch auch eine Steuererklärung abgeben.« Lisbeth wurde rot. Scheinbar war sie sich dieser Tatsache nicht bewusst. Paul übernahm das Gespräch: »Was haben Sie beruflich gemacht, bevor Sie in Rente gegangen sind?« Herr Gerdes entfernte eine Fluse von seinem Jackett.

»Ich weiß zwar nicht, warum das wichtig ist, aber gut: Ich bin Tischlermeister, habe über vierzig Jahre bei Dombrowski in Edewecht gearbeitet.« Die Blicke von Paul und Lisbeth trafen sich. Sie dachten offensichtlich dasselbe.

»Seit wann kennen Sie Frau Wilken?«

»Na, seit Beginn des Kurses. Sie ist sehr nett, wissen Sie. Frau Wilken erklärt die Dinge einfach. Sie übersetzt das Beamtendeutsch für uns Normalsterbliche. Oder können Sie Ihre Steuererklärung ganz ohne Hilfe erstellen?« Herr Gerdes erntete nichtssagende Blicke, bekam aber keine Antwort auf seine Frage. »Ist ja auch egal. Jedenfalls habe ich sie auf dem Finanzamt aufgesucht, als ich noch Fragen hatte. Das heißt, ich habe es versucht ...«

»Sie haben Frau Wilken außerhalb der Volkshochschule aufgesucht?«

»Das sagte ich doch gerade. Hören Sie mir nicht zu?«

»Wie hat sie darauf reagiert?«, wollte Lisbeth wissen.

»Oh, das habe ich doch vorhin auch schon gesagt. Sie war ja zuerst gar nicht in ihrem Zimmer. Habe mich dann mit ihrem Kollegen, Herrn Kötertal, unterhalten. Auch sehr umgänglich und auskunftsfreudig. Ich hatte bisher von Finanzbeamten ein ganz anderes Bild ...«

»Frau Wilken kam dann irgendwann dazu?« Sigfried Gerdes legte seine

Hände flach auf den Schreibtisch und schnaufte.

»Genau. Sie wirkte irgendwie komisch. Gar nicht mehr so sympathisch wie bei unseren Kursen. Weiß auch nicht, was sie an dem Tag hatte. Vielleicht einfach einen schlechten Tag gehabt. Haben wir ja alle mal, nicht wahr?« Herr Gerdes war der einzige, der über seinen Witz lachte. »Na ja. Von Herrn Kötertal bekam ich die Informationen, die mir fehlten.«

Zum Zeitpunkt der Tat hatte sonst kein anderer Kurs stattgefunden. Erst nach 22 Uhr wurde er beendet. Selbst der Empfang war nicht mehr besetzt. Niemand aus dem Kurs schien sich über das Fernbleiben von Max Krause zum Ende hin zu wundern. Wie Julia Wilken den Ermittlern erzählt hatte, war Herr Krause beim zweiten Kursabend nach der großen Pause gegangen, ohne sich abzumelden.

»Haben Sie Frau Wilken bei ihr zu Hause besucht?« Sigfried Gerdes rutschte unruhig hin und her.

»Ja, einmal, als sie krank war. Ich wollte sie aufmuntern, hatte Blumen dabei. Ich glaube, sie war zu Hause, aber sie hat nicht geöffnet. Dann habe ich die Nelken vor ihrer Tür abgelegt.«

»Sie haben ihr Grabblumen gebracht?«, entrüstete Lisbeth sich.

»Oh, das wusste ich nicht. Im Blumenladen sagte man mir, die würden besonders lange halten.«

»Haben Sie sie heimlich beobachtet, im Garten, oder haben Sie gewartet, bis sie aus dem Haus kam?« Herr Gerdes schaute in einer Mischung aus Verwunderung und Verärgerung auf. Und antwortete mit einem energischen: »Nein.«

»Wie gefällt Ihnen Frau Wilken als Frau?« Als Lisbeth sein erstauntes Gesicht sah, konkretisierte sie ihre Frage: »Finden Sie Frau Wilken attraktiv?« Der Befragte schnappte nach Luft.

»Finden Sie nicht, dass Ihre Fragen zu weit gehen, Frau Kommissarin? Ich finde sie sympathisch. Und sie sieht nett aus. Aber Sie sehen auch nett aus.« Er grinste, als hätte er nach so einer Aussage einen Preis gewonnen. Seine Augen leuchteten. Lisbeth stand unvermittelt auf.

»Kommen Sie, ich muss Ihnen mal was zeigen.« Herr Gerdes stand auf. Erst jetzt fiel Paul auf, dass Sigfried Gerdes ein ganzes Stück kleiner war als seine Kollegin. Lisbeth legte ihm mit ernster Miene ihre Hand mitauf die Schulter, schob ihn fast aus dem Raum bis zur Toilette. Paul folgte den beiden. Obwohl Fliesen von den Blutspuren säuberlich gereinigt worden waren, war die weiße Strichmarkierung, die zeigte, wo das Opfer genau gelegen hatte, bewusst nicht entfernt worden.

»Und? Was wollen Sie jetzt von mir?«

»Sind Sie während oder nach dem Unterricht noch zur Toilette gegangen?«

»Das weiß ich doch jetzt nicht mehr. Lassen Sie mich überlegen. Ich glaube nicht, nein.« Als sie an den Tatort gekommen waren, hatte Paul gehofft, jemand könnte etwas gehört haben. Aber nach den Ausführungen von Dr. Janssen dürfte das Opfer nach dem schnellen Schnitt allenfalls geröchelt und Blut ausgespuckt haben. Abwehrspuren konnte der Leiter der Rechtsmedizin nicht feststellen. Es hatte keinen Kampf gegeben. Der Schnitt durch die Kehle erfolgte überraschend. Vermutlich kannte Max Krause seinen Mörder. Oder er sah in ihm keine Gefahr.

»Wie wirkte Herr Krause an dem Tag, an dem er starb, auf Sie?«

»Wie immer. Unorganisiert, ungepflegt, wenn Sie mich fragen. Vor allem vorlaut. Aber das war er, wie gesagt, immer.«

»Hat jemand nach der großen Pause, nachdem Herr Krause nicht mehr im Seminarraum war, den Unterricht verlassen?« Herr Gerdes überlegte.

»Ich bin mir nicht sicher«, sagte er schließlich nach einigem Zögern, »aber

Leon Kirchgässner ging einmal raus. Für zehn Minuten oder so.«

Kapitel 14

Julia wusste nicht, warum sie da noch hinging. Sie hatte aufgehört, die Anzahl der Sitzungen zu zählen. Zu Beginn hatte es ihr gut getan. Zumindest tags drauf fühlte sie sich immer besser. Als wäre ihr Gehirn gereinigt worden. Frau Dr. von Tramitz nahm sie ernst. Hörte aktiv zu. Stellte die richtigen Fragen. Wen hatte sie auch schon, dem sie alles erzählen konnte? Ihre beste Freundin Sarah hatte drei Kinder. In letzter Zeit reduzierte sich ihr Kontakt auf Telefonate, die meistens durch Kindergeschrei gestört wurden. Oder sie hatte gar keine Zeit, weil sie auf dem Sprung war. Ihre Therapeutin nahm sich die Zeit für sie. Kein Wunder, schließlich wurde sie dafür bezahlt. 'Therapeutin', wie sich das anhörte. Sie war nicht krank. Sie fühlte sich bloß ausgelaugt. Wer mochte ihr das verdenken, wenn ihr ständig wechselnde Typen nachstellten? Manchmal kam es ihr so vor, als hätte Holger noch kurz vor seinem Tod ein paar Aufträge verteilt. Vielleicht in einer Selbsthilfegruppe der 'Stalkerjunkies'. *Du redest dir da was ein*, wischte Julia diesen diffusen Gedanken beiseite.

Sie hatte es geschafft, sich zu öffnen, ihrer Ärztin vollkommen zu vertrauen. Selbst über die penetranten Stalking-Attacken konnte sie freimütig erzählen, weil es ihr nicht mehr peinlich war. Frau Dr. von Tramitz erklärte ihr, sie sei nicht schuld daran. Ursprünglich vermutete Julia, sie hätte durch ihr Verhalten dazu beigetragen. Die Männer quasi ermuntert. Aber dem war nicht so. Jeder Frau konnte so etwas passieren. Entgegen der landläufigen Meinung war Stalking keineswegs nur ein Problem von Prominenten. Es gab allein in Deutschland über 25.000 Stalkingopfer, so die offizielle Statistik. Diese Zahl beinhaltete aber nur die Fälle, die zur Anzeige gebracht wurden. Die Dunkelziffer dürfte weitaus höher liegen. Zu Verurteilungen kam es in ca. 400 Fällen.

Seit den letzten Besuchen fühlte sie sich verwirrter als vorher. Sie bekam Angst, weil sie sich an einiges aus den Sitzungen gar nicht mehr erinnern konnte. Julia Wilken nahm keine Medikamente und trank nur selten Alkohol. Somit konnte sie sich ihre Mini-Gedächtnislücken nicht erklären. Eine Behandlung unter Hypnose hatte es bisher nicht gegeben. Sie stand vor einem Rätsel.

Wahrscheinlich fragte jeder Therapeut nach der Kindheit eines Patienten. Sollte auch kein Problem sein. Ihre Eltern hatten ihr ein liebevolles Zuhause gegeben. 'Wohlbehütet' nannte man das wohl. Ihr Vater Johannes Wilken hatte in der Stadtverwaltung Oldenburg gearbeitet. Bis zu diesem verhängnisvollen Verkehrsunfall auf der Autobahn. Gutachter bestätigten später, dass ihren Vater keine Schuld traf. Ein LKW scherte aus, während Johannes Wilken einen zweiten LKW überholen wollte. Das Auto wurde gegen die Leitplanke geschleudert und überschlug sich mehrfach. Zusammen mit ihrer Mutter Helene verstarb er noch am Unfallort. Als sie die schreckliche Nachricht bekam, zog es ihr den Boden unter den Füßen weg. Am schlimmsten war für sie das Wissen, ihre Eltern würden nie mehr zurückkommen. Sie würde nie wieder ein Wort mit ihnen wechseln können. Sie um Rat fragen können. Julia hatte sich nicht mal von ihren Eltern verabschieden können. Das letzte Gespräch mit ihrer Mutter führte sie über das Telefon. Es endete im Streit. Im Grunde ein belangloser Streit über die richtige Art des Wäschewaschens. Obwohl sie bereits erwachsen war, redete sie manchmal am Grab mit ihr. Bat sie um Verzeihung. Versprach ihr, die Wäsche nur noch so zu waschen, wie ihre Mutter es vorschlagen hatte: immer mit Vorwaschgang, Kochwäsche immer bei 90 Grad. Aber so sorgfältig sie die Anweisungen auch befolgte, es brachte ihre Mutter nicht zurück. Hätte sie doch nur das Telefonat mit einem versöhnlichen Satz beendet. So gern wollte sie eine gute Tochter sein.

Julia begriff nicht, was der plötzliche Tod ihrer Eltern mit dem Stalking zu tun haben sollte. Warum war es wichtig, dass ihre Mutter strenger gewesen war als andere Mütter? Ihre Freundinnen durften mit sechzehn in die Disco gehen. Sie durfte das erst, als sie erwachsen war. Zweimal hatte sie es jedoch im Alter von siebzehn Jahren geschafft, heimlich. Als sie ihre Therapeutin darauf ansprach, warum sie so weit in der Vergangenheit kramte, antwortete diese mit einem Satz: »Es ist wichtig für ein ganzheitliches Bild.«

Ihr älterer Bruder Jan schien den Tod ihrer Eltern besser verkraftet zu haben. Er sprach nicht viel darüber. Blockte jedes Mal ab, wenn sie mit ihm darüber sprechen wollte. »Lass uns Mama und Papa so in Erinnerung behalten, wie sie waren. Also, wenn wir über sie sprechen wollen, dann über fröhliche Erlebnisse, die wir mit ihnen geteilt haben.« Julia fand, er machte es sich damit zu leicht. Momentan konnte sie gar nicht mit ihm sprechen. Sie fühlte sich schrecklich einsam.

»Könnten wir vielleicht beim nächsten Termin eine Tonaufzeichnung machen?« Die Fachärztin hatte sanfte Augen. Ebenso wie Julia plagte sie sich offensichtlich mit Übergewicht, was ihre ruhige Art noch unterstrich.

»Sie meinen wegen der Aussetzer?« Julia schaute auf den Fußboden. Ihre Gedächtnislücken zu Hause machten ihr Angst. Sie wollte einen Beweis von der Ärztin ihres Vertrauens. Was sagte sie genau in den Momenten, an die sie sich nicht erinnern konnte?

»Ja.«

»Gut, dann bin ich einverstanden.«

»Gern, das ist gar kein Problem. Bei der nächsten Sitzung zeichne ich alles auf. Haben Sie vom heutigen Gespräch auch Passagen, an die Sie sich nicht erinnern können, Frau Wilken?«

»Ich …,« Julia bekam ein rotes Gesicht, »…ich weiß es nicht genau.«

***

Lisbeth hatte den Besuch bei ihrer Mutter in Jaderberg schon viel zu lange aufgeschoben. Manchmal hatte sie den Eindruck, Paul würde seine Eltern, die in der Nähe von Frankfurt lebten, öfter sehen als sie ihre Mutter. Mindestens einmal im Jahr fuhr die ganze Familie nach Maintal. Seine Eltern erwiderten den Besuch meist im Sommer. Sie bestanden darauf, sich in Dangast eine Ferienwohnung zu nehmen. Sie wollten das Meer zu Fuß erreichen können. Da Lisbeth den Kontakt zu ihrem in Hannover lebenden Vater abgebrochen hatte, nagte das schlechte Gewissen an ihr. Viel zu viele Überstunden, zwei ungelöste Mordfälle. Aber zum Abschalten kam sie nur, wenn sie mit Philip zusammen war. Da mussten ihre Besuche bei ihrer Mutter zwangsläufig zu kurz kommen. Auf dem Weg in die Wesermarsch fiel ihr ein, dass sie ihre beste Freundin Sanne schon längst angerufen haben wollte. Sie drückte die Kurzwahltaste ihres Smartphones, das mit der Freisprecheinrichtung in ihrem Auto verbunden war. Sanne ging nach dem dritten Tuten ran.

»Du hast meine Nummer ja doch noch«, meldete sich ihre Freundin sarkastisch.

»Hallo, Sanne. Ich habe eh schon ein schlechtes Gewissen. Danke, dass du noch Salz in die Wunde streust.«

»Ach, Süße, du weißt doch, von wem es kommt. Ich war doch auch mal jung.«

»Ich erinnere mich dunkel.« Beide Frauen gackerten wie Jugendliche, die sich neueste Bilder eines Filmstars ansahen.

»Wie läuft es mit Philip? Schwebst du immer noch auf Wolke sieben?«

»Auf Wolke acht. Nee, lass mich überlegen, auf Wolke achteinhalb. Der Typ ist der Wahnsinn.« Lisbeth erzählte von der 'Entführung' zum Segeln, schwärmte von seinen Kochkünsten.

»Dein Typ sieht also nicht nur Hammer aus, erfüllt dir Wünsche, die du noch gar nicht geäußert hast, und der kann auch noch kochen? Der hat nicht zufällig einen Bruder?«

»Nein, er ist ein Einzelkind. Aber Sanne, ich verstehe das immer noch nicht. Der ist erstens viel zu jung für mich. Oder wie man's nimmt, bin ich zu alt für ihn. Zweitens kann der doch ganz andere Frauen abgreifen. Warum will er mich?«

»Weil dein Zwei-Sterne-Koch Augen im Kopf hat. Aber bitte, wenn du ihn nicht mehr willst, dann nehme ich ihn.«

»Hast ja recht. Du, ich bin gleich in Jaderberg, bei meiner Mama. Lass uns in den nächsten Wochen mal treffen. Aber diese beiden ungelösten Fälle zehren mich ganz schön auf. Selbst Philip habe ich drei Wochen schon nicht mehr gesehen.« Lisbeth dachte an den gestrigen Abend, als sie mit unerträglichen Nackenschmerzen erst kurz vor Mitternacht das Büro verlassen hatte. Irgendetwas störte sie bei den Angaben, die die Kursteilnehmer gemacht hatten. Sie konnte noch nicht greifen, was. Sie spürte jedoch, wie nahe sie dran war am entscheidenden Puzzlestück.

»An mir soll's nicht liegen, ich lauf nicht weg. Melde dich, wenn du wieder mehr Luft hast.«

Sie sah ihre Mutter vor ihrem geistigen Auge, wie sie im Wohnzimmer eingedeckt hatte. Das weiß-blaue Teeservice, der Marzipanstollen, von dem die ersten vier Stücke schon vorgeschnitten waren.

»Lissi, schön, dich zu sehen. Müde siehst du aus. Aber komm rein. Jetzt gibt es lecker Teechen und ein Stück Stollen.« Manche Dinge änderten sich einfach nicht.

***

Wiebkes Mutter passte auf die Kinder auf, während sie sich einen gemeinsamen Abend bei ihrem Lieblingstürken gönnten. Seit Levke auf der Welt war, konnte man völlig ungestörte Abende an einer Hand abzählen. Das ‚Delikato' lag in der Innenstadt von Varel. Von hier aus ging es in die überschaubare Fußgängerzone. Im Sommer saßen die Leute oft bis Mitternacht draußen, um die mediterrane Stimmung einzufangen. Während der kalten Jahreszeit erinnerte lediglich die türkische Hintergrundmusik an das Mittelmeer, so auch heute.

Das gegenseitige Anschweigen hatten beide nicht lange durchgehalten. Morgens in der Küche ignorierten sie sich noch gegenseitig. Jeder versuchte, wenn er dem Blick des anderen nicht mehr ausweichen konnte, eine möglichst ernste Miene aufzusetzen. Da weder Wiebke noch er gute Schauspieler waren, konnten sie sich gegenseitig nichts vormachen. Paul konnte hinterher nicht mehr sagen, wer anfing zu lachen. Schließlich nahm er sie in den Arm. Sie waren sich einig, den Abend zusammen, jedoch ohne Kinder verbringen zu wollen. Wiebke reservierte einen Tisch bei Hamid.

»Du sprichst sogar nachts im Schlaf über den Fall, Paul. Das war früher nie so. So kann das nicht weitergehen.«

»Echt? Was sage ich denn?«

»Kein Ahnung, du nuschelst dabei. Ich verstehe nur Wortfetzen. Irgendwas mit Zeuge.« Kaum hatte Wiebke das Wort Zeuge ausgesprochen, schweiften seine Gedanken ab. Er wurde das Gefühl nicht los, dass die Kursteilnehmer mehr wussten, als sie aussagten. Leon Kirchgässner hatte den Unterrichtsraum verlassen, angeblich, um zu telefonieren. Genug Zeit, um die Tat zu begehen, hätte er gehabt. Hatte er seine blutverschmierte Jacke versteckt, um nach dem Unterricht aus dem Fenster zu springen? Das machte keinen Sinn.

»Stößt du mich wenigstens an, damit ich ruhig bin?«

»Habe ich versucht, bringt nichts. Streicheln beruhigt dich.« Paul legte seine Hand auf Wiebkes. Er musste an den Italiener in Frankfurt nahe dem Eschenheimer Tor denken. Dorthin hatte er Wiebke eingeladen, als sie ihn zum ersten Mal besuchte. Ein romantisches Treffen. Genau wie heute zog sie auch damals ihre Hand nicht weg, sondern schenkte ihm ein Lächeln.

»Danke.« Wiebke sah ihn erstaunt an.

»Für alles. Vor allem aber dafür, dass du mich so nimmst, wie ich bin«, er sah ihr tief in ihre wunderschönen Augen, »einschließlich meines Berufes«, fügte er hastig hinzu. Sie lächelte verschmitzt.

»Wer weiß, was aus dir und deiner Junggesellenbude geworden wäre, wenn ich dich nicht gerettet hätte.«

»Komm, so schlimm war die doch gar nicht. Sogar mit Balkon.«

»Nee, die Wohnung nicht, aber der verlotterte Mieter.« Sie beugte sich über den Tisch, um ihn auf den Mund zu küssen.

An diesem Abend fanden sie wieder ein Stück näher zueinander. Das gab ihm neue Kraft. Diese Energie würde er die nächsten Tage brauchen. Dringend.

***

Der erste Schnee war noch nicht gefallen. Es roch aber danach, als würde es bald schneien. Er zog den Reißverschluss seiner Jacke ganz nach oben. Mit der zugezogen Kapuze sah er aus wie ein Eskimo. Eigentlich sollte er gar nicht hier sein. Viel zu gefährlich. Seine neue Jacke aus dem hippen Laden mit Werbesprüchen wie »Draußen zu Hause« passte nicht zu ihm. Keiner, der ihn kannte, würde ihn in einer solchen Markenjacke vermuten. Unter einer

Laterne blieb er stehen und schaute auf seine Armbanduhr. Fast halb elf. Entschlossen ging er weiter.

Er achtete darauf, dass es bereits dunkel war, wenn er nach Oldenburg kam. Schlauer wäre es gewesen, in der Wohnung seines Freundes Hanno zu bleiben. Aber er musste sie sehen. Sich vergewissern, dass es ihr gutging. Natürlich durfte Julia ihn nicht sehen. In ihrer Nähe fühlte er sich zu Hause. Er würde alles für sie tun. Alles, damit es ihr besser ging. Das hatte er ja schon. Große Schuld auf sich geladen. Das Risiko auf sich genommen, erwischt zu werden.

»Entschuldigung…« Erschrocken drehte er hastig den Kopf, als jemand ihn an der Schulter hielt. In einem ersten Impuls wollte er den Fremden umstoßen. Gott sei Dank beherrschte er sich. »Können Sie mir vielleicht sagen, wo ich hier die nächste Tankstelle finde?« Vor ihm stand ein breitschultriger Mann mit Lederjacke. Er mochte gerade einmal zwanzig Jahre alt sein. »Oder sind Sie nicht aus Oldenburg?«

»Nein, keine Ahnung, ich komm nicht von hier«, log er.

»Wir sind auf einer Party. Ich soll neuen Wodka kaufen. Ausgerechnet mich schickt man los.«

»Da kann ich Ihnen nicht helfen.« Er ließ ihn stehen, bevor der Fremde ihm seine Lebensgeschichte erzählte. Das konnte er gar nicht brauchen. Nicht heute.

Er fühlte sich verfolgt. Er atmetet bewusst tief ein und wieder aus. Wiederholte es mehrere Male, um sich zu beruhigen. *Alles wird gut. Niemand ist dir bisher auf die Schliche gekommen. Wenn du ruhig bleibst, wird das auch weiter so bleiben.* Aus Angst konnte schnell Panik werden. Wer in Panik geriet, machte Fehler. Darauf warteten sie doch nur. Die blutverschmierte Jacke hatte er verbrannt. Zusammen mit der Jeans, die er an jenem Abend trug. Kein noch so guter Forensiker würde mit der Asche irgendetwas anfangen können. Das stabile Teppichmesser, das ihm immer zuverlässige Dienste geleistet hatte, entsorgte er. So gründlich, dass es nie ein Mensch mehr finden konnte.

Wie lange konnte er das Schauspiel noch aufrecht erhalten? Wenn er seine Rolle weiterhin gut spielte, Wochen, sogar Monate. In Fernsehkrimis hieß es immer: 'Je weiter eine Tat zurückliegt, desto kälter wird die Spur.‘ Die Zeit arbeitete also für ihn. Das war auch gut so.

***

Eduard Kötertal mochte es, wenn die Dinge ihre Ordnung hatten. Seine Handtücher sortierte er nach Farben. Unten lagen die blauen, darüber die weißen Handtücher. Andersfarbige kamen ihm nicht ins Haus. Schon gar keine gemusterten. Vier von jeder Farbe schichtete er stets in sein Badregal. In seinem Schlafzimmerschrank lagerten ebenso sorgfältig gefaltet und sortiert weitere acht Handtücher von jeder Farbe. Selbst wenn er, wie die letzten Wochen, nicht immer zu Hause war, legte er Wert auf Ordnung. Keiner sollte denken, nur weil er allein lebte, ließe er sich gehen. Es reichte schon, wenn seine Mutter diese Meinung indirekt äußerte. »Du musst schon auf dich achten, wie willst du sonst eine *anständige* Frau finden.« Die Art, wie sie das Wort 'anständig' betonte, machte ihn wütend. Nächsten Monat würde er vierzig Jahre alt werden. Bisher hatte es noch nicht viele Frauen in seinem Leben gegeben. Jedenfalls keine, die es länger als zwei Jahre mit ihm ausgehalten hätte. Aber warum stellte das einen Makel dar? War man erst als verheirateter Mann ein vollwertiges Mitglied der Gesellschaft? Als Finanzbeamter kannte er die steuerlichen Vorteile einer Ehe. Besonders, wenn einer der Ehepartner besonders viel, der andere besonders wenig verdiente.

Sein selbst zubereiteter Backfisch im Teigmantel hatte ihm hervorragend geschmeckt. Währende er die Crème Brûlée vorbereitete, fragte er sich, woran es lag, dass er Frauen einfach nicht ansprechen konnte. Vielleicht beschäftigte er sich zu sehr damit, Dinge zu hinterfragen. Ob sein Oberhemd akkurat gebügelt oder ob seine Schuhe gut geputzt waren. Frau Lürssen aus dem Supermarkt gefiel ihm außerordentlich. Sie trug keinen Ring am Finger. Sie schminkte sich kaum, hatte das Herz am rechten Fleck. Gewiss war sie kein Model, aber ihre weibliche Ausstrahlung wirkte auf ihn. Er bekam Herzklopfen, wenn er sie sah. Immer wieder überlegte er, wie er mit ihr ins Gespräch kommen könnte. Direkt fragen »Haben Sie heute Abend schon etwas vor?« erschien ihm zu plump. Ein billiger Witz wie »Sind Sie öfter hier?« würde als Rohrkrepierer enden. Was sollte er zu einer hübschen Frau sagen, ohne gleich zu aufdringlich zu wirken?

Ob sie wohl durch die Artikel, die er einkaufte, auf sein Single-Leben schloss? Er hoffte es. Manchmal kaufte er sich sogar Tiefkühlpizza und einen 6er-Träger Bier, damit sie genau das dachte. Die Pizza schmiss er anschließend weg. Anhand des Bildes eines Jungen an ihrem Schlüsselanhänger nahm er an, sie sei alleinerziehende Mutter. Sie fuhr einen dunkelblauen Toyota. Das hatte er genau beobachtet.

Bevor er die Crème Brûlée ganz aufgegessen hatte, klingelte es. Missmutig legte er den Löffel ab, um die Haustür zu öffnen.

»Siegfried, du? Waren wir verabredet?«

»Hallo, Eduard. Nein, aber ich muss dir dringend was sagen.« Sein Trenchcoat triefte vom Regen.

»Okay, bitte zieh den Trenchcoat gleich hier an der Tür aus. Ich habe gestern erst feucht durchgewischt.« Eduard nahm den Mantel entgegen, um ihn im Hauswirtschaftraum aufzuhängen. Anschließend führte er seinen Gast in das geflieste Wohnzimmer, in dem die Fußbodenheizung eine angenehme Wärme verbreitete.

»Setz dich doch. Willst du was trinken?«

»Nein, jetzt lass mich doch endlich erzählen.« Beide setzen sich auf die beige Federkerncouch. Siegfried Gerdes beugte sich vor. Mit Unterstützung seiner Hände erzählte er ihm eine Geschichte, die den erfahrenen Finanzbeamten erstaunte.

***

Da sich Julias Auto in der Werkstatt befand, musste sie notgedrungen den Bus nehmen. Sie hasste das Busfahren. Als sie am Pferdemarkt eingestiegen war, hatte sie zum Glück gleich einen Sitzplatz gefunden.

Was für ein nervender Tag im Büro heute! Ihr Kollege Kötertal hatte sich sehr merkwürdig verhalten, deutlich weniger gesprochen als sonst, was ihr grundsätzlich ganz recht war. Gerade das machte sie aber stutzig. Er tat so, als hätte er unglaublich viel zu tun, schaute jedoch, wenn er sich unbeobachtet fühlte, mit einem Blick zu ihr, den sie von ihm gar nicht kannte. Danach ein wissendes Lächeln, als hätte er sich gerade selbst einen Witz erzählt. Julia hatte ihn nicht darauf angesprochen. Vielleicht hätte sie das tun sollen.

Sprühregen benetzte stetig die Scheiben des Stadtbusses, der in Richtung Wahnbeck fuhr. Sie sah durch die Scheibe nach draußen. Die Lichter der entgegenkommenden Autos spiegelten sich in den Pfützen auf der Straße. Es hatte den ganzen Tag schon nicht richtig hell werden wollen. Wahrscheinlich waren die meisten Fahrzeuge auch tagsüber mit Abblendlicht gefahren.

Der Busfahrer meinte es gut mit seinen Fahrgästen, er hatte die Heizung voll aufgedreht. Direkt unter ihrem Sitz strömte die heiße Luft ein. Julia wollte weder ihre Jacke ausziehen noch das bunt gemusterte Halstuch abnehmen. Ihr Gesicht musste schon rot angelaufen sein, als sie den

Reißverschluss ihrer Softshell-Jacke öffnete. Es reichte ihr schon, wenn der auffallend große Geschäftsmann immer wieder zu ihr herüber guckte. Als sie ihn strafend anschaute, tat er so, als hätte er eine wichtige Nachricht auf seinem Smartphone erhalten. Seine nach hinten gegelten pechschwarzen Haare schienen sein ganzer Stolz zu sein. Einen Wollmantel locker über den rechten Unterarm gehängt, schien er nichts von den Schuppen auf seinem dunklen Jackett zu bemerken. Er hob das Telefon vor sein Gesicht und grinste. Hatte er sie etwa gerade fotografiert? War das ein Zufall, dass es genau in dem Moment passierte, als sie die Jacke öffnete? Zum Glück bedeckte das Halstuch ihr Dekolleté. Der V-Ausschnitt ihres grauen, eng anliegenden Pullovers hätte einfach zu viel preisgegeben.

Am liebsten hätte sie ihm das Teil aus der Hand gerissen. Nachgeschaut, ob er ein Bild gemacht hatte, um es zu löschen. Ihn zur Rede gestellt, ihn gefragt, was das sollte. Womöglich hatte ihn jemand beauftragt. Hörte das denn nie auf? Nichts davon tat sie. Selbst wenn sie das Foto löschte: Heutzutage konnte jeder so ein Bild in Sekunden verschicken oder auf irgendeiner Internetplattform hochladen. Julia schluckte ihren Ärger runter. Schließlich musste sie eh an der nächsten Haltestelle aussteigen.

Ohne diesen gelackten Typen noch eines Blickes zu würdigen, stieg sie aus. Erst als sie die Straße überquerte, schaute sie zurück in den Bus. Dort, wo er gestanden hatte, befand er sich nicht mehr. Vermutlich hatte er sich auf einen frei gewordenen Platz gesetzt.

Während Julia ihren Gang beschleunigte, zog sie den Reißverschluss bis zum Anschlag zu. Der Nieselregen hatte zwar aufgehört, dafür pfiff ihr jetzt ein empfindlich kalter Wind ins Gesicht. Im Bus war ihr viel zu warm gewesen. Jetzt fror sie. Wenn sie nicht aufpasste, würde sie sich eine saftige Erkältung zuziehen. Sie verfluchte sich, weil sie zusätzlich zu ihrem Halstuch keinen Schal mitgenommen hatte.

Waren das Schritte, die sie hinter sich hörte? Sie blieb stehen, blickte sich hastig um. Der Gehweg wurde durch Laternen ganz gut beleuchtet. Doch sie sah niemanden. Wenn sie Milo bei sich gehabt hätte, hätte sie sich sicherer gefühlt. Ins Finanzamt durfte sie ihn nicht mehr mitnehmen. Tagsüber stellte sie ihm ausreichend Hundefutter in einem Napf und eine Schale voll Wasser hin. Wenn sie nach Hause kam, freute er sich nicht nur über die Maßen, sondern forderte auch sein Recht auf Bewegung ein. Julia strich sich eine Haarsträhne aus dem Gesicht. Sie rückte den Schultergurt ihrer Handtasche zurecht. Zog fest daran, als wenn dieser ihr Halt geben könnte. Entschlossen ging sie weiter, nicht ohne ihre Sinne zu schärfen. Außer ihre eigenen, schneller werdenden Schritten hörte sie nur Windgeräusche. Sie versuchte, sich an den Inhalt ihrer Handtasche zu erinnern: Brieftasche, Schminkspiegel, Smartphone, Taschentücher, Hustenbonbons, Pfefferspray… Oh Gott, hatte sie es etwa in der anderen, der ledernen Handtasche gelassen? Unter der nächsten Laterne durchwühlte sie ihre Polyesterhandtasche wie ein Drogensüchtiger auf der Suche nach dem nächsten Stoff.

»Scheiße!«, hörte sie sich selbst sagen. In Zukunft würde sie in allen drei Handtaschen und im Auto Tränengasdosen deponieren. *Bleib ganz ruhig. Hinter dir ist nichts. Niemand. Du redest dir etwas ein. Wenn der Typ ausgestiegen wäre, hättest du es schließlich sehen müssen. Und wenn schon, auf dem Weg zu deiner Wohnung gibt es Laternen. Außerdem gehst du durch bewohntes Gebiet und nicht durch den Wald.* Das stimmte nicht ganz, entlang der Ekernstraße standen einige Bäume, die einen Teich verbargen. In einer Minute würde sie daran vorbeigelaufen sein. Allerdings gab es dort nur das Feldhus-Campinggeschäft. Auf der anderen Straßenseite sah sie den Phoenix-Pharmahandel. Vielleicht sollte sie einfach das nächstbeste Auto anhalten, um sich mitnehmen zu lassen. *Jetzt sei nicht albern, in zehn Minuten bist du zu Hause, spätestens. Milo wartet schon auf dich. Denk an was Schönes. An das knisternde Holz im Kamin. Oder besser an die untergehende Sonne auf Kreta.* Vor zwei Jahren verbrachte sie dort ihren Jahresurlaub mit Holger. Abends hatten sie auf der Terrasse ihres Lieblingsrestaurants gesessen, einen Imiglykos getrunken, gute Gespräche über die Zukunft geführt. Damals war sie glücklich.

Sie marschierte so schnell, dass man es fast als Rennen bezeichnen konnte. Ihr Hals juckte. Sie atmete schwer. In ihren Füßen kribbelte es, als würden Ameisen ein Wettrennen veranstalten. Warum hatte sie sich heute nicht einfach krank gemeldet? Oder Überstunden genommen? Dann würde sie jetzt nicht auf dieser gottverlassenen Straße laufen.

Bevor sie an den Bäumen vorbeiging, hatte sie sich vorgenommen, nicht direkt hinzuschauen. Den Blick richtete sie stur geradeaus. Ihr Unterbewusstsein sorgte dafür, dass sich ihre Augen verstohlen nach links richteten. Da war doch was. Direkt neben der großen Buche. Ein großer Schatten. Der Mond sorgte für viele Schatten. Aber warum zur Hölle bewegte er sich jetzt? Sie begann zu rennen. Plötzlich kam sie ins Trudeln. Stolperte, konnte ihren Körper gerade noch vor dem Sturz abfangen. Ohne sich umzusehen, rannte sie weiter. Grelles Scheinwerferlicht eines entgegenkommenden Fahrzeugs blendete sie, sodass sie langsamer wurde und sich zum Schutz eine Hand vor die Augen hielt. Sollte sie dem Fahrer ein Zeichen geben? Julia brauchte zu lange, um sich zu entscheiden. Der alte Golf war inzwischen schon an ihr vorbeigefahren. Ängstlich schaute sie sich um. Ein Mann näherte sich mit schnellen Schritten. Oder war es wieder nur ein Schatten? Da sie kein großes Verlangen danach hatte, dieses genauer herauszufinden, rannte sie los. Drehte sich nicht mehr um, hielt auch nicht mehr an, bis sie vor ihrer Haustür stand. Nach Luft ringend kramte sie wild in ihrer Handtasche, um umständlich ihren Schlüsselbund herauszuholen. Verstohlen sah sie sich um, als wollte sie einbrechen. Julia sah ihren vermeintlichen Verfolger nicht, aber sie fühlte sich beobachtet. Milo musste sie schon gehört haben, er bellte laut. Sie zitterte so stark, dass sie es kaum schaffte, den Schlüssel in das Schloss zu schieben. Erst im dritten Anlauf klappte es.

Endlich hatte sie die Tür hinter sich geschlossen. Mechanisch öffnete sie ihre Jacke, zog sich den verschwitzten Schal aus. Unter ihrem Pullover spürte sie ihr klatschnass verschwitztes Unterhemd. Erst jetzt betätigte sie den Lichtschalter. Es wurde jedoch nicht hell.

Kapitel 15

Eduard Kötertal konnte nicht einschlafen. Immer, wenn er in einem fremden Bett schlief, ging es ihm so. Zwar übernachtete er in diesem nicht zum ersten Mal, aber er brauchte seine gewohnte Umgebung. Es sei nur für eine begrenzte Zeit, hatte man ihm gesagt. Mehr als einmal ärgerte er sich darüber, dass er sich darauf eingelassen hatte. 'Einhüten' nannte sein Freund das. Für ihn war es lediglich ein 'nach dem Rechten sehen' - beziehungsweise den Eindruck nach außen vermitteln, die Wohnung sei bewohnt. Einbrüche kamen in dieser besseren Wohngegend so gut wie nie vor.

Nach unzähligem Hin- und Herwälzen knipste er die Lampe auf dem Nachttisch an und schlüpfte in seine Schlappen. Unten in der Küche angekommen, öffnete Eduard den Kühlschrank, um sich ein Glas frische Vollmilch einzuschenken. Irgendwer hatte ihm mal erklärt, dass Milch zu den besten Einschlafhilfen überhaupt zählte. Zumindest tat ihm der kalte Schluck kurzfristig gut. Er fuhr sein Laptop hoch, den er von zu Hause mitgebracht hatte. Tippte den Namen ‚Heike Brunken' in das Suchfeld bei Facebook ein. Auf ihrem Namensschild stand ‚H. Brunken'. Nicht, dass er sich selbst getraut hätte, sie nach ihrem Vornamen zu fragen. Eine Kollegin sprach sie mit ‚Heike' an. Seine Lieblingskassiererin aus dem Supermarkt benutzte eine Katze als Profilbild. Zum Glück spuckte das soziale Netzwerk unter diesem Namen nur ein Ergebnis aus mit Wohnort Oldenburg - Wechloy. Einen Beziehungsstatus hatte sie nicht angegeben. Vermutlich bekamen Frauen, die ledig anhakten, unzählige Flirtanfragen oder unmoralische Angebote. Er bedauerte, keine privaten Fotos von ihr zu finden. Heike war Fan vom FC St. Pauli, toskanischem Essen und mochte die Filme »Vincent will Meer« und »Pretty Woman«.

Eduard schloss den Browser und öffnete eine Bilderdatei, die er unter der

Bezeichnung 'sehr privat' abgespeichert hatte. Viele von den Bildern hatte er gar nicht selbst gemacht. Entweder hatte er sie selbst im Internet gefunden oder sie wurden ihm zugespielt. Beim Blick auf die einzigartigen Bilder bekamen seine Mundwinkel einen eigenartigen Zug. Er rieb sich mit Daumen und Zeigefinger über sein raues Kinn. Seine Kollegin Julia Wilken wirkte auf den Bildern ganz anders als im Büro. Dort zog sie sich, passend zu ihrem Verhalten, meist bieder an. Am liebsten schaute er sich die Bilder des Urlaubs auf Gran Canaria an. Was Julia, oder, wie er sie nennen musste, 'Frau Wilken', nicht wusste, er kannte Holger Ehmken. Woher, würde sein süßes Geheimnis bleiben. Nachdem sie Holger zu Hause rausgeschmissen hatte, traf Eduard den Ex-Freund seiner Kollegin einige Male in der ein oder anderen Kneipe in der Wallstraße, wo er seinem Frust freien Lauf ließ. Als er eines Abends Eduard darum bat, auf sein Bier und sein Smartphone aufzupassen, während er auf die Toilette musste, nutzte Eduard die Gelegenheit, das gesamte Urlaubsalbum via Bluetooth auf sein eigenes Handy zu überspielen. *Mein lieber Herr Gesangverein, da waren Bilder dabei!* Die 'oben-ohne-Fotos' vom Pool hatte Eduard in einen Unterordner verschoben, den er 'schön-aber-harmlos' nannte. Die richtig heißen Fotos wollte er in einen extra Order ablegen. Er überlegte kurz, welchen Namen er ihm geben sollte, musste dann über seinen eigenen Einfall kurz laut auflachen. Zufrieden benannte er den neuen Unterordner 'erst-nach-23-Uhr-anschauen'. Anschließend schaltete er seinen Laptop aus, um sich wieder hinzulegen. An Schlaf war noch nicht zu denken. Dazu war er viel zu erregt.

***

»Ja, richtig. Konterspiel, nur die Rückhand, einfach nur zurückspielen«, spornte Leon Kirchgässner die Tischtennisdamen vom TT-Topspin Oldenburg an. Jede Woche dienstags und donnertags trainierte er die 1.

Damenmannschaft leidenschaftlich. Die Sporthalle des Gymnasiums am Haarenufer eignete sich hervorragend dafür.

»So, und jetzt nur die Vorhand, Mareike«, er klatschte dabei in die Hände, um seiner Anweisung Nachdruck zu verleihen, »und nochmal, weiter, immer weiter.« Obwohl Leon erst 35 Jahre alt war, erkannten aufmerksame Beobachter die ersten grauen Haare im Bereich seiner Schläfen. Zusammen mit den ansonsten schwarzen Haaren und seinen markanten Gesichtszügen sorgten diese für hohe Attraktivität. Er schob seine modische Brille mit schwarzem Rand auf dem Nasenrücken weiter nach oben.

In Momenten wie diesen schaffte er es, nicht an den grausamen Tod von Max Krause zu denken. Obwohl Max kein Freund von ihm war, hatte er sich gut mit ihm verstanden, Wie mit jedem Kursteilnehmer des Steuerkurses an der VHS. Bis auf die einzige Teilnehmerin Sybille Berg, die kaum etwas sagte. In Leons Augen schien sie jeden unnötigen Kontakt zur Gruppe vermeiden zu wollen. Kurz vor dem tragischen Zwischenfall hatten sich die männlichen Teilnehmer zum Gruppenabend in Charly's Musikkneipe getroffen, ohne Julia Wilken. In so einer Männerrunde konnten sie einfach anders reden, als wenn eine Frau dabei gewesen wäre. Natürlich quatschten sie auch über ihre Kursleiterin.

»Können wir jetzt ein Spiel machen?«, riss ihn Mareike aus seinen Gedanken.

»Selbstverständlich. An Tisch eins: Jenny gegen Mareike. An Tisch zwei: Conny gegen Nele. Auf geht's, zwei Gewinnsätze bis elf.« In Steuerfragen machte keiner der guten Julia Wilken etwas vor. Das musste man ihr lassen. Als Frau strahlte sie etwas Unnahbares, Geheimnisvolles aus. Jeder dachte sich das, bis auf Max, der es nicht nur direkt ansprach, sondern auch nicht müde wurde, zu wiederholen, was er von ihr hielt. »Die hat es faustdick hinter den Ohren. Wenn ihr mich fragt, braucht die es mal wieder so richtig besorgt«, posaunte Max heraus.

»Dich fragt zum Glück keiner«, wies ihn Siegfrid Gerdes damals zurecht. Leon musste ihm ausnahmsweise zustimmen. Mit ein wenig mehr Anstand und Respekt hätte er auf solche Proletensprüche verzichtet. Drei Bier und zwei Schnapsrunden später hielten sich jedoch auch die anderen mit eindeutigen Bemerkungen nicht mehr zurück. Als Max jedoch zu einer Bewertung einzelner Körperteile von Julia Wilken aufrief, verließ Leon die Kneipe kurzerhand.

Leons Handy klingelte. »Du sollst mich doch nicht während des Trainings anrufen, es sei denn, es ist was Wichtiges...« Seine Frau interessierte sich nicht für seinen Einwand, fragte, wann er endlich gedenke, für seine Familie da zu sein. Volle fünf Minuten hörte er sich das Gezeter an.

»Du, der Akku ist gleich leer«, drückte er das Gespräch weg.

»Hey, Jenny, was glaubst du eigentlich, was wir hier machen? Das ist eine Sportveranstaltung«, schrie er seine Nummer 1 an, lauter als geplant. Reichte es nicht, wenn er als Maler und Lackierer den ganzen Tag schuftete? Janina hatte gut reden. Sie war den ganzen Tag zu Hause, kümmerte sich um die Kleine. Ein bisschen Anspruch auf Freizeit und Hobbys standen ihm zu, fand er. Manchmal freute er sich richtig, wenn er morgens das Haus verlassen konnte. Meistens mit einem Einkaufszettel von Janina, verbunden mit weiteren Dingen, die er doch auf dem Weg noch erledigen könne. Wie er das hasste. Julia hingegen wirkte da ganz anders. So viel er wusste, hatte sie keine Kinder. Ihr traute er keine solchen autoritären Verhaltensweisen zu. Sie präsentierte sich souverän, wusste auf alle Fragen eine Antwort.

Es gab jedoch auch diese andere, verletzliche, so unschuldige Seite an ihr, die nur selten zum Vorschein kam. Bei ihm rief sie Beschützerinstinkte hervor. Mehr, als gut für ihn war. Als er sie nach einem Kursabend zum Essen einlud, gab sie ihm einen Korb. Aber in ihrer Ablehnung fand er etwas sanftes, was sich für ihn wie eine Ermunterung anhörte. Möglicherweise musste er sich ein solches Essen mit ihr erst verdienen.

»Ja endlich, Jenny, so wird geschmettert. Das war gut.« Er lächelte, nicht, weil das, was er sah, gut war, sondern über das, was er sich gerade ausgedacht hatte.

***

»Ich weiß nicht, was Sie schon wieder von mir wollen. Das habe ich Ihnen doch alles schon beim letzten Mal erklärt«, sagte Leon Kirchgässner, der in verschmutzter Malerkluft vor Lisbeth und Paul stand.

»Erzählen Sie es uns noch einmal«, forderte Lisbeth ihn mit verschränkten Armen auf. Bisher konnte die Tatwaffe nicht gefunden werden. Laut Einzelverbindungsnachweis seines Mobilfunkanbieters hatte Herr Kirchgässner zur Tatzeit exakt 65 Sekunden telefoniert. Nach übereinstimmenden Zeugenaussagen hatte er den Unterrichtsraum in der Volkshochschule etwa fünf bis zehn Minuten verlassen. Ausreichend Zeit, die Tat zu begehen. Falls er der Täter war, hätte er sich ein Kleidungsstück überziehen müssen oder seine blutverschmierte Kleidung gewechselt haben.

»Gut, ich sage dem Meister Bescheid.« In dem privaten Haus, das Kirchgässners Firma renovierte, waren die Möbel im Wohnzimmer mit Folie sorgfältig abgedeckt worden. Dieser Raum sollte wohl als Letztes angestrichen werden. Sie setzten sich in die Essecke. Beim Anblick der Folie überlegte Lisbeth, ob der Täter, wenn es einer aus der Gruppe war, sich nicht einfach so eine Abdeckfolie übergezogen hatte.

»Was für Kleidung trugen Sie an dem Tatabend in der Volkshochschule? Ihren Blaumann?«

»Machen Sie Witze? Damit würde ich doch bloß alles einsauen. Natürlich ziehe ich mich vorher um.«

»Also, was hatten Sie an?«, wiederholte Lisbeth ihre Frage, während Paul ihn genau musterte.

»Das weiß ich gar nicht mehr genau. Da müsste ich überlegen.«

»Tun Sie das.« Leon Kirchgässner schaute über die Köpfe der Ermittler an die kahle Wand.

»'Ne blaue Jeans und einen Pullover, so einen schwarzen Rolli, glaube ich. Warum ist das wichtig?«

»Mit welchem Verkehrsmittel sind Sie zur VHS gefahren?«, schaltete sich Paul in das Gespräch ein, ohne die Frage zu beantworten.

»Mit dem Dienstwagen vom Chef. Er hat das ausdrücklich genehmigt. Ich weiß nicht, was diese Fragerei soll.« Paul beugte sich vor und legte ihm den Einzelverbindungsnachweis vor die Nase.

»Das Telefongespräch mit Ihrer Frau dauerte eine gute Minute. Sie kamen aber erst nach fünf bis zehn Minuten wieder zurück in den Seminarraum. Was haben Sie in der restlichen Zeit gemacht?«

»Ich war danach noch kurz eine rauchen, draußen, weil es innerhalb des Gebäudes verboten ist.«

»Für das Rauchen gibt es doch extra die Pause.« Kirchgässner blickte abwechselnd die Gesichter der Kommissare an, öffnete entwaffnend beide Handflächen.

»Ja und? Meine Frau nervte mal wieder, da wollte ich einfach runterkommen.« Seine Empörung wirkte echt.

»Hat Sie jemand gesehen, als Sie draußen standen?«

»Keine Ahnung, glaub ich nicht.« Paul und Lisbeth nickten sich gegenseitig zu.

»Danke, wir haben keine weiteren Fragen.« Die Ermittler hatten die Szene in der Volkshochschule rekonstruiert. Für den Mord, das Kehle-Durchschneiden und das wilde Einstechen brauchte der Täter ca. drei bis vier Minuten. Die beschmutzte Kleidung hätte er in weiteren drei bis vier Minuten wechseln beziehungsweise zum Auto bringen können. Warum sollte er, wenn er der Täter war, seine Frau anrufen?

***

Sie schwenkte das Wasserglas, in dem sich die Reste der Kopfschmerztablette ablagerten. In einem letzten großen Schluck leerte sie es. Die Wirkung würde erst in einigen Minuten einsetzen. Um die frische Luft des anbrechenden Winters einzuatmen, öffnete Julia ihre Terrassentür. Obwohl sie nur die Umrisse der Ahornbäume erkannte, wusste sie, dass sie kaum noch Blätter trugen. Gespenstisch still zeigte sich ihr dunkler Garten.

»Nein, du gehst da jetzt nicht raus, Milo.« Der Border-Collie streckte frech seine Schnauze zwischen Julias Bein und der Terrassentür raus. Milo bellte zweimal.

»Was hast du? Wir waren doch erst vor einer Stunde draußen?« Milo schaute sie mit seinen treuen Augen an. Julia zeigte mit ausgestrecktem Arm in Richtung Küche, wo sein Napf stand. »Ab mit dir.« Milo interessierte das nicht. Er schaute weiter unbeirrt nach draußen in die Dunkelheit. Um den Hund, aber vor allem, um sich selbst zu beruhigen, schaltete sie die Lampe, die an der Ecke der Terrasse stand, ein.

»Siehst du, da ist nichts.« Julia war von ihren eigenen Worten nicht sonderlich überzeugt, Milo auch nicht, denn er bellte erneut. Missmutig schloss sie die Tür und betätigte den Schalter, um die Rollläden elektrisch herunter zu lassen. Ohne Milo eines weiteren Blickes zu würdigen, ging sie nach oben ins Schlafzimmer, um von dort aus etwas zu erkennen. Das Licht der Terrassenlampe reichte nicht über den gesamten Rasen, schon gar nicht bis zu den Bäumen. So sehr sie sich auch bemühte, sie konnte nichts Verdächtiges entdecken. Der Wind hatte aufgefrischt. Gewissenhaft ging Julia durch jeden einzelnen Raum ihres großen Hauses, überprüfte, ob auch alle Fenster geschlossen waren. Lediglich ein Fenster im Badezimmer stand offen. Sie schloss es.

Milo schaufelte in der Küche Wasser mit seiner großen Zunge gleichmäßig in sich hinein, ließ sich nicht ablenken, als sie an ihm vorbeilief.

Brauchte ein Mensch so viele Zimmer für sich alleine? Besonders nachts fühlte sie sich unwohl. In solchen Augenblicken wünschte sie sich einen Mann an ihrer Seite. Er müsste noch nicht mal besonders stark sein. Okay, groß sollte er schon sein. Zumindest größer als sie selbst. Er könnte sie beschützen, ihr sagen, dass sie in Sicherheit wäre, dass nichts passieren würde. Im Notfall würde er draußen nachsehen. War das heute ein Notfall?

Sie war sich nicht sicher, ob sie sich besser fühlen würde, wenn Holger jetzt neben ihr säße. Nein, es war richtig gewesen, ihn rauszuschmeißen. Über Tote sollte man nichts Schlechtes sagen oder denken. Seine Spielsucht war immer schlimmer geworden. Wie hätte sie das irgendjemandem erklären können? Eine Finanzbeamtin, die mit einem Spielsüchtigen unter einem Dach lebte. Das Zweitschlimmste war, dass er sie belogen hatte. Seine Spielbankbesuche verheimlichte. Auf ihre Nachfrage hieß es, er treffe sich mit Kumpels zum Sport. Am Allerschlimmsten war jedoch, dass er sie beklaut hatte. Sie stellte ihn zur Rede. Selbst da stritt er noch alles ab.

Ein Geräusch riss sie aus ihren Gedanken. Ein Schlag, als wäre etwas heruntergefallen.

»Hast du das auch gehört?« Milo spitzte die Ohren. Sie war also nicht verrückt geworden. Eilig überlegte sie, was sie als Waffe verwenden könnte, wenn sie das Haus durchsuchte. Aus der Küche nahm sie sich ein Brotmesser. Abstruse Bilder aus Horrorfilmen schossen ihr durch den Kopf. Aus »Scream«, wenn jeder Zuschauer dachte: 'Nein, geh da nicht rein, du darfst nicht in dieses Zimmer gehen'. Nachdem sie im Erdgeschoss nichts fand, was dieses Geräusch hätte verursachen können, schlich sie die Treppe hinauf. *Oh Gott, sie schlich in ihrem eigen Haus die Treppen hinauf, mit einem Brotmesser in der Hand!* Hör auf, so einen Quatsch zu denken, dich sieht ja keiner, außer Milo, ermahnte sie sich innerlich. Endlich sah sie den Verursacher des Geräusches: Ihr Kleider-Butler samt unzähliger Hosen, Blusen und Halstücher war umgefallen und gegen die Bettkante geknallt. Kopfschüttelnd legte sie das Brotmesser auf das Bett, um den metallenen Butler wieder aufzustellen. »Ich hätte hier früher schon mal was wegsortieren müssen«, sagte sie laut. Milo beobachtete interessiert, wie sie aufräumte.

Nach getaner Arbeit lümmelte sie sich in ihre Wohnzimmercouch und schaltete den Flachbildschirm an, auf dem eine Nachrichtensendung lief. Da sie sich nicht darauf konzentrieren konnte, drückte sie sich durch die Kanäle, ohne etwas zu finden, was sie auch nur annähernd interessierte. Entnervt machte sie den Fernseher aus.

Ihr fiel ein, dass sie das Messer gar nicht zurück in die Küche gelegt hatte. Als Julia die Schlafzimmertür öffnete, spürte sie einen Bleiklumpen in ihrem Magen. *Das kann doch nicht wahr sein! Wo ist das verdammte Messer? Ich hatte es auf Bett gelegt. Hundertprozentig! Wollte es doch nach dem Aufräumen sofort wieder mit runter in die Küche nehmen.*

Vielleicht hatte es sich der Hund geschnappt. »Milo?« Wäre aber ungewöhnlich, der wusste ganz genau, dass er weder mit ins noch auf das Bett durfte. Das hatte er einmal versucht, worauf sie ihn zur Schnecke machte.

»Milo!«, schrie sie so laut, dass es Alfred Hitchcock sicher in einem seiner

Filme gerne verwendet hätte.

***

Er kam sich schon ziemlich komisch vor, wie ein Spanner. Fehlte nur noch, dass er ein Nachtsichtgerät verwendete. Sein Smartphone würde bei der Dunkelheit und aus dieser Entfernung keine brauchbaren Fotos machen, obwohl ihr Anblick an der Terrassentür ihm einen angenehmen Schauer durch den Körper gejagt hatte. Hocherfreut bemerkte er, dass sie durch das Terrassenlicht noch besser zu sehen war. Durch die niedrigen Temperaturen hatte sie zu viel an. Er stellte sich vor, wie sie sich im Hochsommer freizügig auf einer gepolsterten Liege räkelte, sich unbeobachtet fühlte. Ihr Garten lag so abgeschieden, dass kein Spaziergänger zufällig einen Blick auf die Terrasse werfen konnte. Er überlegte, was für eine Digitalkamera er bräuchte, um gute Bilder schießen zu können. Zwölffach optischer Zoom dürfte ausreichen. Seine Frau würde sowieso wieder meckern. Besser, sie erfuhr nichts davon. Könnte doch sein süßes Geheimnis bleiben. Der kalte Wind blies ihm ins Gesicht. Er zog sich seine schwarze Wollmütze an. Ein Heißgetränk wäre jetzt gut. Alles war besser, als sich das Genörgel seiner Frau weiter anzuhören. Immer die gleiche Leier: »Du könntest dich auch mal mehr um die Kinder kümmern«, »der Haushalt macht sich schließlich auch nicht von alleine«, oder »tja, von nichts kommt nichts«. Da fror er lieber. Dass er jeden Tag malochen ging, damit sie ihre Rechnungen plus ihre Sonderwünsche bezahlen konnten, vergaß sie ganz gerne. Sein Kreuz schmerzte.

Mit der lapidaren Bemerkung: »Mir reicht's, ich gehe in die Kneipe« war er getürmt. Er dachte nicht im Traum daran, wirklich in die Kneipe zu gehen, um sich schlaue Sprüche von den Stammtischhelden anzuhören.

Was war das gerade? Sie hatte doch geschrien, oder?

Er sah durch sein Fernglas. Das Haus lag immer noch eingehüllt in Dunkelheit, bis auf die erleuchtete Terrasse. Er atmete schwer ein und aus. Ihm kam es komisch vor: Er beobachtete das Haus, gleichzeitig hatte er Angst um sie. Ihr sollte nichts passieren. Ihr durfte nichts passieren. Am liebsten hätte er geklingelt und gefragt, ob alles in Ordnung wäre. Lächerlich, so ein Gedanke. Wie sollte er das tun, ohne ihr zu erklären, dass er heimlich ihr Haus beobachtete?

Das Terrassenlicht erlosch. Ein Schatten bewegte sich weg vom Haus hin zu den Ahornbäumen. Das Mondlicht war zu schwach, um Genaueres erkennen zu können. Nie hätte er ein Nachsichtgerät dringender gebraucht als heute. Oder hatte er sich das Ganze nur eingebildet? Bei diesen Temperaturen und zu der Uhrzeit spielte einem die Fantasie mitunter seltsame Streiche. Wenn es also keine Einbildung gewesen war, welcher Typ hatte sich da in Julias Haus geschlichen? Und vor allem, warum verließ er es jetzt so fluchtartig?

Leon Kirchgässner hatte keine Ahnung, was er jetzt tun sollte.

Kapitel 16

Eigentlich sollte er sich nicht auf dem gerade eröffneten Lambertimarkt aufhalten. Jahr für Jahr erfreute sich der Weihnachtsmarkt in Oldenburg großer Beliebtheit. Sogar aus den Niederlanden kamen die Besucher. Viele Menschen, die in Oldenburg arbeiteten, gingen nach Feierabend zusammen mit ihren Kollegen auf ein oder zwei Glühwein in die Innenstadt. Wie in den letzten Jahren wollte auch heute keine richtige Vorweihnachtstimmung aufkommen. Bei Temperaturen um die sieben Grad und leichtem Regen schmeckten weder Grog noch Glühwein.

Wenn ihn hier jemand erkennen würde, wäre er in Erklärungsnot. Vorsichtshalber hatte er sich verkleidet, sich einen Vollbart aufgeklebt zusätzlich zu der filzigen Perücke, die anfing zu kratzen. In seinem Anzug und Krawatte käme keiner auf die Idee, dass er es sein könnte. Solche Kleidung trug er sonst nie. So, wie er sich jetzt fühlte, war es auch das letzte Mal für ihn, in so einer Verkleidung herumzulaufen.

Warum suchte er jetzt gerade diesen Ort auf? Er selbst hatte sich nie viel aus diesen Firmenveranstaltungen gemacht. Aber er vermutete Julia heute hier. Die Versuchung, oder besser gesagt, der Drang, sie zu sehen, ihr nahe sein zu können, trieb ihn her. Er wusste, dass die Abteilung aus dem Finanzamt, in der Julia arbeitete, sich im Anschluss hier einfinden würde. Ein Erscheinen konnte dienstlich zwar nicht angeordnet werden, wurde aber vom Chef der Abteilung, Gero Hansen, nachdrücklich erwartet. Wer fehlte, brauchte schon eine gute Entschuldigung.

Als Treffpunkt sollte ein Stand herhalten, an dem Feuerzangenbowle ausgeschenkt wurde. Er setzte sich an einen Tisch direkt gegenüber und bestellte sich einen Kinderpunsch. Für seine Beobachtung wollte er einen kühlen Kopf bewahren. Es galt, keinen weiteren Fehler zu begehen. Das einzige, woran man ihn erkennen konnte, war seine Stimme. Selbst wenn einer der Finanzamtsgesellschaft in seine Richtung schaute, würde er keinen Verdacht schöpfen. Er saß im Halbdunklen, und seine Verkleidung tat ihr Übriges. Leider konnte er von hier aus kaum etwas von dem verstehen, was am Feuerzangenbowlenstand gesagt wurde. Nur wenn Gero Hansen einen seiner schlüpfrigen Witze zum Besten gab, konnte gefühlt der halbe Weihnachtsmarkt mithören. Die weiblichen Mitarbeiterinnen vom Finanzamt gackerten wie Teenager. Ob sie damit nur ihrem Chef gefallen wollten oder ob es am Alkohol lag, den sie schon intus hatten, wusste er nicht. Julia gackert nicht mit, rang sich aber zu einem gequälten Lächeln durch. Am liebsten hätte er sie von dort weggezerrt, damit sie diese gespielte Fröhlichkeit nicht mehr ertragen musste. Sie mochte das mit Sicherheit nicht. Gerade in ihrer momentanen labilen Verfassung wäre sie woanders viel besser aufgehoben.

Irgendwo schrie ein Baby. Er widerstand dem Drang, aufzustehen und näher an die Gruppe heranzugehen. Mit wem quatschte Julia da drüben? Der Typ, der auf sie einsprach, hatte lange, aber gepflegte Haare und einen Dreitagebart. Er schien gut trainiert zu sein. Das konnte jeder erkennen, obwohl er eine Winterjacke trug. Sein Erscheinungsbild wollte so gar nicht zu den langweiligen Beamten passen. Eher würde man ihn in einer Rockband vermuten. War er von Anfang an dabei gewesen? Zumindest wirkte er im Umgang mit Julia vertraut.

»Wollen Sie noch einen Punsch?« Er blickte erschrocken zur Bedienung auf.

»Äh, nein, aber einen Kaffee, bitte.«

»Capuccino, Latte oder au lait?«

»Einen stinknormalen Kaffee, das wird doch wohl möglich sein, oder?«

»Selbstverständlich, wenn Sie Milch oder Zucker wollen, nehmen Sie es sich bitte vom Tresen.« Er ignorierte den letzten Satz, schaute unruhig auf die gegenüber stehende Gruppe. Die Gesellschaft machte sich auf, wollte vermutlich noch einen anderen Stand aufsuchen. Er legte einen 5-Euroschein auf den Tisch, zog seinen Mantel über und folgte ihnen.

»Hey, was ist jetzt mit dem Kaffee?«, schrie ihm die verständnislos dreinschauende Kellnerin hinterher.

Jemandem unauffällig zu folgen, sah im Fernsehen immer so einfach aus. Zum jetzigen Zeitpunkt war der Lambertimarkt noch nicht besonders gut gefüllt, was wohl am zu milden und feuchten Wetter lag. Er zog sich seine Kapuze vorsichtshalber tiefer ins Gesicht, während er darauf achtete, nicht näher als zehn Meter an die Gruppe heranzukommen. Trotzdem ging er mit seiner ungeplanten Verfolgungsaktion ein unnötiges Risiko ein. Für den Fall, dass man ihn doch erkennen würde, überlegte er sich eine Ausrede.

Jetzt hielten sie auch noch an so einer dämlichen Crêpes-Bude, weil der feine Herr Hansen unbedingt etwas essen musste. Er fragte die weibliche Belegschaft, wer auch etwas Warmes im Bauch brauchte. Als einziger lachte er laut über seinen eigenen Witz. Er konnte gut erkennen, wie sich Julia augenrollend von ihrem Chef abwandte. Plötzlich legte sich eine Hand auf seine Schulter. Er blieb stehen, wie zu einer Salzsäule erstarrt.

»Wolfgang?« Er drehte sich vorsichtig um.

»Oh, Entschuldigung, ich habe Sie wohl verwechselt.« Ein Mann jenseits der sechzig ging an ihm vorbei. Wie er das hasste, wenn ihn Fremde einfach anfassten.

'Rockband-Musiker' verabschiedete sich mit einer herzlichen Umarmung von Julia. Sie musste ihn also doch schon gekannt haben. Aber woher bloß? Er überlegte, ob er dem Langhaarigen folgen sollte, entschied sich jedoch dagegen. Ihm war wichtiger zu sehen, wie Julia mit den männlichen Kollegen umging. Er zückte sein Smartphone und filmte die Szenerie am Crêpes-Stand. Er würde die Aufnahmen später auf seinen Laptop hochladen. *Nur nicht auffallen. Halte das Ding so, als würdest du eine Nachricht auf dem Display lesen, und tu so, als schreibst du selbst auch welche,* ermahnte er sich.

Jetzt hatte Julia schon zum vierten Mal auf ihre Armbanduhr geschaut. Offensichtlich ersehnte sie den Zeitpunkt herbei, um sich von der Gruppe zu verabschieden. Nach dem zweiten Glühwein durfte sie kein Auto mehr fahren. Wie also würde sie nach Hause kommen? Ein Taxi benutzte sie so gut wie nie. Doch wohl nicht mit einem Kollegen? Womöglich bot ihr Gero Hansen an, doch gemeinsam ein Taxi zu benutzen. Nein, das würde sie ablehnen. Natürlich konnte er ihr nicht anbieten, sie nach Hause zu bringen, obwohl er keinen Alkohol getrunken hatte und selbst mit dem Auto gefahren war. Er sah Julias gerötete Wangen. Der Glühwein machte sich bereits in ihrem Gesicht bemerkbar.

»Mensch, komm da weg und geh nach Hause«, brummelt er lauter, als er gewollt hatte. Sie nahm einen Zettel und einen Stift, um etwas aufzuschreiben. Anschließend reichte sie den Zettel einem Mann, den er nicht kannte, verabschiedete sich von den Kollegen. Ihr peinlicher Chef Hansen kommentierte wie ein Markschreier: »Was, schon los? Der Abend ist doch noch jung. Und so jung kommen wir nieder wieder zusammen, ne?«

Sie lief direkt auf ihn zu. Jetzt eine falsche Bewegung, eine Auffälligkeit, und er würde auffliegen. Keinen halben Meter lief sie an ihm vorbei, ohne ihn wahrzunehmen, als wäre er Luft. In einem Windhauch, der ihm dabei entgegen kam, roch er ihr unverkennbares Parfum Issey Miyake. Er sog diesen Duft förmlich auf, als könne er sie dadurch bei sich haben.

Es war Zeit, ihr zu folgen. Sie brauchte Schutz.

***

Paul verschränkte die Hände über dem Kopf, dabei atmete er hörbar aus.

»Lissi, wir brauchen einen neuen Ermittlungsansatz. Die bisherigen Spuren aus der VHS-Gruppe laufen bisher alle ins Leere. Vielleicht haben wir uns zu sehr darauf versteift, den Täter dort zu suchen.«

»Was ist mit dem weiteren Umfeld von Julia Wilken, Kollegen oder Freunde?« Lissi lehnte an der Fensterbank ihres Büros, stützte sich mit beiden Händen ab.

»Guter Punkt, das haben wir bisher vernachlässigt. Was riecht denn hier so nach Weihnachten?« Lissi schaute sich um, entdeckte die halbvolle Tüte gebrannter Mandeln.

»Ach, das sind die gebrannten Mandeln. Habe ich gestern auf dem Lambertimarkt gekauft. Willst du welche?«

»Nein, danke. Ich bin da gar nicht so scharf drauf. Kalt erst recht nicht. Du warst bei dem Wetter auf dem Weihnachtsmarkt? Da kommt doch gar keine Stimmung auf.«

»Das mache ich jedes Jahr so.« Lissi überlegte, was Frau Wilken ihnen bei den bisherigen Befragungen erzählt hatte. Angeblich gab es keine Frau, die sie als beste Freundin bezeichnen würde. Während Paul durch eine neue Nachricht an seinem Bildschirm abgelenkt war, zog Lissi sich die Akte 'Julia Wilken' aus dem Hängeregister. Sie hatte kaum zwei Sätze gelesen, als Paul, ohne seinen Blick vom Bildschirm abzuwenden, zu ihr sagte:

»Nimm dir bitte die Akte von Julia Wilken vor.« Demonstrativ schwenkte Lissi die Akte.

»Ja, glaubst du, ich lese hier eine Urlaubsbroschüre, oder was?« Paul blickte verwirrt auf, brauchte ein paar Sekunden, um die Information zu verarbeiten.

»Natürlich. Ich meine, hätte ich mir denken können, dass du schon dran sitzt. Ich muss kurz zum Chef.« Als Paul aufstand, um den Raum zu verlassen, war seine Kollegin bereits in die Akte vertieft. Sie strich sich mit der flachen Hand über die Stirn, strich eine Strähne aus dem Gesicht hinter das Ohr.

Aus den Angaben von Julia Wilken wurde Lisbeth einfach nicht schlau. Einerseits lebte sie zurückgezogen, galt als zuverlässig, schien auch die Trennung von ihrem Freund gut verarbeitet zu haben. Das fand Lissi jetzt auch nicht so schwer. Schließlich hatte sie ihn verlassen. Der verlassene Partner litt fast immer dabei. Andererseits schien sie unterschiedliche Männer magisch anzuziehen. Sie musste irgendetwas an sich haben, was Lisbeth noch nicht entdeckt hatte, das die Männer verrückt machte. Spielte sie vielleicht mit ihnen, um sie abzuservieren, kurz bevor es brenzlig wurde? Immerhin wäre das eine Möglichkeit. Holger Ehmken hätte Grund gehabt, ihr *nachzustellen*, oder wie es im Strafgesetzbuch definiert war: das beharrliche Aufsuchen der Nähe eines Menschen. Kein Problem, wenn der 'Aufgesuchte' damit einverstanden war. Lisbeth musste an Philip denken, weil er ihr heute schon vier Kurznachrichten geschickt hatte. Dieser unverschämte Bengel. Bei der letzten Nachricht schoss ihr das Blut ins Gesicht, da Paul sie gefragt hatte, ob es ihr gutginge. Das »ging mir nie besser« war ihr rausgerutscht. Das war nicht normal, dafür aber wunderschön.

Lissi konzentrierte sich wieder auf die Arbeit. 'Versuche dich in die Rolle des anderen hineinzuversetzen', hörte sie ihren alten Ausbilder von der Polizeischule sagen.

Wie hätte sie reagiert, wenn einer ihrer Ex-Freunde sie nach der Trennung nicht in Ruhe gelassen hätte? Als ersten Schritt würde sie ihn komplett ignorieren, sämtliche Nachrichten löschen, Kontaktaufnahmeversuche unterbinden. Nicht, ohne ihm vorher unmissverständlich klargemacht zu haben, dass es aus ist und weiteres Werben nur noch nerven würde. Wahrscheinlich hätte sich das bei ihr keiner getraut, weil sie wussten, sie arbeitete bei der Kripo. Auf der anderen Seite wäre es ihr auch peinlich, wenn sie wegen eines Ex-Freundes die uniformierten Kollegen rufen müsste. Sie konnte sich lebhaft vorstellen, wie schnell Witze darüber im Flur der Kriminalpolizei die Runde machen würden. Nein, das Problem würde sie selbst lösen. Lisbeth ertappte sich während ihres Gedankengangs dabei, wie sie schwerer atmete und regelrecht Hassgefühle entwickelte. Zu was wäre sie in einer solchen Ausnahmesituation fähig? Zu ziemlich viel … andererseits…

Du würdest dich Paul anvertrauen. Der hielte dicht. Würde dem Ex-Freund einen Besuch abstatten. Zur Not das Früchtchen eine Nacht in Polizeigewahrsam verbringen lassen. Kein Kollege würde erfahren, dass es ihr Problemfall war.

Paul betrat den Raum.

»Was würdest du tun, wenn mein Freund mir ständig nachstellen würde?«

»Wieso? Ich dachte, mit deinem derzeitigen Typen ist alles prima. Stimmt was nicht bei euch?«

»Nein, alles bestens. Nur hypothetisch. Mal angenommen, ich habe mit einem Typen Schluss gemacht. Der will es aber nicht wahrhaben und stalkt mich. Hört einfach nicht auf damit.« Paul fuhr sich durch sein volles, blondes Haar. »Du meinst, wenn du mich - rein hypothetisch - um Hilfe bitten würdest?«

»Genau.«

»Den würde ich unter vier Augen mal gehörig auf den Pott setzen. Eine Nacht in Polizeigewahrsam kann Wunder bewirken. Kein Kollege würde je erfahren, dass du das Problem mit ihm hattest.« Lisbeth bekam ganz große Augen. Wann hatte Paul einen Lehrgang in Gedankenlesen gemacht? Das war ja beängstigend.

Außer dem Verneinen einer besten Freundin gab es keine Angaben über Julias privates Umfeld. Zunächst kam sie als Stalking-Opfer zu Paul.

Spätestens nach dem zweiten Opfer, das unmittelbar mit Julia als Dozentin an der Volkshochschule verbunden war, hätte in der Richtung weiter nachgefragt werden müssen. Eine Nachlässigkeit.

»Paul, lass uns Frau Wilken erneut befragen.« Wortlos griff Paul nach seiner Jacke. Sie verließen gemeinsam ihr Büro.

Kapitel 17

Das Büro von Julia Wilken zu finden war ein Kinderspiel. »Zimmer 413, vierter Stock, den Gang rechts runter, letztes Zimmer auf der linken Seite«, hatte die aufgetakelte Fregatte vom Empfang ihnen entgegen geflötet. Normalerweise suchten die Kommissare Zeugen nicht an deren Arbeitsstellen auf, sondern luden sie in die Polizeiinspektion vor, um sie dort zu befragen. Als Finanzbeamtin hatte Frau Wilken nichts von ihrem Arbeitgeber zu befürchten. Ihre Verwicklung in zwei Mordfälle dürfte den Kollegen aus dem Finanzamt ohnehin bekannt sein. Paul fragte sich, warum Julia Wilken nicht beurlaubt worden war. Aber Menschen gingen sehr unterschiedlich mit Krisensituationen um. Der eine ging zum Doktor, ließ sich wegen Burn-out krankschreiben. Ob sie wegen seelischer Probleme bereits zu einem Arzt gegangen war? Der andere flüchtete sich in Arbeit, um sich von den Problemen abzulenken. Wahrscheinlich zählte sie zu letzteren.

Als Paul auch nach dem zweiten Klopfen keine Antwort erhielt, öffnete er fast schüchtern die Tür.

»Frau Wilken, wenn Sie ein paar Minuten für uns hätten ...« Ohne dass sie etwas erwidern konnte, antwortete Kötertal stattdessen:

»Ich wollte sowieso gerade Mittag machen. Und ganz ehrlich, so viel zu tun haben wir zuzeit nicht.« Julia Wilken saß mit offenem Mund da und sah strafend zu ihrem Kollegen.

»Sie haben es ja gehört, also bitte, nehmen Sie Platz«, sagte sie, nachdem ihr Kollege den Raum verlassen und die Tür hinter sich geschlossen hatte. Paul und Julia taten wie geheißen. Dieses Büro war noch spartanischer eingerichtet als ihr eigenes. Nicht einmal eine Kaffeemaschine gab es hier. Große Aktenschränke verhinderten, dass Bilder an den Wänden Platz fanden.

»Suchen Sie jetzt schon unbescholtene Bürger an ihrem Arbeitsplatz auf?« Julia Wilken schnäuzte sich die Nase. »Als wenn ich nicht schon genug Probleme hätte.«

»Was meinen Sie, wenn Sie *Probleme* sagen?«, griff Lisbeth ihre Formulierung auf.

»Als wüssten Sie nicht genau, wovon ich rede. Mein Ex-Freund wurde überfahren. Einer meiner Kursteilnehmer noch grausamer ermordet. Meinen Sie, mich berührt das nicht?« Lisbeth lehnte sich vor.

»Natürlich wissen wir, was geschehen ist. Wie geht es Ihnen dabei?« Julia schaute die Kommissare abwechselnd an.

»Ja, was glauben Sie wohl? Beschissen. Ich frage mich, warum ich die einzige bin, die mittendrin steht und von Ihnen dauernd ins Kreuzverhör genommen wird. Verraten Sie mir das?« Die Augen von Frau Wilken füllten sich mit Tränen.

»Frau Wilken, unsere Aufgabe ist es, den oder die Täter zu ermitteln. Dafür müssen wir jedem Hinweis nachgehen. Wie Sie richtig bemerkten, sind Sie bisher die einzige, die beide Opfer kannte. Können Sie sich das erklären?«

»Ich habe keine Ahnung. Glauben Sie, ich hätte mir diese Frage nicht schon tausend Mal selbst gestellt? Holger und Herr Krause kannten sich nicht einmal, soviel ich weiß. Warum sollte jemand meinen Ex-Freund und anschließend einen meiner Kursteilnehmer umbringen? Das macht doch keinen Sinn?« Richtig, es machte bisher keinen Sinn, dachte Paul. Fakt ist aber, sie kannte beide. Das war kein Zufall. Paul beschloss, offensiver zu fragen.

»Holger Ehmken hat Ihnen fortwährend nachgestellt, gemäß Ihrer eigen Angaben. Wie steht es mit Max Krause, sah er mehr in Ihnen als eine Kursleiterin?« Frau Wilken presste die Lippen aufeinander, sah auf ihren

Schreibtisch.

»Er ist mir außerhalb der Volkshochschule nie begegnet. Wenn doch, habe ich es nicht bemerkt.«

»Wie sieht es mit Kollegen aus, fühlen Sie sich zum Beispiel von Herrn ...« Paul zeigte auf den leeren Platz.

»Herr Kötertal«, half Julia Wilken ihm aus.

»…von Herrn Kötertal bedrängt?« Julia knibbelte an ihrem Papiertaschentuch herum.

»Er ist schon merkwürdig. Mitunter auch vorlaut, hat wenig Taktgefühl. Ich hätte auch keine große Lust, meinen Urlaub mit ihm zu verbringen. Aber bedrängen tut er mich nicht. Ich verstehe aber Ihre Frage nicht so recht. Was hat Kötertal mit den beiden Morden zu tun?«

»Vermutlich gar nichts. Aber er gehört zu Ihrem unmittelbaren Umfeld. Wie verstehen Sie sich mit Ihren anderen männlichen Kollegen?« Frau Wilken stand auf, ging zum Fenster. Sie umfasste mit verschränkten Armen ihre Schultern, als wenn ihr plötzlich kalt geworden wäre.

»Es sind nette Kollegen. Ich komme mit ihnen klar«, sagte sie wie auswendig gelernt. Unvermittelt fing Julia Wilken an zu weinen. Lisbeth stand auf, ging zu ihr, legte ihr eine Hand auf den Rücken.

»*Ich hab Angst*«, sagte sie so leise, dass Lisbeth es kaum verstand.

»Wovor denn?« Frau Wilken trocknete mit ihrem Papiertaschentuch Tränen an ihren Augenrändern.

»Ich kann Ihnen das nicht sagen. Sie werden mich für verrückt halten.« Lisbeth reichte ihr ein frisches Taschentuch.

»Was ist passiert?«

»Es ist jemand in meinem Haus gewesen, im Schlafzimmer.« Julia Wilken schaute mit erschrockenen Augen zur Kommissarin. Diese Augen flehten um Hilfe.

»Haben Sie ihn gesehen?«

»Nein, nur das Brotmesser war weg. Ich hatte es aufs Bett gelegt, das weiß ich ganz genau.« Lisbeth schaute ratsuchend zu Paul, der die Stirn in Falten legte.

»Ich hatte ein Geräusch gehört, einen dumpfen Schlag von oben. Ich dachte, da muss jemand im Haus sein. Also nahm ich mir das Brotmesser aus der Küche, um mich zu verteidigen. Oben im Schlafzimmer entdeckte ich dann den umgefallenen Kleider-Butler.«

»Wenn zu viel drauf ist, kann der schon mal umfallen. Das ist mir auch schon passiert.«

»Ja, klar kann das passieren. Ich legte also das Brotmesser weg, räumte auf, vergaß es anschließend auf dem Bett. Als ich nach oben ging, lag es nicht mehr dort. Zuerst dachte ich, der Hund hätte das Teil verschleppt und rief ihn. Er kam mir wild bellend aus dem Garten entgegen, als hätte er jemanden verfolgt.«

»Vielleicht war er hinter einer Katze her.« Mit bleichem Gesicht und weit aufgerissenen Augen flehte Julia Wilken sie an:

»Sie verstehen nicht. Die Terrassentür hatte ich geschlossen. Bitte, glauben Sie mir! Der Hund konnte nicht raus aus der Wohnung. Außer, es hätte jemand die Tür geöffnet. Jemand, der sich im Haus befunden hat.«

***

Sowohl Paul als auch Lisbeth mussten das Gespräch erst einmal sacken lassen. Eine Überprüfung der Wohnung hatte keinerlei Einbruchsspuren ergeben. Wenn sie sich die Geschichte ausgedacht hatte, musste der Eindringling durch eine offene Terrassentür von der Hausherrin unbemerkt ins Haus gelangt sein. Aber warum sollte jemand das tun? Um ein Messer aus dem Schlafzimmer zu stehlen? Verrückt. Zurück im Dienstwagen schüttelte Paul den Kopf.

»Du denkst auch, sie ist, um es vorsichtig auszudrücken, verwirrt, oder?«, begann Lisbeth das Gespräch, nachdem sie die Adresse des verstorbenen Max Krause ins Navigationsgerät eingegeben hatte.

»Wenn du mich fragst, wird zumindest ihr Verhalten immer sonderbarer. Sie hat einiges mitgemacht, klar. Ihr Ex-Freund lässt sie nicht in Ruhe. Ob Max Krause sie gestalkt hat, wissen wir nicht. Vielleicht wollte er mehr von ihr, und sie hat ihn abblitzen lassen, was sie uns nicht erzählen will. Zwei Männer sind tot, und trotzdem wird sie immer noch gestalkt? Wie glaubwürdig klingt das für dich?« Paul hielt an einer roten Ampel an der Kreuzung am viel befahrenen Pferdemarkt.

»Ich verstehe ihren Heulkrampf nicht. Man sollte doch meinen, nach den beiden Todesfällen fühle sie sich besser. Schließlich gibt es nun zwei potentielle Stalker weniger. Stattdessen geht sie emotional auf dem Zahnfleisch. Warum?«

»Vielleicht ist sie doch anders in die Sache verstrickt, als wir glauben.« Durch die Überlastung im Amtsgericht hatte der Durchsuchungsbeschluss für Krauses Mietwohnung in der Cloppenburger Straße überdurchschnittlich lange gedauert. Erst als Heinz Jensen auf dem kurzen Dienstweg den zuständigen Richter angerufen und auf die Dringlichkeit aufmerksam gemacht hatte, landete der Beschluss umgehend auf Pauls Schreibtisch.

Als die beiden Ermittler die Wohnung im zweiten Stock betraten, bot sich ihnen das typische Bild einer männlichen Junggesellenbude. Unaufgeräumt, seit Wochen war hier nicht mehr gesaugt worden.

»Was riecht denn hier so komisch?« Lisbeth rümpfte die Nase, während Paul in der Küche mit dem Fußpedal den Deckel des Mülleimers aufdrückte. Der Gestank kroch Paul so vehement in die Nase, dass er sich stark konzentrieren musste, um sich nicht zu übergeben. Die Thunfischdose lag sicher schön länger im Müll.

Lisbeth öffnete das Fenster im Wohnzimmer, um frische Luft rein zu lassen. Ein schlichter Schreibtisch, der vermutlich in einem schwedischen Möbelhaus gekauft wurde, stand direkt vor dem Fenster, darauf ein aufgeklappter Laptop. Der Versuch, das Gerät hochzufahren, scheiterte an der Passwortabfrage.

»Wir nehmen das Teil mit. Wird ein Kinderspiel für Arne sein, auf einem Umweg in das System zu gelangen. Ich bin mal gespannt, welche Seiten Herr Krause in der letzten Zeit aufgerufen hat«, kommentierte Paul aus dem Hintergrund.

Die Tür zum Schlafzimmer stand offen. Das geräumige Doppelbett war nur mit einem großen Kissen ausgestattet, vor dem Bett lagen zwei getragene Paar Socken. Einen Wäschepuff suchte Paul vergeblich. Dafür grinste ihn ein lebensgroßes Poster an, dessen Pin-up-Girl sich auf der Titelseite eines Playboys wohlgefühlt hatte.

Super Idee, dachte Paul, *wenn du tatsächlich eine Frau in diese Miefbude abgeschleppt hast, ist spätestens im Schlafzimmer der Abend zu Ende gewesen. Welche Frau möchte sich 'dabei' schon eine andere Frau mit perfekten Körpermaßen ansehen?*

»Na, habt ihr beiden euch schon vorgestellt?«, fragte Lisbeth frech und schmunzelte.

»Sehr witzig, Frau Kollegin. Also entweder hat er nicht besonders weit gedacht, oder ihm war das egal, was andere Frauen darüber denken könnten. Okay, im Spind kann ich so etwas aufhängen, aber im Schlafzimmer?«

»Verstehe ich das richtig, du hast irgendwo einen versteckten Spind, wo du solche beneidenswerten Damen aufklebst?« Lisbeth konnte nicht aufhören, ihn zu provozieren.

»Auf so eine Idee bin ich nie gekommen, auch nicht in meiner Single-Wohnung in Frankfurt. Ich gebe zu, aufgeräumt war es dort selten. Aber gelüftet habe ich regelmäßig.« Lisbeth hob die Hände mit den Innenflächen zu Paul.

»Bitte, erspare mir die Details.« Sie ging zum Nachtkästchen, nahm das Buch in die Hand und las laut vor: «*Business ist wie Rock ‚n' Roll* von Richard Branson. Er wollte wohl ein großer Unternehmer werden.«

»Du kennst Richard Branson?«

»Gründer von Virgin Records. Besitzt Eisenbahnen und Fluglinien. Sogar eine eigene Insel hat er sich gekauft. Mittlerweile bietet er auch Flüge in den Weltraum für Privatpersonen an. Bisher ist noch keiner gestartet, aber 350 Bestellungen liegen schon vor.« Paul zeigte sich beeindruckt von dem kleinen Vortrag. Lisbeth musste in sich hinein grinsen, hatte Philip ihr doch bei seinem letzten Besuch von jenem Branson vorgeschwärmt. Sonst hätte sie es nicht gewusst. Diese Information behielt sie jedoch für sich.

Zurück am Schreibtisch im Wohn- beziehungsweise Arbeitszimmer nahm sich Lisbeth eine Visitenkarte:

Max Krause

Beratung im Internet,

Suchmaschinenoptimierung & Online-Marketing

Wenn er über das Internet beriet oder die Kunden aufsuchte, brauchte er für den Anfang kein eigenes Büro anmieten. Für einen Studenten, der sich selbständig gemacht hatte, eine sicherlich sinnvolle Maßnahme. Wenn er Studium und Existenzgründung ernst nahm, blieb wenig Zeit für eine Freundin, geschweige denn zum anhaltenden Nachstellen.

An der Wand hingen drei Urlaubsfotos aus den USA. Eines zeigte ihn und einen zweiten, etwa gleich alten Mann am Grand Canyon. Beide sonnengebräunt, mit Sonnenbrille und in bester Laune. Es klingelte an der Wohnungstür. Als Paul öffnete, sah er eine weißhaarige Frau Mitte siebzig mit einer Küchenschürze um die üppigen Hüften.

»Ja, bitte?«

»Entschuldigen Sie bitte, ich bin die Nachbarin von gegenüber: Gerda Wolke. Ich wollte wissen, was nun aus der Wohnung wird. Der Vermieter lässt sich hier nur ganz selten blicken. Sie sind doch von der Polizei?«

»Wie kommen Sie darauf, Frau Wolke?«

»Na, seit dem Tod des armen Jungen war niemand mehr da. Und Sie beide sehen so - wie soll ich sagen - offiziell aus.« Sie hatte sie also heimlich durch einen Türspalt oder den Türspion beobachtet.

»Es stand ja in der Nord-West-Zeitung. Ich kann das immer noch nicht glauben. Wer macht so etwas? Dabei war er immer höflich und zuvorkommend. Manchmal hat er für mich eingekauft. Ich bin nicht mehr so gut zu Fuß, wissen Sie.«

»Frau Wolke, kommen Sie doch einen Moment herein. Ich bin Kriminalhauptkommissar Schweigert, das ist meine Kollegin, Frau Eicken. Hatte Herr Krause viele Freunde?« Gerda Wolke trat unsicher in die Wohnung, die ihr nicht unbekannt sein sollte.

»Alles weiß ich ja auch nicht. Aber Jannik und Max waren die besten

Kumpels.« Sie zeigte auf das gerahmte Foto, das Lisbeth in der Hand hielt. »Im letzten Jahr hat Jannik sein Studium beendet und ist nach Köln gezogen. Seitdem hatte Max kaum noch Besuch, von Frauen schon gar nicht.« Paul und Lisbeth sahen sich an und fühlten sich bestätigt.

»Hat er sich in letzter Zeit verändert? Fühlte er sich bedroht?«, hakte Paul weiter nach.

»Nein, wie kommen Sie darauf? Kann ich mir nicht vorstellen. Er war zwar oft in Eile, manchmal etwas vorlaut - nicht mir gegenüber -, aber so sind die jungen Leute wohl heutzutage. Ich wünschte, meine Enkel wären genauso zuvorkommend wie Max. Aber die besuchen mich nicht einmal.« Das Jammern über ihre Enkel ignorierte Paul bewusst.

»Hat Max Krause Ihnen etwas über seinen Volkshochschulkurs erzählt?«

»Ja, er ging da regelmäßig hin. Im Vorbeigehen hieß es dann 'ich muss mich weiterbilden, gerade in Steuerfragen‘ und 'von nichts kommt nichts'. Das hat mein verstorbener Mann Egon auch immer gesagt. So ein netter Junge, ein Jammer ist das. Wissen Sie schon, wer es war?« Paul lag die Erwiderung 'Wir stellen hier die Fragen' auf der Zunge, er verkniff sich jedoch den Satz und fragte stattdessen: »Hat er vielleicht über seine Kursleiterin Frau Wilken gesprochen?«

»Wilken?«, überlegte Frau Wolke, »nein, der Name sagt mir nichts. Manchmal hat er von der Uni gesprochen. Er säße an seiner Diplomarbeit. Deswegen hätte er überhaupt keine Zeit für Frauen. Kann ich mir gar nicht vorstellen. Ein junger Mann in seinem Alter, die haben doch ständig Frauen im Kopf.« Gerda Wolke knuffte den Kommissar, als wären sie zusammen in die Schule gegangen. Lisbeth presste die Lippen zusammen, um nicht lauthals loszulachen. Verlegen zog Paul eine Visitenkarte aus seinem Mantel.

»Falls Ihnen sonst noch etwas einfällt, rufen Sie uns bitte an.« Gerda Wolke setzte ihre Lesebrille auf, die an einem Band um ihren Hals befestigt war.

»Kriminalhauptkommissar Paul Schweigert«, las sie laut vor, »das hätte meinem Egon gefallen, mal einen richtigen Kommissar kennenzulernen. Der hat doch so gerne sonntags den Tatort geschaut. Früher auch Derrick, aber der läuft ja nicht mehr. Nur noch diese ollen amerikanischen Krimiserien.«

»Danke für Ihre Unterstützung, Frau Wolke.« Paul führte die alte Dame freundlich, aber bestimmt zur Tür. Ihre Aufgabe in der Wohnung des zweiten Opfers war für heute erledigt.

Kapitel 18

Er schwitzte, obwohl er die Heizung runtergeregelt hatte. Wie ein Zuckerguss legte sich der erste Schnee dieses bisher so milden Winters über die Stadt. Vielleicht verursachte der sich ändernde Luftdruck seine rasenden Kopfschmerzen. Der Stress der letzten Tage könnte auch daran schuld sein. Die Polizei war ihm auf den Fersen. Das spürte er. Falls ihn jemand außerhalb der Volkshochschule gesehen hatte, dürften die Angaben nur vage sein. Es war schließlich dunkel gewesen. Was ihm viel mehr Kummer bereitete, waren ihre leeren Augen. Er hatte sie sehen können, für einen kurzen Moment. Sie ihn jedoch nicht. Als wenn jeder Mut in ihr der Hoffnungslosigkeit gewichen war. Er hatte doch alles für sie getan, um sie zu beschützen. Natürlich konnte, nein, durfte er sich nicht offen zeigen. Das würde sie sicher verstehen. Irgendwann einmal.

Bisher hatte er es keinem erzählt. Zum einen, weil es gefährlich war. Zum anderen wusste er nicht, wem er es erzählen sollte. Niemand wusste, dass er hier wohnte, außer seinem Freund Hanno vielleicht, der sich im Ausland aufhielt. Ein, zwei Nachbarn hatten ihn gesehen. Sie grüßten freundlich, kannten ihn nicht, es interessierte diese reichen Schnösel auch nicht im Geringsten. Oder Hanno hatte ihnen erzählt, dass ein Fremder hier nach dem Rechten sehen würde. Letztlich auch egal, Hauptsache, es stellte keiner dumme Fragen.

Er stand von der Ledercouch auf und drückte sein Becken nach vorne. Zusätzlich zu seinen Kopfschmerzen, die Dank der Tablette langsam weniger wurden, zog es in seinem Rücken. Das Ergebnis harter körperlicher Arbeit der letzten Jahre. Er liebte diese Arbeit. Seine Hände einzusetzen, um am Ende das zu sehen, was er den Tag über geschafft hatte. Dazu war er in den letzten Wochen gar nicht gekommen. Er vermisste seine Arbeit.

Aus seinem Laptop erklang der Skype-Signalton. Hanno wollte ihn sprechen. Seine Armbanduhr verriet ihm, dass es kurz nach Mitternacht war. In Singapur dürfte es früh am Morgen sein. Er nahm das Gespräch an.

»Hey, du alte Eule, wusste ich's doch, dass du noch auf bist.«

»Na klar, kennst mich doch. Aber warum bist du so früh hoch? Wie spät ist es bei euch?«

»Kurz nach sechs. Jede Menge Termine. Ich wollte nur kurz hören, ob alles in Ordnung ist oder ob du schon meine Möbel versetzt hast?« Er lachte über Hannos Witz.

»Ja, sicher habe ich schon alles versetzt, nur deine wundervolle und teure Couch ist noch da.« Jetzt lachte Hanno.

»Du, ich wollte nur sagen, dass ich hier noch zwei Wochen dranhängen muss. Das ist doch kein Problem für dich, oder?«

»Nee, alles in deutscher Hand. Mach du nur deine Deals mit den Asiaten.«

»Danke, Alter. Du hast was gut bei mir. Tschö mit 'ö'.« Mit diesem abgedroschenen Spruch beendete er fast immer ihre Gespräche. Nicht besonders originell. Aber zwei weitere Wochen in dieser edlen Wohnung bedeuteten nicht nur, weiterhin den Luxus zu genießen, sondern vor allem nahm ihm das den Zeitdruck. Er konnte das Versteckspiel weiter aufrecht erhalten. Julia brauchte weiterhin seine volle Aufmerksamkeit, seinen *persönlichen Schutz*. Er grinste in sich hinein, spürte weder die Kopfschmerzen noch seinen lädierten Rücken. Eine Flasche Bier vor dem Schlafengehen würde ihm sicherlich guttun. Ihn endlich wieder ruhig schlafen lassen.

***

Lisbeth parkte ihren Kleinwagen vor dem Real-Einkaufsmarkt im Stadtteil Etzhorn. Beim Durchblättern des Werbeprospekts hatte sie ein Sonderangebot entdeckt, das sie neugierig machte. Nicht die Marken-Nuss-Nougat-Creme für 1,69 Euro, bei dem sie unglaubliche 32 Prozent sparen würde, ließ sie hierherfahren, sondern die preisreduzierte Lichterkette. Letzte Weihnachten hatte ihr Wohnzimmerfenster nicht viel mehr als einen Engel zu bieten gehabt. Sie beschloss, dieses Jahr sollte es anders werden, heimeliger. Ihr Kühlschrank schrie auch förmlich danach, gefüllt zu werden. Hieß es nicht, gerade im Winter brauchte der Körper viele Vitamine? Also könnte sie bei der Gelegenheit gleich frisches Obst und Gemüse einkaufen.

Als sie den Supermarkt betrat, verfluchte sie sich für ihre Idee. Nein, die Idee war richtig. Dass es um kurz nach sieben abends, noch dazu in der Vorweihnachtszeit, brechend voll sein würde, hätte sie sich allerdings denken können. Jetzt ohne die Lichterkette und die Lebensmittel wieder nach Hause zu fahren, fand sie albern.

»Bitte, beachten Sie unsere Aktionsware, sechs Fruchtzwerge für nur ...«, plärrte es aus den blechern klingenden Boxen. *Ihr könnt euch eure Fruchtzwerge sonstwo hinschieben. Ich will nur meine Lichterkette, vorher noch das Obst, und dann bin ich raus hier.*

Zuerst landete eine Bananenstaude in ihrem Einkaufswagen. Die würde sie sich morgens ins Müsli schneiden, wenn sie Zeit für ein richtiges Frühstück hatte, was eher selten der Fall war. Wenn nicht, tat es eine einzelne Banane neben dem Kaffee, der morgens nie fehlen durfte, auch. Tomaten, Paprika, Kopfsalat, Möhren, und schon gab sie Fersengeld. Als sie endlich die Lichterkette erreichte, die hoffentlich auch funktionieren würde, bemerkte sie, dass ihr Wagen schon halb voll war. Ein kritischer Blick auf ihre eingesammelten Produkte ließ sie sich selbst fragen, ob sie das alles brauchte. Na ja, das meiste hielt sich ja lange.

Vor den Kassen reihten sich, wie zu erwarten war, elendig lange Schlangen auf. Bei denen ganz am Ende zählte sie mit sieben Kunden die wenigsten Wartenden. Sie entschied sich für die allerletzte Kasse. Kaum hatte sie sich angestellt, verkürzte sich die Schlange direkt neben ihr immer schneller. Bei ihrer Schlange nicht. Die Kundin direkt vor der Kasse diskutierte mit der Verkäuferin. Über was zum Teufel unterhalten die sich jetzt: Verrät sie ihr das neueste Plätzchenrezept oder fragt sie, ob sie mit den Treuepunkten günstiger in den Urlaub fliegen kann?

»Lassen Sie sich ruhig Zeit, wir anderen Kunden warten sehr gerne bis Weihnachten!«, beschwerte sich Lisbeth lautstark. Das musste einfach raus. Einige Kunden nickten ihr zustimmend zu. Andere schüttelten den Kopf. Lisbeth schwitzte in ihrer Winterjacke.

Als nur noch eine Kundin, eine älter Dame, an der Reihe war, traute sie ihren Augen nicht. 15,89 zeigte das Display an. Drei Fünfer legte die Kundin schnell raus. Die 89 Cent suchte sie mühsam zusammen. Nach 82 Cent fiel ihr auf, dass sie es doch nicht passend hatte.

»Na, sowas Dummes, reicht doch nicht.« Umständlich sammelte sie das Kleingeld wieder ein. *Au Mann*, schrie es in Lisbeths Kopf, *das darf doch wohl nicht wahr sein! Warum kauft sie nicht früher ein? Die muss doch den ganzen Tag Zeit haben.*

»Sammeln Sie Treuepunkte?«, riss die Verkäuferin Lisbeth aus ihren Gedanken und klimperte mit den Augen.

»Ich sammele hier bald gar nichts mehr.«

»Wie Sie wünschen. Einen schönen Tag noch.«

Lisbeth versuchte sich nach dem Verlassen des Supermarkts herunterzufahren. Die kalte Luft tat ihr gut.

Anstatt den direkten Weg nach Hause zu nehmen, lenkte sie ihr Fahrzeug in Richtung der Wohnung von Julia Wilken. Es war gar keine bewusste

Entscheidung, aber irgendetwas trieb sie dorthin. Durch die vielen Besuche kannte sie den Weg mittlerweile im Schlaf.

Sie stellte das Auto auf dem Längsstreifen vor dem Haus ab. Im oberen Stockwerk brannte Licht. Lisbeth schloss daraus, dass Julia zu Hause war. Hatte der Stalker auch hier gestanden? Genau hier, um das Anwesen zu beobachten? Wahrscheinlich nicht. Es fiel ihr schwer, sich in einen Stalker hineinzuversetzen. Wenn sie einer wäre, würde sie sich doch am meisten für das Wohnzimmer und das Schlafzimmer interessieren, oder?

Lisbeth stieg aus dem Auto aus. Sie ging die Straße auf und ab, beobachtete dabei das Haus. Sie kam sich vor wie eine schlechte Geheimagentin. *Fällt ja gar nicht auf, wenn du die Straße rauf und runter läufst, du hast nicht mal einen Hund dabei.* In dem Augenblick kam ein bellender Hund über den Rasen von Frau Wilken auf sie zugerannt. Lisbeth entfernte sich so weit vom Grundstück, bis das Bellen endlich aufhörte. Wie hatte der Stalker das gemacht, wenn er von dem Vieh angebellt wurde? Vielleicht hatte er immer ein Leckerchen dabei. Oder aber der Hund kannte ihn.

Über eine Seitenstraße und einen Trampelpfad gelangte sie zur rückwärtigen Seite des Hauses. Die Ahornbäume hatten ihre Blätter schon lange verloren. Es bedurfte keiner Kletterkunststücke, um über den Maschendrahtzaun zu steigen. Bei dieser Dunkelheit konnte der Stalker über den Zaun geklettert und sich in das Gebüsch geschlagen haben. Lisbeth entdeckte an einer Stelle des Zauns, dass dieser ein wenig nach unten gedrückt war, als wenn der Zaun dem Gewicht eines Mannes beim Übersteigen nicht ganz standgehalten hätte. Lisbeth wusste nicht genau, wann die Überwachungskamera von der Firma Safetec installiert worden war. Diese war so angebracht worden, dass sie zumindest tagsüber gut sichtbar war. Vielleicht wollte Frau Wilken eine Abschreckung erreichen. So schwierig fand Lisbeth es nicht - aus Sicht eines Stalkers -, die Linse abzukleben.

Sie hatte genug gesehen und ging zurück zum Auto. Als Lisbeth den

Türgriff bereits in der Hand hatte, sah sie einen Mann eiligen Schrittes davongehen. Sie konnte lediglich seine Rückseite erkennen. Außerdem trug der Mann eine Kapuze. Vielleicht täuschte sie sich, aber dieser entenartige Gang kam ihr bekannt vor. Sie wusste nur noch nicht, woher. Als sie dem unbekannten Mann hinterher fuhr, war er wie vom Erdboden verschluckt.

***

Die Anweisung an den IT-Experten lautete, den Laptop von Max Kruse umgehend zu untersuchen. Alles andere sollte stehen- und liegenbleiben. Obwohl er gegen die Dienstvorschrift verstieß, direkt am Arbeitsplatz zu essen, hatte sich Arne Claaßen eine große Pizza Napoli mit Tomaten, Knoblauch und Oregano bestellt. Wenn er schon Überstunden machte, sollte es ihm wenigstens gutgehen. Die Hälfte hatte er mit großen Bissen schon in sich hineingestopft.

Bevor er seinen Chef anrief, um ihm sein Ergebnis mitzuteilen, wollte er alles noch einmal überprüfen. Außerdem genoss er seine duftende Pizza lieber alleine.

»Und, wie weit bist du?« Arne fuhr erschrocken zusammen, als er Pauls Stimme hörte, der seinen Kopf durch den Türspalt geschoben hatte.

»Danke fürs Anklopfen, Chef.« Paul klopfte ihm mit einer Hand freundschaftlich auf die Schulter.

»Jetzt hab dich nicht so, von mir aus kannst du dir noch eine Pizza an deinem Arbeitsplatz reinhauen, solange du mir Ergebnisse lieferst. Auch wenn das hier stinkt wie in einer Dönerbude. Also, sag schon, was hast du für mich?«

»Das ist aber bisher alles nur vorläufig. Ich muss es noch einmal checken ...«

»Ja, ja, mach's nicht so spannend.« Arne leckte sich seine fettigen Finger ab, worauf Paul ihm ein Papiertaschentuch reichte. Dieser nahm es dankend entgegen und säuberte sich jeden Finger einzeln, während er berichtete.

»Also, unser Opfer hat des Öfteren nach Julia Wilken gegoogelt. Insbesondere nach Bildern. Es gibt nicht viele Fotos von ihr im Internet. Aber diejenigen, die er ausfindig machen konnte, speicherte er fein säuberlich in einem Ordner ab.«

»Anstößige Fotos?«

»Nein, auf einem kommt ihr Dekolleté zur Geltung. Schau selbst.« Nach der Ansicht hakte Paul die Bilder gedanklich als harmlos ab.

»Wann hat er mit diesem Suchen angefangen?«

»Warte, ich hab's irgendwo aufgeschrieben«, Arne wühlte in seinem Papierhaufen, fingerte einen Schmierzettel heraus, »ah, da haben wir es: am 17. September, 23.35 Uhr.« Paul kräuselte die Stirn, als er überlegte.

»Etwa Mitte September startete der VHS-Kurs. Okay, weiter. Hat er die Bilder betitelt oder kommentiert?«

»Nein.«

»Okay, weiter. Was hast du noch?« Arne fuhr sich über den dicken Bauch, als würde er dadurch die Verdauung fördern.

»Er hat regelmäßig im Internet bestellt. Nichts Besonderes. Fachbücher, DVDs, Elektronikzubehör. Da kommt ein gutes Sümmchen zusammen.«

»Sein Konto ist im Minus, der Dispo fast vollständig ausgereizt. Das wissen wir durch die Bankabfrage. Einnahmen hatte er kaum welche. Eine monatliche Überweisung über 500 Euro von seinem Vater, ansonsten nur Kleckerbeträge. Ist wohl noch nicht so gut angelaufen mit seiner Selbständigkeit. Hier ist eine Liste mit bestehenden Kunden, beziehungsweise potentiellen Kunden.« Arne hielt ihm einen Computerausdruck hin. Paul sah sich die Liste sorgfältig durch. Ganz am Ende wurde er stutzig.

»Safetec, Safetec«, Paul klopfte mit dem Zettel auf eine Hand, »irgendwo habe ich die schon mal gesehen.« Von draußen dröhnte ein Martinshorn durch den Fensterspalt ins Büro.

»Die vertreiben Überwachungskameras, ganz gute Dinger, die Firma kommt hier aus Oldenburg. Kannst ein Komplettpaket buchen. Die richten dir alles ein, und du kannst bequem im Internet die Videos abrufen oder dir live alles angucken. Den Speicher stellen sie auch zur Verfügung.«

»Richtig, die Wilken hat sich so Kameras einbauen lassen. Zunächst nur innerhalb des Hauses und eine draußen neben der Eingangstür, hat sie uns erzählt. Was hat der Krause genau für Safetec gemacht?« Arne beugte sich vor, wobei sein Bauch zwischen ihm und der Tischkante eingeklemmt wurde. Tippte eilig auf der Tastatur und rieb sich danach das Kinn.

»SEO und Internetvermarktung.«

»Sprich nicht so in Rätseln. Was heißt das?«

»Warte, ich zeige es dir. SEO steht für Search Enginge Optimization, also Suchmaschinenoptimierung, vornehmlich bei Google. Wenn du zum Beispiel die Begriffe 'Sicherheitstechnik & Oldenburg' bei Google eingibst, möchte die Firma doch auf Seite Eins, möglichst ganz oben landen.«

»Das kann man beeinflussen?«

»Mit Geld kannst du nur die Anzeigen kaufen. Aber du kannst eine Website so gestalten, dass Google dich mag, vereinfacht ausgedrückt, dich für seriös hält. Wichtig sind hier unter anderem die Backlinks. Das dauert aber ein paar Monate, bis das wirkt. Wenn du sofort Erfolg haben willst, schaltest du bei Google Anzeigen, die dann erscheinen, wenn einer deine vordefinierten Suchbegriffe eingibt. Siehst du?«Arne zeigte auf den Bildschirm.

»Ja, okay, und das hat Herr Krause für die gemacht?«

»Nein, das wollte er gern für sie tun. Er hat eine Powerpointpräsentation erstellt und ein Angebot geschrieben.« Der IT-Spezialist rief die E-Mail-Kommunikation auf. »Hier, sie haben ihn in die Firma eingeladen, zweimal. Den zweiten Termin konnte er nicht mehr wahrnehmen, da war er schon tot.«

»Hat er von diesem Laptop aus auf diese Videoaufzeichnungen zugegriffen?« Nach kurzer Überprüfung meldete Arne: »Negativ, nicht von diesem Gerät.«

»Hast du sonst in den E-Mails etwas Interessantes gefunden?«

»Bisher habe ich die nur überflogen. Nichts, was mir komisch vorkam.«

»Kannst du sämtliche E-Mails, auch die gelöschten, kopieren, und für Lisbeth und Frank zugänglich machen?«

»Na klar. Ich schicke sie dir auch.« Paul nahm sich ohne zu fragen ein Stück Pizza, erntete dafür einen strafenden Blick.

»Dreh den gesamten Laptop nochmal auf links«, Paul biss herzhaft in die inzwischen nur noch warme Pizza, »uns darf da nichts durch die Lappen gehen.« Den letzten Satz sprach er mit vollem Mund. Arne tippte mit dem Zeigefinger an die Schläfe.

»Aye, Käpt'n, in Warp-Geschwindigkeit.« Paul kaute, würgte den Bissen runter und grinste. *Mein 'Techi' guckt eindeutig zu viele Star-Trek-Filme.*

Kapitel 19

Paul saß bereits zu Hause auf der Couch und schaute sich zusammen mit Wiebke gerade das 'heute-journal' im ZDF an, als sein dienstliches Smartphone klingelte. Vor ein paar Tagen hatte er gelesen, dass große Konzerne wie Volkswagen E-Mails nach 20 Uhr für die Belegschaft verboten hatten. Die Mitarbeiter hätten ein Recht auf Feierabend, auf Abschalten von der Arbeit. Ein Wunschtraum für den leitenden Ermittler einer Sonderkommission. Seine Frau bedachte ihn mit einem strafenden Blick.

»Arne, ich hoffe, es ist etwas Wichtiges?«

»Würde ich dich sonst um diese Uhrzeit anrufen?«

»Wir hatten doch über deine Erkenntnisse gesprochen.«

»Sicher, nur sollte ich ja alles noch einmal durchgehen, was ich als gewissenhafter Mitarbeiter natürlich auch gemacht habe. So gewissenhaft, dass ich immer noch hier rumsitze...«

»Arne, mach's kurz, komm zum Punkt.«

»Ja doch, du musst mich nur ausreden lassen. Das Handy von Max Krause haben wir immer noch nicht sichergestellt, oder?«

»Nein.«

»Okay, aber ich habe festgestellt, dass er sein Smartphone synchronisiert hat. It's in the cloud, sozusagen.« *Wollte er seine Entdeckung als Triumph feiern?*

»Arne, echt. Geht das auch auf Deutsch, für Normalsterbliche?«

»Es gibt vier weitere Bilder von Julia Wilken, aufgenommen mit dem Smartphone von Herrn Krause. Diese wurden vor seinem Tod vom

Smartphone auf einen Server gespielt, und über seinen Laptop habe ich Zugriff. Ob er ihr nachgestellt hat oder sie zufällig in der Stadt getroffen hat, entzieht sich meiner Kenntnis. Aber…«, er zog das 'A' so in die Länge, als wenn ein Trommelwirbel ertönen würde, »das letzte Bild zeigt nicht Julia selbst, sondern nur die Adresse einer Psychiaterin, Frau Dr. von Tramitz.«

»Könnte es sein, dass er das letzte Bild in einem anderen Zusammenhang aufgenommen hat?«

»Äußerst unwahrscheinlich, das vorletzte Bild zeigt Julia Wilken im Eingangsbereich eben dieser Praxis.«

»Danke Arne, ausgezeichnete Arbeit.«

Für Paul gab es nun zwei Möglichkeiten. Entweder Julia war schon so mit den Nerven runter, dass sie sich professionelle Hilfe holte - oder weil sie nicht mehr zwischen Realität und Einbildung unterscheiden konnte. Vielleicht war sie doch verrückt.

»Wenn dir langweilig sein sollte: Udo hat seine neuen literarischen Ergüsse ausgedruckt und bei mir abgegeben. Ich war so frei, sie dir auf dein Nachtkästchen zu legen. Falls du also noch Lust auf was Spannendes hast?« Paul sah ein Funkeln in Wiebkes Augen, dabei grinste sie unverschämt.

»Was Spannendes, da weiß ich aber was Besseres.«

***

Paul wusste nicht mehr, ob es eine gute Idee war, Frau Dr. von Tramitz zu besuchen. Die meisten Ärzte stellten sich quer, wenn es darum ging, Informationen über ihre Patienten preiszugeben. Die ärztliche Schweigepflicht war ein hohes Gut, und Julia Wilken galt nicht einmal als dringend tatverdächtig. Dennoch spürte der erfahrene Ermittler, wie wichtig das Gespräch mit der Psychiaterin war. Als sie der Fachärztin das mit der Handykamera aufgenommene Foto von Frau Wilken vor ihrer Praxis zeigten, glaubte Paul, eine Bestätigung in ihren Augen erkannt zu haben.

»Sie verneinen also nicht, dass Frau Wilken bei Ihnen in Behandlung ist?« Frau Dr. von Tramitz faltete die Hände wie eine Priesterin, ihre Lippen blieben jedoch geschlossen. Sie grinste die Kommissare mütterlich an.

»Ich betrachte Ihr Schweigen als ein ‚Ja'.«

»Wie ich Ihnen eingangs erklärte, dürfte, ganz grundsätzlich gesprochen, nur der Patient selbst mich von meiner Schweigepflicht entbinden. Das bräuchte ich allerdings dann schriftlich.« Selbstverständlich hatte die Ärztin recht.

»Lassen Sie mich anders fragen: Glauben Sie, dass von Frau Wilken eine Gefahr ausgeht oder dass sie selbst gefährdet ist?« Die Ärztin sah ihn mit einem eindeutigen Gesichtsausdruck an, als wollte sie fragen: »Wie oft muss ich es Ihnen noch erklären?« Paul hob beide Hände.

»Gut, das war's schon von unserer Seite. Danke für Ihre Zeit. Wir finden alleine raus.«

Als die beiden Kommissare vor dem Gebäude standen, erntete Paul einen tadelnden Blick von seiner Kollegin.

»Ja, ich gebe zu, du hattest es vorher gesagt, dass wir hier keinen Millimeter weiterkommen.« Lisbeth nickte und zog die Augenbrauen dabei hoch. »Aber zumindest wissen wir jetzt mit Sicherheit, dass sie hier in Behandlung ist.«

»Wie meinst du das?«

»Wenn Frau von Tramitz uns gesagt hätte: ‚Ich kenne keine Julia Wilken', hätte sie gegen keine Verschwiegenheitspflicht verstoßen. Hat sie aber nicht.

Sie wusste sehr genau, von wem wir sprechen.«

Paul und Lisbeth entschlossen sich, Julia Wilken erneut einen Besuch abzustatten. Sie wollten mehr über ihr Seelenleben erfahren. Ein Anruf beim Finanzamt ergab, dass sie sich heute einen Tag freigenommen hatte. Schließlich war sie das einzige Bindeglied zwischen den beiden Opfern. So war zumindest der aktuelle Ermittlungsstand. Statistiker hätten sicher ausrechnen können, wie groß die Wahrscheinlichkeit war, dass eine Person aus Oldenburg zufällig beide Opfer kannte. Sie dürfte nicht allzu groß sein.

Keiner begibt sich freiwillig in psychiatrische Behandlung, wenn er keine seelischen Probleme hatte. Möglicherweise hatte das gar nichts mit ihren beiden Mordfällen zu tun. Aber wenn jemand über Stalker berichtete, sogar fortgesetztes Stalking, nachdem der mutmaßliche erste Stalker, ihr Ex-Freund, tot war, so lag der Verdacht nahe, dass sie sich gewisse Dinge einbildete.

Eine verschüchterte Julia Wilken öffnete in einem weißen Morgenmantel. Sie sah übernächtigt aus.

»Ja? Was wollen Sie schon wieder?«

»Frau Wilken, dürfen wir kurz reinkommen? Wir haben noch ein paar Fragen an Sie.« Julia Wilken sah nach hinten in die Wohnung.

»Das ist mir jetzt aber gar nicht recht. Ich habe nicht aufgeräumt.«

»Bitte, Frau Wilken, es dauert auch nicht lange.« Seufzend gab sie den Eingang frei.

»Gehen Sie ins Wohnzimmer, Sie wissen ja, wo das ist. Ich ziehe mir nur schnell etwas an.« Auf dem gläsernen Tisch stand eine halbvolle Flasche Rotwein, daneben ein gebrauchtes Glas. Die Wolldecke auf der Couch hatte sie gestern Abend nicht mehr ordentlich zusammengelegt.

»So richtig unaufgeräumt finde ich es hier nicht«, befand Lisbeth, »da sollltest du mal unangemeldet in meine Wohnung kommen.« Paul grinste.

»Das war ich schon, Lisbeth, auch unangemeldet. Alles fein bei dir. Ist doch klar, dass mal etwas rumliegt, wenn du da wohnst.«

Die Hauseigentümerin erschien, immer noch ungeschminkt, in Jeans und beigem Pullover mit V-Ausschnitt. Paul hielt ihr sein Smartphone vor die Nase, auf dem das Foto von ihr neben dem Praxisschild zu sehen war. Julia Wilken zuckte zusammen.

»Woher haben Sie das? Lassen Sie mich etwa überwachen?«

Paul antwortete: »Nein. Im Rahmen unserer Ermittlungen wurde dieses Foto sichergestellt.« Frau Wilken ging einen Schritt zurück, legte eine Hand auf den V-Ausschnitt.

»Bei wem haben Sie es gefunden? Ich meine, also - wer hat das Foto gemacht?«

»Sind Sie bei Frau Dr. von Tramitz in Behandlung?« Julia Wilken presste die Lippen aufeinander.

»Ich wüsste nicht, was das die Polizei angeht.« Paul sah Lisbeth an, die kaum merklich nickte.

»Seit wann gehen Sie schon zu Frau Dr. von Tramitz?«

»Das geht Sie nichts an!«, gab Julia Wilken mit einem bösen Blick zurück. Paul fühlte sich erneut bestätigt. Sie hatte nicht verneint, die Psychiaterin regelmäßig aufzusuchen. Julia Wilken zeigte sich auch nicht überrascht, den Namen der Fachärztin zu hören. Im Gegenteil, sie reagierte verärgert über die direkten Fragen. Ließ sie sich behandeln, weil sie sich nicht sicher war, ob sie sich alles nur einbildete? Oder wollte sie sich einfach jemandem anvertrauen, weil sie keinen Menschen hatte, mit dem sie wirklich reden konnte? Beide Eltern waren bei einem Autounfall verstorben, ihr Bruder in Australien.

»Lassen Sie mich anders fragen: Fühlen Sie sich immer noch verfolgt?« Julias Augen funkelten vor Zorn. Sie ging zum Ablagekorb für Zeitungen, der unter ihrem Couchtisch stand, um darin zu wühlen. Mit ihrer rechten Hand hielt sie demonstrativ ein gefaltetes DIN A4-Blatt hoch.

»Das lag heute in meinem Briefkasten«, ihre Stimme überschlug sich und wurde zu einem heiseren Schreien, »ausgerechnet heute. An meinem ersten freien Tag seit Monaten. Fragen Sie mich also bitte nicht, ob ich mich verfolgt fühle!« Paul zog sich durchsichtige Einmal-Handschuhe an, bevor er den Ausdruck, der in einer gängigen Computerschrift gedruckt war, entgegen nahm.

Ich sehe dich Tag und Nacht. Du bist bei mir in meinen Träumen. Wir gehören zusammen – für immer.

Keine Unterschrift, kein Kürzel.

»Lag das Blatt so in Ihrem Briefkasten, ohne Umschlag?«

»Ja.«

»Sie haben doch Ihre Haustür inzwischen videoüberwacht. Haben Sie schon überprüft, ob der Kerl auf den Aufnahmen zu erkennen ist?«

»Ja, was denken Sie denn? Seit gestern Nacht ist dort nichts mehr zu sehen. Die Uhrzeit zeigt an, dass es eigentlich aufgenommen worden sein müsste.« Lisbeth ging zur Haustür. Ziemlich schnell kehrte sie kopfschüttelnd zurück.

»Die Kamera wurde mit Klebeband abgeklebt.«

Kapitel 20

Der operative Fallanalytiker hatte sich drei Tage zurückgezogen, um die beiden Fälle völlig neu zu überdenken. Paul stimmte dem Vorhaben ohne großes Zögern zu, hatte ihn sogar darin bestätigt, dieses in völliger Abgeschiedenheit zu tun. Seine einzige Bedingung war, dass er auf dem Smartphone erreichbar sei.

Ohne seine Unterlagen schloss Axel Meyerhoff sich in seinem Hotelzimmer im 'Weißen Haus' in Rastede für ein paar Stunden ein. Er verdunkelte sein Zimmer, obwohl es draußen noch hell war, um ganz bei sich zu sein. Jegliche Sinneseindrücke wollte er ausblenden. Ohne vorgefertigte Meinung alles überdenken. Als einzige Annahme ging er von einem männlichen Einzeltäter aus, der beide Tötungsdelikte begangen hatte. Beiden Taten war gemein, dass sie aus großer Wut begangen wurden. Was brachte einen Mann dazu, zwei vermeintliche Stalker so abgrundtief zu hassen? War er ein Konkurrent der beiden? Wollte er Julia Wilken vor ihnen schützen, um sie ganz für sich zu haben?

Um Antworten auf diese Fragen zu erhalten, musste er erneut beide Tatorte aufsuchen. Er wartete eine halbe Stunde vor der Tatzeit in der Straße, auf der Holger Ehmken mehrfach überfahren worden war. Der Täter war nicht zufällig vorbeigefahren, sondern hatte seinem Opfer aufgelauert. Damals wie heute war es dunkel gewesen, nur die Straßenbeleuchtung spendete Licht. Als eine alte Dame aus dem Mietshaus kam, um ihren Dackel auszuführen, sah er, dass die Hauseingangsbeleuchtung hell genug war, um die Person genau zu erkennen. Hatte der Täter hier öfter gestanden, oder wusste er, wo Ehmken sein Auto geparkt hatte? Nämlich auf der gegenüberliegenden Straßenseite? Es war davon auszugehen, dass der Täter erstens sehr gute Ortskenntnisse besaß und zweitens über die Gewohnheiten von Ehmken genauestens informiert war. Kannte er ihn? War er etwa mit ihm verabredet gewesen? Hatte er ihn selbst aus dem Haus gelockt?

Axel Meyerhoff schaltete die Innenbeleuchtung seines Autos ein und notierte einige Punkte. Er vergewisserte sich durch einen Blick in den Rückspiegel, dass kein Auto in dieser Straße unterwegs war. Anschließend fuhr er aus dem Seitenstreifen heraus und gab mit quietschenden Reifen Vollgas, bremste nach dem imaginären Aufprall scharf ab, um danach zweimal kurz vor- und zurückzusetzen.

Am nächsten Tag suchte er die Volkshochschule auf, rekonstruierte in ähnlicher Weise auch die zweite Tat. Mit seinen neugewonnenen Eindrücken und Erkenntnissen schloss er sich erneut ins Hotelzimmer ein.

Nach der Ausarbeitung am dritten Tag spürte Axel Meyerhoff eine innere Unruhe. Diese bewusste Auszeit von den Räumlichkeiten und dem Alltag in der Polizeiinspektion hatten tatsächlich dafür gesorgt, dem Täter und seinem Motiv deutlich näher zu kommen. Er war gespannt darauf zu erfahren, was der Leiter der Sonderkommission dazu sagen würde.

***

Paul Schweigert sah ungeduldig auf die Uhr. Normalerweise verspätete sich der Kollege vom LKA Niedersachsen nicht. Bisher fiel Axel Meyerhoff durch ausgezeichneten Sachverstand, gepaart mit einem hohen Maß an Zuverlässigkeit auf. Der Leiter der Sonderkommission las sich zum gefühlt zehnten Mal die wenigen Wörter auf dem Zettel durch, der sich in einer Klarsichthülle befand. Eine Auswertung des anonymen Computerausdrucks hatte, wie zu erwarten war, keine neuen Erkenntnisse zutage gefördert. Weder brauchbare Fingerabdrücke, außer der von Julia Wilken selbst, noch DNA-

Spuren konnten sichergestellt werden.

Zunächst wollte Paul zusammen mit Lisbeth die neue Analyse von Axel durchgehen, bevor die Ergebnisse der gesamten Soko präsentiert wurden. Ein Klopfen an der Tür riss Paul aus seinen Gedanken.

»Ja?« Mit einem Laptop unter dem Arm betrat ein sichtlich abgehetzter Meyerhoff den Raum.

»Entschuldige bitte die Verspätung. Herr Jensen hat mich auf dem Gang aufgehalten.«

»Hallo, Axel, was wollte unser Chef von dir?« Axel Meyerhoff winkte ab.

»Smalltalk, außerdem versicherte er mir, wie sehr er meine Arbeit schätzt, was er auch meinem Vorgesetzten in Hannover persönlich mitgeteilt habe.« Paul erinnerte sich, wie Heinz Jensen ihm letzte Woche von der LKA-Tagung in Hannover erzählte, während er seinem Gegenüber das anonyme Hinweisschreiben reichte.

»Hier, das lag bei Frau Wilken im Briefkasten, ohne Umschlag. Bevor du fragst, keine verwertbaren Spuren.« Axel las sich die wenigen Zeilen mehrere Male durch. »Passt das in dein Täterprofil?«

»Ja, wobei das Schreiben nicht notwendigerweise vom Täter stammen muss.« Während der Fallanalytiker seinen Laptop hochfuhr, ging er zum Flipchart, um zu einer leeren Seite zu blättern. »Ich darf doch?«

»Sicher.«

»Unser Täter kennt nicht nur Frau Wilken persönlich, er steht auch in starker emotionaler Bindung zu ihr. Er dürfte in etwa im gleichen Alter wie Julia Wilken sein, also zwischen achtundzwanzig und vierzig Jahre alt«, während er sprach, krempelte er sich die Ärmel seines blauen Hemdes hoch, »er besitzt exzellente Ortskenntnisse. Inzwischen bin ich mir sicher, dass er beide Taten begangen hat. Es würde mich sehr wundern, wenn es nicht seine ersten Tötungsdelikte gewesen sind, so viel Risiko, wie er bewusst oder unbewusst eingegangen ist. Dazu noch die ungewöhnliche Mordwaffe: Auto.« Axel Meyerhoff notierte unter dem Punkt ‚Täter' einzelne Stichworte wie ‚Wut', ‚emotionale Bindung' und ‚Risiko' auf dem Flipchart. Das letzte Wort unterstrich er zweimal. »Während er bei der ersten Tat zwar von großer Wut angetrieben wurde, ging er hier noch überlegt vor. Er passte Holger Ehmken ab, kannte seine Gewohnheiten, wusste mit ziemlicher Sicherheit, wo dieser sein Auto geparkt hatte.«

»Wie kommst du darauf?«, wollte Lisbeth wissen.

»Ganz einfach, versetze dich in seine Lage. Wenn du jemand überfahren willst, musst du erstens wissen, ob und wann er abends die Wohnung verlässt. Zweitens musste das Opfer ja noch über die Straße laufen.«

»Vielleicht hat er ihn einfach observiert und nur auf eine solche Gelegenheit gewartet?«, hakte Lisbeth nach.

»Das ist auch möglich. Ich halte es aber für wahrscheinlicher, dass er auf ihn gewartet, ihn vorher beobachtet hat.« *Ich sehe dich Tag und Nacht,* schoss es Paul durch den Kopf. Das galt wohl nicht nur in Bezug auf Julia Wilken. *Ein Bessesener.*

»Er nahm sowohl das Risiko in Kauf, erkannt zu werden, als auch das Risiko, dass der Anschlag fehlschlägt. Ehmken hätte ja im letzten Moment zur Seite springen können. Nach meiner Einschätzung hatte er die zweite Tat nicht geplant. Er wollte nur beobachten, beschützen. Durch eine zufällige Gelegenheit kam es zur Tat. Woher hätte er wissen sollen, wann Max Krause zum Klo musste, um ihm aufzulauern? Als sich die Gelegenheit bot, war der Drang zu groß. Wieder übertötete er. Der Schnitt durch die Kehle hätte ausgereicht.«

»Wir müssen also im zweiten Fall von Totschlag ausgehen.« Axel

Meyerhoff nickte. Paul stand auf, ging zum Flipchart und blätterte zurück.

»Wenn deine Theorie richtig ist, fällt Herr Gerdes raus, weil er zu alt ist. Leon Kirchgässner könnte es gewesen sein. Aber dazu hätte er in fünf bis zehn Minuten ihn erstechen, sich sämtlicher Spuren entledigen müssen, um danach seelenruhig in den Unterrichtsraum zurückzukehren, als wäre nichts gewesen. Außerdem hätte er das Messer von Anfang an bei sich und Ersatzklamotten mit sich geführt haben müssen. Das spräche aber gegen eine Tat im Affekt.«

»Ganz genau.«

»Bleibt als Verdächtiger folglich Eduard Kötertal, sehe ich das richtig?« Paul sah den erfahrenen Fallanalytiker mit großen Augen erwartungsvoll an. Dieser ging einen Schritt näher an das Flipchart heran und zwirbelte an seinem eindrucksvollen Schnäuzer herum.

»Ja. Es sei denn, es gibt noch einen weiteren Tatverdächtigen.«

Kapitel 21

Ab morgen würde sich sein Leben ändern. Sein Freund Hanno hatte angekündigt, morgen in Frankfurt zu landen, um weiter nach Bremen zu fliegen. Die Geschäfte in Singapur seien zu einem erfolgreichen Abschluss geführt worden. Natürlich würde er seinen Freund Hanno vom Flughafen Bremen abholen, ihn willkommen heißen und ihn zu seiner Wohnung nach Leer fahren. In der schönen Wohnung am Leeraner Hafen ließ sich sein Versteckspiel ohne Probleme aufrecht erhalten. Damit würde es morgen vorbei sein. Er hätte nicht wenigen Leuten etwas zu erklären. Seine Mietwohnung in Oldenburg hätte ihn wieder.

Vor allem galt es jetzt, sich eine glaubhafte Geschichte zurechtzulegen, sich nicht in Widersprüche zu verwickeln. Das war die große Schwierigkeit bei Lügen, sie so zu erfinden, dass sie in sich schlüssig waren. Er blieb lieber bei der Wahrheit. Da musste er sich nichts merken. Aber für einen einzigen wertvollen Menschen in seinem Leben war er bereit gewesen, alles auf sich zu nehmen. Alles für sie zu geben. Alles, wirklich alles für sie zu tun. Die beiden Stalker mussten weg, keine Frage. Bisher hatte er unverschämtes Glück gehabt, nicht entdeckt zu werden. Es hatten sich zwar nicht mehr viele Leute im VHS-Gebäude befunden. Aber es hätte nur jemand in die Toilette gehen müssen oder ihn auf dem Gang zum Fenster sehen müssen. Dann wäre alles zu Ende gewesen.

Julias Ex-Freund taugte nichts in seinen Augen. So viel er wusste, trauerten auch nur wenige Leute um ihn, der von Anfang an nicht gut gewesen war für sie. Hatte sich einfach in ihr Leben gedrängt. Erst nach einiger Zeit war sein wahrer Charakter zum Vorschein gekommen. Ein Taugenichts, der sinnlos sein Geld verprasste. Nach der Trennung hätte Ehmken einfach alles auf sich beruhen lassen sollen. Aber nein, er musste sie ja weiterhin bedrängen. Mit ihm war auch nicht zu reden. Er solle sich heraushalten, sich um seinen eigenen Kram kümmern, hatte Ehmken zu ihm gesagt. Von wegen. Selbst schuld. Hätte er sich denken können, dass das böse enden würde.

Auch um den widerlichen Studenten war es nicht schade. Ein Wichtigtuer vor dem Herrn. Eine eigene Firma hatte der feine Herr gegründet, um Firmen zu beraten. Unter diesem Vorwand schlich er sich auch in den Kursus von Julia ein, um ihr blöde Fragen zu stellen. Tatsächlich wollte er nur in ihrer Nähe sein. Sie anglotzen. Widerlich, dieser Typ. Selbst, als er ihm die Kehle durchschnitt, konnte er die Geilheit in seinen lüsternen Augen erkennen. Oder hatte er in dem Moment Todesangst gehabt? Egal. Der würde Julia nicht mehr nachstellen.

Er wünschte sich sein altes, beschauliches Leben zurück. Die Aufregungen um Julia kosteten viel Kraft. Hoffentlich würde er heute Nacht überhaupt schlafen können. Er nahm sich eine Flasche Jever Pils aus dem Kühlschrank und öffnete sie. Ein Wohlgefühl breitete sich nach dem ersten Schluck in seinem Körper aus. Er wusste, dass er sich selbst etwas vormachte. Es würde nicht einfach werden. Zumindest kurzfristig sorgte das kühle Getränk für Beruhigung. Die hatte er auch bitter nötig.

***

Es hätte nur noch ein Kamin gefehlt, dann wäre es der perfekte Moment gewesen. Lissi saß mit ihrem Freund Philip auf der Couch. Vor ihnen ein Laptop, über den sie abwechselnd neue Musikstücke auswählten. Kuschelrock - selbstgemacht - nannte er seinen Vorschlag. Während Philip das nächste Lied »By my side« von der Gruppe INXS auswählte, legte Lissi ihre Beine hoch auf die Couch. Ihren Kopf lehnte sie an seinen durchtrainierten Oberschenkel. Sie fragte sich, wann sie sich zuletzt so geborgen gefühlt hatte.

»Willst du Bilder von meiner Schwester sehen?« Lissi sah, wie er ihr sein Smartphone vor das Gesicht hielt.

»Bilder gucke ich mir immer gerne an.« Lissi nahm ihm das Handy aus der Hand.

»Das ist die, die jetzt in Köln wohnt, oder?«

»Richtig. Katharina heißt sie. Vor drei Jahren zog sie wegen ihres Marketing-Studiums dorthin.« Lissi wischte auf dem Smartphone, um ein Bild nach dem anderen anzusehen.

»Stop, da stehen wir auf der Hohenzollernbrücke, hast du bestimmt schon im Fernsehen gesehen. Dort hängen verliebte Paare kleine Schlösser an das Gitter.« Lissi erkannte im Hintergrund den Kölner Dom, im Vordergrund Bruder und Schwester zufrieden in die Kamera schauend.

»Du scheinst einen ziemlich guten Draht zu ihr zu haben.«

»Allerdings, wir stehen uns sehr nahe. Sie ist meine beste Freundin. Mit ihr kann ich über alles reden. Ich war richtig wehmütig, als sie endgültig aus Hamburg wegzog.«

»Ist sie jünger oder älter als du?«

»Drei Jahre jünger. Ich war immer gerne ihr großer Bruder. Jetzt telefonieren wir viel. Wenn ich wüsste, dass es ihr schlecht geht, würde ich mich auch nachts um drei ins Auto setzen und zu ihr fahren. Ich würde alles für sie tun.« Lissi setzte sich auf und zog die Stirn in Falten.

»Sag das nochmal.«

»Na, ich würde sie beschützen. Klingt jetzt vielleicht altmodisch, aber es ist die Wahrheit. Wenn ihr zum Beispiel ein Typ auf die Pelle rückt, und sie will das nicht ...« Lissi gab ihm sein Handy zurück, suchte nach ihrem eigenen. »Was ist los? Findest du das ungewöhnlich?«

»Nein, nein.« Sie suchte eilig nach einer Telefonnummer. Nach drei Freizeichen ging jemand ran. Es dauerte keine fünf Minuten, dann erhielt sie die erforderlichen Informationen, die sie auf einem Zettel notierte. Als Philip zu einer Frage ansetzen wollte, legte sie den Zeigefinger auf ihre Lippen.

»Warte kurz, einen Anruf noch.« Ihre Anweisungen waren klar und präzise. Während sie auf den Rückruf wartete, erklärte Lissi ihm ihr Vorgehen. Philip nickte verständnisvoll. Ihr Smartphone spielte die Melodie 'Wrong' von ‚Depeche Mode', den Anrufklingelton, den sie schon über zwei Jahr nutzte. Sie nahm das Gespräch entgegen.

»Und das ist ganz sicher?« Lissi ballte die rechte Hand zur Faust. »Ja, hab ich es mir doch gedacht.«

***

Bevor Eduard Kötertal sich in ihrem Büro einfinden würde, berichtete Lisbeth von ihrer Entdeckung. Während Paul seiner Kollegin zuhörte, blickte er auf den Digitalwecker auf seinem Schreibtisch, der 9.57 Uhr anzeigte. Für zehn Uhr hatten sie den Finanzbeamten zur Zeugenvernehmung vorgeladen.

»Moment, Moment. Erzähl das nochmal. Du glaubst, der Bruder von Julia Wilken könnte seine Schwester beschützen wollen? Aber er ist doch seit Monaten in Australien. Er hat doch sogar deswegen seinen Hund in ihre Obhut gegeben.«

»Erstens bin ich mir sicher, dass er seine Schwester beschützen will. Zweitens haben wir nie überprüft, ob er wirklich in Australien ist. Es gab ja bisher auch keine Veranlassung dazu. Gestern rief ich Frau Wilken an, und sie teilte mir den angeblichen Abflugtermin und die Fluglinie mit. Beteuerte, sie hätte oft mit ihm 'geskypct', als er in Brisbane war.«

»Hat die Fluggesellschaft bestätigt, dass Herr Wilken an Bord war?«

»Er war auf den Flug gebucht, hat aber diese Reise nie angetreten. Die Lufthansa hat auch keine Umbuchung vorgenommen. Falls er doch geflogen sein sollte, dann mit einer anderen Fluglinie. Er hätte damit über 1.000 Euro in den Wind geschrieben.«

»Was ist mit dem Rückflug, hat er den angetreten?« Es klopfte an der Tür. Ein Kollege kündigte an, dass Herr Kötertal jetzt da sei. Paul bat ihn, den Zeugen in zwei Minuten hereinzuführen.

»Der planmäßige Rückflug ist erst auf die nächste Woche datiert.«

»Gut. Nehmen wir einen Augenblick an, er ist tatsächlich nicht nach Australien geflogen. Das ist kein Verbrechen. Glaubst du, der hat die Taten begangen?«

»Also, wenn ich einen Hund habe und nicht wie geplant nach Australien fliege, lasse ich doch meinen Hund nicht bei meiner Schwester, oder ...«

»... ich brauche ein Alibi, weil ich meine Schwester von dem unsäglichen Stalker befreien will«, vollendete Paul Lisbeths Satz.

Nachdem Herr Kötertal ins Zimmer geführt worden war und auf einem Stuhl Platz genommen hatte, klärte ihn Lisbeth über seine Rechte und Pflichten als Zeuge auf. Eduard Kötertal trug einen braunen, altmodischen Pullunder über seinem weißen Hemd, das nicht die kleinste Bügelfalte aufwies. Seit penibel gekämmter Seitenscheitel rundete das Bild eines korrekten Finanzbeamten ab. Lisbeth erkannte einige Schweißperlen auf seiner Stirn.

»Herr Kötertal, kannten Sie Herrn Krause persönlich?«

»Sie meinen den Studenten, der in der Volkshochschule abgestochen wurde?«

»Ja.«

»Nun«, Kötertal nahm ein Papiertaschentuch aus der Hosentasche, um sich die Stirn abzuwischen, »wie wohl fast jeder in Oldenburg habe ich davon in der Zeitung gelesen. Aber persönlich getroffen habe ich ihn nie. Julia, ich meine Frau Wilken, hatte seinen Namen mal erwähnt.«

»Wo waren Sie, als Max Krause getötet wurde?«

»Wenn Sie mir kurz auf die Sprünge helfen, wann das genau war...« Paul nannte das Datum und die Uhrzeit, die vom Leiter der Rechtsmedizin als Tatzeit eingegrenzt worden war, zwischen 20 und 22 Uhr.

»Das war ein Donnerstag, oder?«

»Woher wissen Sie auf einmal, dass dieser Tag ein Donnerstag war?«

»Na ja, Frau Wilken hat immer donnerstags ihre Kurse gegeben. Donnerstagabend bin ich immer bei meiner Mutter zum Essen.« Selbstverständlich würden sie dieses Alibi überprüfen lassen. Der Vollständigkeit halber fragten sie auch nach einem Alibi für den ersten Mord. Zu der Zeit hatte er Skat gespielt. Herr Kötertal schien ein durch und durch geplantes Leben zu führen, sodass er für einen Monate zurückliegenden Zeitpunkt sofort wusste, was er an dem Tag gemacht hatte. *Wie langweilig*, fand Lisbeth, *vermutlich badet er auch immer an einem festen Wochentag*.

»Wie hat sich das Verhalten Ihrer Kollegin seit dem Tod ihres Ex-Freundes Holger Ehmken verändert?« Kötertal zog die Augenbrauen nach oben, schüttelte gleichzeitig den Kopf hin und her.

»Ehrlich gesagt erkenne ich sie kaum wieder. Mal gibt es Tage, da ist sie wieder ganz die Alte. An anderen Tagen denke ich, dort sitzt ein völlig anderer Mensch vor mir im Büro. Sie war auch noch nie so oft krankgeschrieben wie den vergangenen Monaten. Mir gegenüber verhielt sie sich fast immer distanziert, erzählte nicht viel Privates. Aber früher führten wir zumindest dienstlich intensive Gespräche.«

»Und heutzutage?«

»Gar nicht mehr, wenn sie überhaupt antwortet, dann nur das Notwendigste, einsilbig eben. Einmal fragte ich sie, ob ich ihr ein Fax schicken sollte, wenn ich mit ihr reden wollte. Okay, das fand sie nicht witzig.«

»Über Drohungen oder Nachstellungen erzählt sie nichts?«

»Ja, wie denn, wenn sie nicht redet. Also mit mir jedenfalls nicht.«

Paul bedankte sich für sein Erscheinen. Zusammen mit seiner abgewetzten Lederaktentasche verließ ein sichtlich erleichterter Kötertal den Raum.

Kapitel 22

Er hatte lange überlegt, wie er es anstellen sollte. Offen mit ihr über alles zu reden, daran führte kein Weg vorbei. Wenn er sich ihr endlich offenbaren würde, verstünde sie es. Auch ohne jemals ein Psychologiestudium absolviert zu haben, hielt er es für das Beste, sie in vertrauter Umgebung behutsam darauf vorzubereiten. Sie würde ihn verstehen - nach allem, was er für sie getan hatte.

Vor ihrem Haus brauchte ihn keiner zu sehen. Kein neugieriger Nachbar, kein weiterer Stalker, den er vielleicht übersehen hatte. Was keiner wusste, er hatte einen Schlüssel zu ihrem Anwesen. Dadurch war es ihm in der Vergangenheit möglich gewesen, unbemerkt in ihr Haus zu gelangen, um nach dem Rechten zu sehen. Selbst Julia hatte keine Ahnung davon. Er konnte stolz darauf sein, stets so vorsichtig gewesen zu sein, um nicht aufzufliegen. Nur einmal entkam er um Haaresbreite. Milo bellte wie verrückt, als er über den nächtlichen Rasen rannte.

Jetzt war weder von ihm noch von Julia etwas zu hören. Sie dürfte gerade mit ihm Gassi gehen. Schließlich brauchte so ein Hütehund viel Bewegung. Es brannte kein Licht im Haus. Er blickte auf die kleine Kamera, die auf den Eingang gerichtet war. Sie störte ihn nicht. Er steckte den Zylinderschlüssel in das Schloss und drückte die Tür nach innen auf. Danach vermied er es, einen Lichtschalter zu betätigen, obwohl sie nicht zu Hause war. Er schloss die Wohnungstür leise von innen. Bereits im Hausflur roch es so vertraut. Er atmete tief ein. Es roch nach ihr, nach ihrem teuren Parfum.

Es lag ihm fern, sie zu erschrecken. Hätte er sie vorher anrufen sollen? Nein, die Gefahr war zu groß, dass sie jemanden anrufen würde, bevor er ihr alles erklärt hatte. Das war kompliziert und kostete ziemlich viel Zeit.

Wenn er aufzufliegen drohte, würde er schnellstens verschwinden müssen. Aber nicht ohne Julia. Für den Fall der Fälle hatte er genaue Pläne. An der Grenze zu den Niederlanden wurde nur noch selten kontrolliert. Vielleicht würde auch alles viel einfacher werden, wenn seine Taten niemals aufgeklärt werden würden. Bisher hatte die Kriminalpolizei keine Beweise, schon gar nicht gegen ihn.

Er fand sich auch im Dunkeln traumwandlerisch sicher im Haus zurecht. Auf dem weißen Sideboard neben dem gläsernen Fernsehtisch stand das vertraute Bild. Obwohl er die beiden Personen auf dem Bild nicht genau erkennen konnte, musste er es in die Hand nehmen. In dem Augenblick bellte Milo im Garten. Warum war der Hund im Garten?

Er vergaß, das Bild zurückzustellen, ging wie in Trance zur Terrassentür, als er einen fürchterlich Schmerz fühlte. Er bekam nicht einmal mehr mit, wie er zu Boden fiel.

***

Nachdem der Notruf bei der Polizei eingegangen war, fanden die beiden uniformierten Beamten einen am Kopf verletzten Mann und eine offensichtlich verwirrte Frau vor. Julia Wilken starrte ins Leere, reagierte nicht auf die Ansprache der Polizisten. Auf den Fliesen hatte sich eine Blutlache gebildet. Hauptwachtmeister Polenz überprüfte den Puls des Mannes. Dieser schlug langsam, aber regelmäßig. Der kurz nach ihnen eintreffende Notarzt versorgte den immer noch bewusstlosen Mann, wollte Frau Wilken sicherheitshalber mit ins Pius-Hospital bringen lassen, da sie noch unter Schock stand.

Als Paul Schweigert als Leiter der Sonderkommission von dem Vorfall unterrichtet wurde, schnappte er sich seine Kollegin, um direkt ins Krankenhaus zu fahren. Sie standen beide auf der Intensivstation und sahen durch ein Fenster den Mann mit einem Kopfverband, der schlief. An der Tür des Patienten stand kein Name. Bisher konnte seine Identität nicht ermittelt werden.

»Wie lautet Ihre Diagnose, Herr Dr. ...«, Lisbeth sah auf das Namensschild des weißen Kittels, »Brüning?«

»Unser Patient hat ein Schädelhirntrauma. Vorsorglich versetzten wir ihn in ein künstliches Koma. Wie schwerwiegend es ist, müssen weitere Untersuchungen ergeben. Bisher war der Patient noch nicht ansprechbar. Eine Computertomographie haben wir bereits durchgeführt. Das MRT führen wir jetzt durch, dann wissen wir mehr. Der Schlag, den er mit der gusseisernen Pfanne auf den Kopf bekommen hat, muss gewaltig gewesen sein.«

»Wann wird er vernehmungsfähig sein?« Dr. Brüning sah Lisbeth gestresst an.

»Das hängt von den Untersuchungsergebnissen ab. Bitte, lassen Sie uns jetzt unsere Arbeit machen.«

»Eine Frage noch. Was ist mit der Frau, die mit ihm zusammen eingeliefert worden ist, mit Frau Wilken?«

»Sie liegt auf einer anderen Station, zur Beobachtung. Schwester Michaelis wird Ihnen weiterhelfen können. Wenn Sie mich jetzt entschuldigen würden.« Die beiden Kommissare traten zur Seite, um den Arzt vorbeizulassen. Anschließend sahen sie, wie eine Krankenschwester das Bett aus dem Zimmer schob und zu den Anweisungen von Dr. Brüning nickte.

Bevor sie Julia Wilken aufsuchten, verständigte Lisbeth Frau Dr. von Tramitz. Die Benutzung ihres Smartphones wurde ihr von der

Stationsschwester mit grimmigem Blick untersagt. Sie solle stattdessen dafür das Stationstelefon verwenden, nur Festnetztelefone wären auf der Intensivstation erlaubt.

Julia Wilken schien sie nicht einmal zu erkennen, als sie den Raum betraten. Sie wirkte, als befände sie sich in einer anderen Welt. Fahrig fuhr sie sich über ihre braunen Haare und wippte, im Bett sitzend, mit dem Oberkörper vor und zurück.

»Was habe ich nur getan?«, flüstere sie leise, sodass Paul sie beinahe nicht verstanden hätte.

»Frau Wilken, wie geht es Ihnen?« Keine Reaktion. Paul wiederholte seine Frage deutlich lauter als beim ersten Mal. Julia blickte verschreckt auf. Sie registrierte die Anwesenheit der beiden Ermittler, ihr Anblick schien ihr Angst einzujagen.

»Erkennen Sie uns, wissen Sie, wo Sie sind?«

»Ich bin ja nicht blöd«, antwortete Julia mechanisch, ohne ihren Blick vom Fußende des Bettes zu nehmen. Lisbeth setzte sich zu ihr ans Bett. Als sie ihre Hand nehmen wollte, zog Julia diese zurück.

»Frau Wilken, was ist gestern passiert?«

»Ich dachte… ich dachte, der ist jetzt eingebrochen.« Wieder dieser Flüsterton.

»Wer?«

»Ja, wer denn wohl? Der Stalker. Es war dunkel im Haus, und ich hatte Angst.«

»Kennen Sie den Mann, Frau Wilken?«

»Oh mein Gott, was habe ich nur getan?« Sie schaute Lisbeth direkt in die

Augen. »Wird er sterben? Sie können es mir ruhig sagen.«

»Wer? Von wem sprechen Sie?«

»Von meinem Bruder Bernd.«

***

Die herbei geeilte Psychiaterin unterbrach die Befragung und bat darum, zunächst allein und in Ruhe mit Frau Wilken sprechen zu dürfen. Paul stimmte zu. Um nicht untätig auf dem nach Desinfektionsmitteln riechenden Krankenhausflur rumzusitzen, ließen sie durch ihre Kollegen überprüfen, ob Bernd Wilken in diesem Jahr nach Australien geflogen war, egal mit welcher Fluggesellschaft.

»Was glaubst du, warum ihr eigener Bruder bei ihr eingebrochen ist?«

»Ist er das tatsächlich? Es gab keinerlei Einbruchsspuren. Er wird einen Schlüssel zu dem elterlichen Haus gehabt haben«, erklärte Paul, während er Münzen in den Kaffeeautomaten warf.

»Er täuscht einen sechsmonatigen Australienaufenthalt vor, taucht plötzlich wieder auf, um heimlich in das Haus einzudringen. Warum?« Der Automat ließ einen Plastikbecher in die Halterung fallen, füllte ihn mit Kaffee.

»Das würde ich auch gerne wissen. Vor allem, wo hat er in den sechs Monaten gelebt? Er wird es uns hoffentlich erzählen, sobald er wieder bei Bewusstsein ist«, er gab Lisbeth den Becher, zog sich selbst auch noch einen Kaffee, »eins ist jedenfalls sicher, wenn du in Australien bist oder alle Leute das glauben, wer sollte dich dann verdächtigen?«

Frau Dr. von Tramitz verließ das Patientenzimmer. Sie ging auf die beiden

Kommissare zu.

»Lassen Sie uns einen Raum suchen, wo wir ungestört reden können. Frau Wilken ist derzeit ziemlich labil. Sie braucht absolute Ruhe. Aber sie hat mich von meiner Schweigepflicht entbunden. Es ist kompliziert, und es wird einige Zeit dauern, bis ich Ihnen alles erklärt habe.«

Sie mussten drei lange Flure entlanggehen, um den abgeschiedenen Besprechungsraum zu erreichen. Vier schlichte Stühle und ein großer Tisch luden nicht gerade dazu ein, sich gemütlich zu unterhalten. Dekoration suchte man vergeblich. Lediglich ein Jesuskreuz hing an der Wand. Zumindest schien dieser Raum regelmäßig gelüftet zu werden. Den typischen Krankenhausgeruch konnte das Zimmer dennoch nicht abschütteln.

»Wie Sie ja richtig vermutet haben, befindet sich Frau Wilken seit geraumer Zeit in Behandlung. Aus bekannten Gründen durfte ich bisher nicht darüber sprechen.« Lisbeth meinte, ein Schuldbewusstsein in der Mimik der Fachärztin zu erkennen. »Es hat einige Sitzungen gedauert, bis sie sich öffnen konnte. Sie hatte keinen Menschen, mit dem sie über den Verlust ihrer Eltern sprechen konnte, außer ihrem Bruder.«

»Der war doch verschwunden? Angeblich in Australien.«

»Sie haben fast täglich über ‚Skype' telefoniert. Julia Wilken war überzeugt, er halte sich tatsächlich in Australien auf …«, die Ärztin strich sich eine Haarsträhne aus dem Gesicht, » … bis gestern. Alles hat sie ihm anvertraut, ihre Gefühle, ihre Ängste, aber vor allem sprach sie über das Stalking. Bernd Wilken glaubte seiner Schwester. Er sprach ihr Mut zu. Versicherte ihr, es würde bald aufhören. Dafür würde er sorgen.«

»Wie konnte er ihr das versprechen, wenn sie ihn in Australien vermutete?«, hakte Paul nach.

»Das hat er nicht konkretisiert. Er sprach aber davon, sich persönlich darum zu kümmern, trotz der Entfernung. Auf ihren Ex-Freund Holger Ehmken war er nie gut zu sprechen gewesen. Das schlimmste an der ganzen Geschichte ist jedoch: Es hat nie Stalking gegen Julia Wilken gegeben.« Fast zeitgleich fiel den beiden Kommissaren die sprichwörtliche Kinnlade herunter. Sie sahen die Ärztin mit offenem Mund und ungläubigem Blick an, als erstes fand Paul die Sprache wieder.

»Da müssen Sie etwas falsch verstanden haben. Es gibt Fakten, die belegen, dass ihr nachgestellt wurde. Vor einigen Tagen ein Computerausdruck, SMS, die an sie geschrieben wurden ...«

»Die sie alle selbst verfasst hat.« *Wir haben nur ihre Fingerabdrücke auf dem Ausdruck gefunden,* schoss es Paul durch den Kopf.

»Und die Überwachungskamera, die abgeklebt wurde?«

»Hat sie selbst getan«, sagte die Fachärztin tonlos.

»Was?« Paul schob den Oberkörper nach vorne. Er widerstand dem Impuls, einfach aufzuspringen. »Aber warum zum Geier sollte sie das tun?« Frau Dr. von Tramitz seufzte, rang nach den richtigen Worten.

» Frau Wilken hat seit dem Unfalltod ihrer Eltern eine dissoziative Identitätsstörung, landläufig sagt man: eine gespaltene Persönlichkeit. Einerseits die alte, verängstige Julia, andererseits ein zweites, starkes Ich, welches sich Mel nennt, nach ihrem zweiten Vornamen Melanie. Mel will der schwachen, leidenden Julia helfen.«

»Ja, aber dann weiß Julia davon.«

»Nein, jetzt wird es kompliziert. Julia weiß nichts von Mel. Aber Mel weiß alles über Julia. Auch Bernd Wilken wusste nichts von der gespaltenen Persönlichkeit, nichts von Mel. Er wollte seiner Schwester Julia nur helfen, sie beschützen.«

»Jetzt mal langsam. Sie reden von Julia und von Mel, als wären es zwei Personen. Haben Sie sich mit beiden unterhalten?« Die Fachärztin nickte.

»Manchmal kam Mel plötzlich hervor. Bei anderen Sitzungen sprach ich Mel direkt an, und sie redete mit mir, ohne Angst, entschlossen. Sie beschimpfte mich auch.«

»Aber es gab doch Männer, die sich für sie interessierten, sogar Fotos machten!«

»Zweifellos gab es die. Aber sich für jemanden zu interessieren oder mal heimlich ein Foto zu machen hat nichts mit fortgesetztem Nachstellen zu tun. Das redete Mel ihr ein, um ihr das Gefühl zu geben, sie würde geliebt, begehrt. Um ihr das zu geben, was ihre Eltern ihr nicht mehr geben konnten. Mel trieb es sogar noch weiter. Sie suggerierte Julia , die Schlösser seien ausgetauscht worden, was aber in Wahrheit nie passiert ist.« »Und das hat Ihnen Mel erzählt?« »Ja, sie meinte wörtlich: 'Die naive Julia hätte mir jeden Scheiß geglaubt, weil sie es glauben wollte.' Ohne anzuklopfen stand plötzlich eine Schwester in der Tür.

»Ach, hier sind Sie, Herr Dr. Brüning lässt überall nach Ihnen suchen.«

»Warum, ist etwas passiert?«

»Unser Patient, Herr Wilken…«

»Was ist mit ihm?«

»Er ist verschwunden.«

***

Paul sprang so heftig auf, dass der Stuhl nach hinten umkippte. Schwester Michaelis, die mit ihrem schwarzen, streng zurückgekämmten Haaren autoritär wirkte, erklärte, wie sie Bernd Wilken aus dem künstlichen Koma geholt hatten. Fünf Minuten später, als sich gerade keiner im Raum befand, nutzte der Patient die Gunst der Stunde, um zu verschwinden. Paul verfluchte sich innerlich, ihm keinen Beamten vor die Tür gesetzt zu haben.

»Wann war das genau?« Schwester Michaelis sah auf ihre Armbanduhr. »So etwa vor zwanzig bis fünfundzwanzig Minuten war das. Wir hätten Ihnen ja schon eher Bescheid gesagt, aber wir wussten nicht ...«

»Ja, ja, schon gut, Schwester, ist nicht Ihre Schuld. Lassen Sie feststellen, ob ein Auto auf dem Klinikgelände gestohlen wurde, seit er abgehauen ist.« Schwester Michaelis nickte und entfernte sich. Paul rief seine Kollegen in der Polizeiinspektion an, um Wilken zur Fahndung ausschreiben zu lassen. Als er die kümmerliche Personenbeschreibung durchgab: Mann, Mitte dreißig, Kopfverband, Krankenhauskleidung, kam er sich vor wie ein Vollidiot. Frank Albers sollte mit zwei weiteren Kollegen zum Krankenhaus fahren, um eventuelle Zeugen zu befragen.

»Lisbeth, geh zu Julia Wilken, lass dir seine Daten geben, genauere Beschreibung, du weißt schon.« Lisbeth hatte verstanden und rauschte aus dem Zimmer. »Ich gehe selbst zur Rezeption, vielleicht ist er jemand aufgefallen«, rief ihr Paul hinterher und sah auf Frau Doktor von Tramitz herab, die sich die Hand vor den Mund hielt.

»Frau Doktor, Sie kommen mit mir. Ich habe das Gefühl, Sie haben uns noch nicht alles gesagt.«

Kapitel 23

Es dauerte nicht lange, bis ein perplex dreinschauender Herr Mitte sechzig an der Rezeption darum bat, man möge die Polizei verständigen, weil ein Patient mit Kopfverband sein Auto geklaut hätte. Paul zückte seinen Dienstausweis und ließ sich seinen Namen, das amtliche Kennzeichen sowie die Marke und Farbe des Autos geben.

»Wo war das genau?«

»In der Georgstraße, ich ließ gerade meine Frau aussteigen. Dann passierte es. Das hätten Sie mal sehen sollen. Ich wollte nur freundlich sein, weil ich dachte, der Mann mit dem Kopfverband wollte etwas fragen.« Paul hörte nur mit einem Ohr zu, er gab mit Hilfe seines Mobiltelefons die Beschreibung des gestohlenen Fahrzeugs durch. »Der riss die Tür auf und zog mich einfach aus dem Auto, wie im Fernsehen. Hören Sie mir überhaupt zu, Herr Kommissar?«

»Ja, sicher. In welche Richtung ist der Mann dann gefahren?«

»Die Einbahnstraße entlang, die kreuzt dann die Peterstraße, ob er dann links oder rechts abgebogen oder geradeaus in die Katharinenstraße gefahren ist, weiß ich nicht, das konnte ich nicht sehen.«

»Danke, Herr Meinert, ich bin sicher, wir haben Ihren Passat bald gefunden.«

Lisbeth kam aus dem Fahrstuhl heraus.

»Hast du die Personenbeschreibung von Wilken an die Kollegen durchgegeben?« Lisbeth nickte. »Wo wohnt er, also wo ist er gemeldet?«

»In Wardenburg, dort arbeitet er auch selbständig als Kfz-Meister, die Adresse lautet ...«

»Keine Zeit«, unterbrach Paul sie, »kannst du im Auto ins Navigationsgerät eingeben. Wir müssen da sofort hinfahren. Frau Doktor von Tramitz, Sie kommen mit.«

***

Die eingeleitete Großfahndung sollte verhindern, dass Bernd Wilken die Stadt mit dem gestohlenen Auto verließ. Tatsächlich hatte Wilken jedoch genügend Vorsprung, um durch das Netz zu schlüpfen. Er wusste, die Polizei würde nach dem Fluchtfahrzeug fahnden, sobald der alte Mann den Diebstahl seines Autos gemeldet hatte. An Wilkens Stelle würde Paul versuchen, diesen Passat so schnell wie möglich loszuwerden. Selbstverständlich wurde der naheliegende Bahnhof von uniformierten Beamten kontrolliert. Als Kfz-Meister hatte Wilken mit Sicherheit einige gebrauchte Autos fahrbereit auf dem Hof stehen.

Nach zwanzig Minuten erreichten sie die Werkstatt von Bernd Wilken in Wardenburg. Pauls Vermutung bestätigte sich. Der anthrazitfarbene Passat von Johann Meinert stand verlassen auf dem Hof. Vom flüchtigen Wilken fehlte jedoch jede Spur. Es würde auch nicht leicht sein, auf die Schnelle festzustellen, welches seiner Autos nun fehlte. Möglicherweise hatte er nicht alle Fahrzeuge zugelassen.

Paul wies die eintreffenden Kollegen an, die Anwohner zu fragen, ob sie gesehen hätten, wie Wilken auf den Hof, beziehungsweise mit einem anderen Auto wieder vom Hof herunter gefahren war. Paul wandte sich an die Fachärztin, die etwas abseits stand und auf ihrem Smartphone tippte.

»Frau Doktor, wissen Sie, wo Bernd Wilken tatsächlich in den letzten sechs Monaten gewohnt hat?« Sie steckte ihr Handy in die Jackentasche.

»Nein. Frau Wilken ging davon aus, er hielte sich wirklich in Australien auf. Sie haben zwar täglich ‚geskypet', aber er sagte ihr, seine Kamera wäre kaputt, deshalb konnte sie ihn nur hören.« Die Fachärztin zog den Reißverschluss ihrer Jacke bis ganz nach oben. Ein kalter Wind pfiff durch Wardenburg.

»Was ich nicht verstehe, warum haben Sie uns das alles heute erst erzählt?« Frau Dr. von Tramitz sah in die Ferne.

»Die ganze Lebensgeschichte von Frau Wilken ist wie ein Puzzle mit vielen tausend Teilen. Je mehr Teile sie an der richtigen Stelle einsetzen, desto mehr Konturen werden sichtbar. Das Bild wird nach und nach schärfer. Die Psyche eines Menschen ist aber kein Puzzlespiel. Immer, wenn ich versucht habe, tiefer in Julias Psyche vorzudringen, kam Mel zum Vorschein, um sie zu verteidigen. Während der ersten Sitzungen hatte ich keine Ahnung von der zweiten Persönlichkeit. Ich wurde von ihr mit den übelsten Wörtern beschimpft.«

»Und heute schützte die starke Mel nicht mehr die schwache Julia?« Die Fachärztin schüttelte mit dem Kopf.

»Dass sie fälschlicherweise ihren Bruder bewusstlos geschlagen hat, löste ein neues Trauma aus.«

»Ein neues Trauma?«

»Der Verlust ihrer Eltern traumatisierte sie bereits, weil sie sich auch die Schuld an dem Verkehrsunfall gab.«

»Wieso das?«

»Sie hatte einen fürchterlichen Streit mit ihrem Vater, bevor ihre Eltern mit dem Auto in den Urlaub fahren wollten. Georg Wilken muss völlig außer sich gewesen sein. Er fuhr auf die Autobahn und übersah einen Lastkraftwagen. Julia Wilken ist überzeugt, dass er nicht so unachtsam gewesen wäre, wenn sie keinen Streit gehabt hätten. Beide Eltern verstarben noch an der Unfallstelle.«

»Und ein Verlust der Eltern lässt zwei Persönlichkeiten entstehen? Immerhin war Julia zu dem Zeitpunkt doch schon erwachsen.«

»Sie haben recht. Die Ursache dafür war die extrem enge Bindung zu ihren Eltern, insbesondere zu ihrem Vater war sie wohl zu *eng*.« Die Psychiaterin betonte das Wort 'eng'.

»Wollen Sie damit andeuten, ihr eigener Vater hätte sie missbraucht?«

»Das kann ich nicht mit Sicherheit sagen. Aber ich habe die starke Vermutung, dass es so war, ja.«

»Wenn das wirklich der Fall war, dann sollte Julia Wilken doch froh sein über den Tod ihres Vaters, oder?«

»So einfach ist das nicht. Kinder lieben ihre Eltern bedingungslos. Selbst wenn sie missbraucht werden, selbst wenn sie erwachsen werden. Gleichzeitig hasste sie ihren Vater auch. Es fraß sie innerlich fast auf. Wie viele missbrauchte Kinder suchte sie die Schuld zunächst bei sich selbst. Sie sagen sich: 'Wäre ich doch nur ein braves Kind gewesen, hätte ich nur alles richtig gemacht, hätte er das nicht tun müssen.' Oder sie reden sich ein, dass der Vater sie so sehr liebt, dass es körperlich, sprich sexuell, werden *muss*. Völlig irrational für normal denkende Menschen.«

»Wie konnten Sie heute Julia Wilken dazu überreden, die Entbindung der Schweigepflicht zu unterschreiben?«

»Heute sprach ausschließlich Julia, als hätte sie Mel endgültig aus ihrem Kopf verbannt. Sie hatte große Angst, auch ihr geliebter Bruder könnte durch ihre Schuld sterben. 'Was kann ich tun, damit das alles aufhört?', fragte sie mich. Ich riet ihr, mich von der Schweigepflicht zu entbinden, weil nur dadurch alles aufgeklärt werden könnte. Nur so würde sie Frieden finden. Aber das wird sehr lange dauern, fürchte ich.«

Frank Albers kam schnaufend auf Paul zugelaufen.

»Eine Anwohnerin hat Wilken gesehen...«, der Kollege musste entweder weit gerannt oder nicht mehr im Training sein. Er hechelte wie ein Hund. Paul erinnerte sich, wie Frank Albers von seinem ersten Marathonlauf in Hamburg erzählt hatte. Das war jedoch Jahre her, kurz nach seinem Dienstantritt in Oldenburg, »...alter weißer Polo mit«, ein paar weitere schnelle Atemzüge, »Leeraner Kennzeichen.«

»Sonst nichts weiter, keinen Buchstaben vom Kennzeichen?« Frank Albers schüttelte den Kopf, zeigte in die Richtung, aus der er gekommen war. »Richtung Norden ist er gefahren. Der Anwohner wunderte sich, weil er Wilken seit Monaten nicht mehr gesehen hatte.« Paul gab die Informationen an die Einsatzzentrale durch. Er bezweifelte, dass Wilken zurück nach Oldenburg wollte. Aber in nördlicher Richtung befand sich die Autobahn 28, die nach Leer führte. Dahinter lag die kaum noch bewachte Grenze zu den Niederlanden.

***

Paul wollte zusätzliche Informationen über das Leben von Bernd Wilken erhalten. Wie ihm die Fachärztin mitteilte, gab es weder weitere Geschwister noch nahe Verwandte. In Julias kritischem Zustand wäre es nur möglich, an diese wichtigen Informationen zu gelangen, wenn man mit viel Einfühlungsvermögen vorginge, betonte Frau Dr. von Tramitz.

»Lisbeth, bitte fahr nochmal ins Pius-Hospital zu Julia Wilken. Du bist die beste Person dafür. Einer Frau wird Julia sich eher öffnen. Und du gehst behutsam vor. Ich wäre viel zu direkt.«

»Du musst dich nicht rechtfertigen, um mir zu sagen, ich solle mich schleunigst auf den Weg zurück ins Pius-Hospital machen«, Lisbeth schmunzelte, »aber so etwas höre ich natürlich gerne, Chef.« Paul ging gar nicht darauf ein, obwohl es selten vorkam, dass sie ihn mit 'Chef' ansprach.

»Frag sie aus über sein Umfeld. Menschen, die auf der Flucht sind, suchen Vertrautes auf, ganz unbewusst. Wir Menschen lieben, was wir kennen.« Lisbeth stand bereits an einem Dienstfahrzeug, öffnete die Fahrertür. »Welche Freunde hat Bernd Wilken? Hatte er einen Rückzugsort, wenn es ihm schlecht ging? Gibt es ehemalige Kollegen, zu denen er könnte? Wo haben sie als Kind gemeinsam mit den Eltern Urlaub gemacht? Ruf mich bitte sofort an, wenn du mehr weißt.«

»Geht klar.« Als Lisbeth anfuhr, schleuderten die durchdrehenden Reifen Sand und Kies in die Luft. Paul setzte sich in seinen Audi und gab der Fachärztin ein Zeichen, sie solle sich auf die Beifahrerseite setzen.

»Das mit den zwei Persönlichkeiten habe ich verstanden. Sie sagen, die starke Mel wollte die schwache Julia schützen. Warum redet sie ihr dann das Stalking ein? Damit macht sie ihr doch nur Angst. Mel wollte doch Julia helfen.« Während Paul losfuhr, atmete die Fachärztin einige Male tief durch, sah dabei nach draußen.

»Wissen Sie, das lässt sich nicht so einfach erklären. Mel versuchte den Verlust der Eltern, vor allem den der übermächtigen Vaterfigur, zu ersetzen. Zunächst findet man es ja toll, wenn sich jemand für einen interessiert.«

»Aber nicht, wenn man die andere Person nicht mag und es fortdauernd passiert.«

»Richtig. Mel verteilte es ja auf unterschiedliche Personen. Zunächst der Ex-Freund Holger Ehmken. Die Spielsucht war für Julia nur der Aufhänger, der eine Trennung begründen sollte. Ich vermute, in Wirklichkeit hat er sich von ihr getrennt, weil sich ihre Persönlichkeit im Lauf der Zeit stark verändert hatte.«

»Warum suchte Ehmken danach noch Kontakt zu ihr?«

»Ich kann über die Motive von Herrn Ehmken nur mutmaßen. Wahrscheinlich tat sie ihm leid. Er wollte ihr wohl ein guter Freund bleiben, ihr helfen. Aber anstatt sich helfen zu lassen, erzählte Julia es ihrem Bruder. Bösartig, abschätzig, ängstlich.«

»Warum hat Bernd Wilken nicht versucht, mit Ehmken zu reden?«

»Das müssen Sie ihn selbst fragen. Vielleicht hat er es ja getan. Mögliche Erklärungsversuche könnten in seinen Ohren wie billige Ausreden geklungen haben. Das ist aber alles Spekulation. Später waren andere Männer in ihrem Umfeld ihre Stalker, so redete Mel es Julia ein.«

Paul fragte sich, ob Wilken seine Australienreise wirklich als solche geplant hatte, oder ob er von Anfang an vorhatte, ein vermeintlich perfektes Alibi aufzubauen. Wenn er wusste, wie schlecht es seiner Schwester ging, wäre es doch klüger gewesen, in ihrer Nähe zu bleiben. Letzten Endes hielt er sich ja immer in ihrer Nähe auf, hätte jederzeit eingreifen können. Vermutlich beobachtete er das gemeinsame Elternhaus so oft er konnte. Somit erfüllte sich genau das, was Mel der schwachen Julia eingeredet hatte. Es war jemand da, der sie ständig beobachtete, der in ihrer Wohnung war. Eine Ironie des Schicksals.

Sie erreichten das Gebäude der Polizeiinspektion am Friedhofsweg in Oldenburg.

Kapitel 24

In seinen Ohren rauschte es. Ob es eingebildet oder das Vorstadium zu einem Tinnitus war, konnte er nicht sagen. Er war Kfz-Mechaniker, kein Mediziner. Ein einfacher Schrauber, der es immerhin zum Meister gebracht hatte. Er fuhr den alten Polo auf der Bundesstraße Richtung Osten. Die Autobahn 28 zu benutzen erschien ihm zu riskant. Über Rhauderfehn und Weener würde er ebenfalls die Grenze erreichen, wenn auch nicht ganz so schnell. Nicht weit hinter der Grenze kannte er einen Campingplatz aus glücklicheren Tagen. Dieser Ort würde ihm wenigstens kurze Zeit zum Verschnaufen geben. Er musste in Ruhe nachdenken.

Warum war plötzlich alles schiefgelaufen? Zuvor hatte er so gut aufgepasst, keine Fehler zu machen, keine Spuren zu hinterlassen. Was für eine Schnapsidee es doch war, in das gemeinsame Haus der Eltern zu gehen! Das musste er schmerzlich erfahren. Er war sich sicher gewesen, sie sei nicht zu Hause, sondern mit dem Hund draußen. Im Nachhinein betrachtet, hätte er sie besser angerufen, hätte sie telefonisch vorbereitet. Seine Befürchtung war jedoch, sie könnte in Panik geraten, wenn er früher als geplant wieder auftauchte. Trotz allem, was er für sie getan hatte, schien sie ihm in einer labileren Verfassung als je zuvor. Es wäre sogar schlauer gewesen, einfach bei ihr zu klingeln. Das einzige, was er gebraucht hätte, war Zeit, mit ihr in Ruhe zu reden, ihr alles zu erklären, dass er nicht in Australien war, er sie seit Monaten belogen hatte. Diese Möglichkeit war jetzt vertan.

Als er kurz nach dem Aufwachen eine Schwester von der Kripo reden hörte, wusste er genau, sie waren ihm auf den Fersen. »Sie wollen Herrn Wilken vernehmen, sobald er aufgewacht ist.« Als er diesen Satz hörte, tat er so, als würde er noch schlafen. Sie hätten ihm unangenehme Fragen gestellt, nicht locker gelassen, bis er seinen nächtlichen Besuch bei seiner Schwester erklärt hätte. Sein angeblicher Australien-Aufenthalt diente bisher hervorragend als Alibi. Selbst wenn er weiter behauptet hätte, er sei dort gewesen, hätten sie irgendwann die Flugdaten überprüft. Wie hätte er erklären sollen, was er die ganze Zeit hier gemacht hatte, und warum er es in seinem Umkreis geheim gehalten hatte? Sogar seinen treuen Milo ließ er bei seiner Schwester, was ihm nicht leicht gefallen war. Er fragte sich, wo Milo sich jetzt aufhielt. Einem ersten Impuls folgend, wollte er selbst nachsehen. Aber dann hätte er sich gleich selbst stellen können. Er verzichtete zähneknirschend darauf.

Tränen flossen an seinen Wangen hinab.

»Scheiße, Scheiße, Scheiße«, er schlug mit den flachen Händen auf das Lenkrad, als wenn das schuld wäre an seinen Verfehlungen. Seine Gedanken rasten. Fieberhaft suchte sein Gehirn nach einem Ausweg. Er könnte versuchen unterzutauchen, sich irgendwo im Ausland ein neues Leben unter geänderter Identität aufbauen. Das war sicher nicht einfach, aber auch nicht unmöglich. Ohne jedoch seine Schwester regelmäßig zu sehen, würde er das nicht lange durchhalten.

Ohne kontrolliert zu werden, passierte er die Grenze. Auf einem Campingplatz in Winschoten stand der alte Wohnwagen. Seit dem Tod seiner Eltern war er nicht häufig hier gewesen. Allein aus wehmütigen Gründen stand der inzwischen Rost ansetzende Wohnwagen auf dem Platz, den sie über viele Jahre gemietet hatten.

***

»Es war nicht leicht, mit Julia Wilken zu sprechen. Mal sagte sie gar nichts, mal hatte sie lichte Momente. Aber ich habe folgendes erfahren: Familie

Wilken hat immer noch einen Stellplatz auf dem Campingplatz in den Niederlanden, auf dem ein Wohnwagen steht.« Paul hielt das Telefon so stark an die Ohrmuschel gedrückt, dass es eine Druckstelle hinterließ. Die Verbindung zu Lisbeths Handy war schlecht.

»Komm sofort zur Polizeiinpektion. Ich informiere die niederländische Polizei. Ich bin überzeugt, wir finden ihn dort.«

Mit mobilem Blaulicht auf dem Dach rasten sie auf der Autobahn 28 Richtung Leer. Obwohl Winschoten die nächste Ortschaft hinter der Grenze war, zeigte das Navigationsgerät über 100 km und eine Fahrtzeit von über einer Stunde an.

»Was glaubst du, was hat der vor?« Während Paul sich die Antwort überlegte, schaute er stur geradeaus. Da er das Gaspedal bis zum Anschlag durchtrat, musste er das auch tun.

»Kommt drauf an, wie seine körperliche Verfassung ist. Sein Kopf hat ganz schön was abbekommen. Vielleicht will er sich einfach nur ausruhen. Hast du sonst noch etwas herausbekommen? Freunde, Verwandte in Holland?«

»Nein, die Eltern verstanden sich mit dem Eigentümer des Campingplatzes sehr gut. Bis zu ihrem Unfalltod sind sie regelmäßig jedes Jahr dorthin gefahren. Anfangs mit der gesamten vierköpfigen Familie, später ohne die Kinder.«

»Ich schwöre dir, genau da will er hin, ist vermutlich schon da.«

Als sie den überschaubaren Campingplatz erreicht hatten, sahen sie einen niederländischen Streifenwagen. Paul hatte immer noch das mobile Blaulicht ohne Martinshorn eingeschaltet. Ein in dunkelblauer Uniform und Schirmmütze gekleideter Kollege begrüßte ihn. Die Schulterklappen in dunkelblau mit gelbgoldenen Abzeichen erinnerten Lisbeth an einen Marinesoldaten, mit dem sie vor Jahren etwas hatte. Sie musste schmunzeln, denn allein die Abzeichen fand sie sexy, wenn auch diese mit einer goldenen Krone versehen waren.

»Mein Name is' Jan de Groth von de Nationale Politie«, obwohl der Kollege gutes Deutsch sprach, fühlte Paul sich an Fernseh-Interviews mit Arjen Robben erinnert, »der Verdächtige is‘ nich' in dem Wohnwagen. De Besitzer von de Campingplatz holt eene Ersatzschlüssel von zu Hause.«

Zusammen mit Lisbeth gingen sie zu dem Wohnwagen, der seine beste Zeit hinter sich hatte. Paul hielt die Hände über die Augen dicht an die Scheibe gepresst, um durch das Fenster überhaupt etwas erkennen zu können. Im Inneren bewegte sich nichts.

Der übergewichtige Campingplatzbesitzer kam winkend auf sie zu.

»Bitte, warten Sie, nicht aufbrechen, ich habe einen Ersatzschlüssel.« Er öffnete schnaufend die Tür. Auf dem Klapptisch lag ein handgeschriebener Brief ohne direkte Anrede. Paul drehte das Blatt um und las die Unterschrift: Bernd Wilken

Ich habe das alles nicht gewollt. Nicht so!

Meiner geliebten Schwester Julia ging es immer schlechter. Ich konnte sie einfach in ihrer schlimmen Situation nicht alleine lassen. Somit beschloss ich, auf meinen lange geplanten Australien-Aufenthalt zu verzichten. Ich nutzte die Gelegenheit, die Wohnung meines Freundes Hanno in Leer zu nutzen und keinem etwas davon zu erzählen: Das perfekte Alibi für den Mord an Holger Ehmken.

Nur wenn er nicht mehr existierte, würde es Julia endlich besser gehen. Er war spielsüchtig, er taugte nichts. Das hatte ich von Anfang an gewusst. Wenn er sie wenigstens nach der Trennung in Ruhe gelassen hätte. Aber er musste sie immer wieder belästigen, jagte ihr Angst ein.

Nach einiger Zeit hatte ich seine Gewohnheiten studiert, wusste, wann er das Haus verlässt. An jenem Tag hatte er sein Auto gegenüber geparkt. Ich leistete ganze Arbeit, und

ich bereue nichts.

Anders bei dem Widerling Max Krause. Er hatte sich mit Leon Kirchgässner auf der Toilette über Julias Vorzüge, über Bilder von ihr im Internet unterhalten. Das hat sie mir alles selbst erzählt. Eigentlich wollte ich mir diesen schmierigen Studenten nur mal aus der Entfernung ansehen. Als ich mich auf der Toilette versteckte und er zufällig dazu kam, wusste ich, das ist meine Chance, das Stalking ein für alle Mal zu beenden.

Keiner der beiden hatte es verdient, weiterzuleben!

Julia, ich hoffe, du weißt, was ich alles für dich auf mich genommen habe. Am Ende war es mein Fehler. Dich trifft keine Schuld. Ich hätte nur eine Stunde gebraucht, um dir alles zu erklären. Du hast am meisten unter dem Tod unserer Eltern gelitten.

Eins steht für mich fest: Ins Gefängnis gehe ich nicht. Niemals!

Mir tut es in der Seele weh, bald nicht mehr für dich da sein zu können. Pass gut auf dich auf. Kümmere dich bitte um Milo. Ich umarme dich.

Bernd Wilken

Nachdem Paul den Brief eilig gelesen hatte, schaute ihn Lisbeth fragend an.

»Was ist, was hat er vor?«

»Klingt wie ein Abschiedsbrief. Er deutet seinen Freitod an. Oder …?«

»Oder was?«

»Er will, dass wir denken, er bringt sich um und will abhauen. Vielleicht doch nach Australien. Wir müssen die Fahndung ausweiten. Flughafen Schiphol in Amsterdam.« Beim letzten Satz schaute er demonstrativ Jan de Groth an. Dieser nickte ihm zu, als Zeichen, dass er verstanden hatte.

***

Das Polizeirevier der Kleinstadt Winschoten wirkte überschaubar, dafür sehr familiär. Jan de Groth stellte Lisbeth und Paul als Kollegen von der Kriminalpolizei in Oldenburg vor. Ihnen wurde Kaffee angeboten. Es schien, als seien die deutschen Kollegen ein Lichtblick im grauen Polizeialltag. Der vollbärtige Dienststellenleiter de Keupers erkundigte sich mit dunkler Stimme in recht gutem Deutsch, wie er behilflich sein könnte. Paul erklärte ihm die Sachlage. Vom Büro in Oldenburg wurde der Fahndungsaufruf elektronisch an die niederländischen Kollegen weitergeleitet.

»Ist der Tatverdächtige bewaffnet?«

»Bisher war er nicht im Besitz einer Schusswaffe. Er scheint jedoch zu allem entschlossen.«

Lisbeth schaltete sich in die Unterhaltung ein. »Können Sie feststellen lassen, ob am Campingplatz oder in der Nähe ein Auto oder ein Fahrrad gestohlen wurde?«

Jan de Groth meldete sich an der Tür stehend: »Das habe ich eben bereits gecheckt. Bisher wurde kein Diebstahl angezeigt.« Sein Chef gab ihm die Anweisung, mit einigen Kollegen im Bereich des Campingplatzes die Bevölkerung zu befragen.

Während der nächsten zwei Stunden tauschten die Polizisten sich intensiv aus, bis de Keupers einen Anruf erhielt. Nach wenigen Minuten legte er wieder auf, ohne selbst viel gesprochen zu haben. Er strich sich mit Daumen und Zeigefinger über seinen wuschigen Bart.

»Ein weißer Peugeot wurde gestohlen, nicht weit vom Campingplatz entfernt. Diesen haben unsere Kollegen gerade gefunden. Vielmehr das, was von ihm übrig ist. Muss ein schrecklicher Anblick sein. Der Fahrer ist tot. In seiner Jacke fand man den deutschen Personalausweis von Bernd Wilken.«

Epilog

Bei der Beerdigung auf dem städtischen Friedhof in Ofenerdiek musste Julia Wilken gestützt werden. Lisbeth hatte den Eindruck, als wenn ihr jeden Moment die Beine einknicken würden, sie ohnmächtig werden könnte. Frau Dr. von Tramitz stand ihr zur Seite und gab ihr im wahrsten Sinne des Wortes Halt. Julias Augen sahen völlig verweint aus. Tränenflüssigkeit schien keine mehr übrig zu sein. Mit leerem Blick starrte sie auf den Sarg, der nach einigen tröstenden Worten des Pfarrers ins Grab hinabgelassen wurde.

Eigentlich wollten weder Paul noch Lisbeth der Beerdigung beiwohnen. Die Psychiaterin bat ausdrücklich darum, weil es nicht viele Menschen gab, die eine enge Bindung zu Julias Bruder hatten. Paul zählte außer ihnen und der Fachärztin nur noch fünf weitere Trauergäste. Davon kannte er nur einen, Eduard Kötertal.

Frau Dr. von Tramitz hatte Julia Wilken bereits ins Auto gesetzt, als Paul sie 'auf ein Wort' zur Seite nahm.

»Wie geht es Frau Wilken, hat sie die Situation einigermaßen verarbeiten können?«

»Ich hatte nach der Todesnachricht mit einem Zusammenbruch gerechnet, der Gott sei Dank ausblieb. Nach wie vor braucht sie rund um die Uhr psychologische Betreuung. Für die kurze Zeit, so finde ich, macht sie aber gute Fortschritte. Es wird Monate dauern, bis sie wieder ein halbwegs normales Leben führen kann, wenn sie das überhaupt schafft.«

»Hat Frau Wilken jemanden, außer Ihnen, mit dem sie reden kann?«

»Nein. Aber wir arbeiten mit ihr in einer Gruppe von ebenfalls traumatisierten Frauen. Das wird ihr helfen.« Die Erklärungen der

Psychiaterin beruhigten Paul, auch wenn er um nichts in der Welt mit ihr hätte tauschen wollen. Was waren schon seine kleinen Probleme wie die viel zu wenige Zeit für seine Familie verglichen mit denen von Julia Wilken, die niemanden mehr zu haben schien. Zusätzlich hatte sie einen großen Rucksack aus ihrer Vergangenheit zu tragen, für den Rest ihres Lebens.

Nach der Beerdigung fing es leicht an zu schneien. Paul musste, nachdem er Lisbeth zu Hause abgestzt hatte, vorsichtig über die Autobahn fahren. Er hatte Tom ein Rückspiel im Tischfußball versprochen. Allerdings musste Paul unter erschwerten Bedingungen antreten. Die kleine Levke zog sich hartnäckig immer wieder an seinem Hosenbein hoch. Als es 8:8 stand, fragte Wiebke aus der Küche: »Was ist mit Lissi, du hast ihr doch eine Woche freigeben?« Paul verstand nur die Hälfte.

»Was? Ich kann jetzt nicht.« Inzwischen stand Wiebke am Türrahmen gelehnt, die Arme vor der Brust verschränkt.

»Na, fährt sie in den Urlaub?«

»Ja, sie will eine Woche auf irgendeine Insel mit ihrem Philip ...« Während er die Anwort gab, fiel das 8:9 gegen ihn.

»Tooooooor!«, schrie Tom aus voller Kehle.

»Mensch, das gibt es doch nicht. Aber noch ist nichts verloren.« Paul registrierte gar nicht, dass es an der Tür geklingelt hatte und Wiebke verschwunden war, um sie zu öffnen. Viel zu spät merkte er, wie ein großer Haufen Papier ihm die Sicht versperrte.

»10:8 gewonnen, jawoll!«

»Moment, das zählt aber nicht, wegen Behinderung!« Tom rannte mehrere Male um das Tischfußballfeld, hörte nicht auf zu johlen.

»'Der Rächer von Ellenserdamm', ich habe das ganze Manuskript extra ausgedruckt. Du sollst es als Erster lesen. Freust du dich?« Udo strahlte selbstzufrieden.

»Das ist jetzt nicht dein Ernst, Udo, oder?«

***

Wiebke und Paul würden den Abend, nachdem die Kinder im Bett waren, ganz für sich allein haben. Ohne Fernseher, das Smartphone wäre ausgeschaltet. Mit diesem Gedanken und einem schelmischen Grinsen betrat Paul den Büppeler Krug. . Am heutigen Samstag war es endlich soweit: Sein Lieblingsverein Eintracht Frankfurt trat ausgerechnet mit dem Trainer im Weserstadion an, der Werder Bremen 14 Jahre lang treu gedient hatte: Thomas Schaaf.

Kollege Arne Claaßen hatte diesem Spiel seit Tagen entgegengefiebert. Er saß schon an seinem Platz, als Paul die Kneipe betrat. Arne grinste ihn selbstsicher an.

ENDE

Danksagung

Wie heißt es so schön: Ohne die Hilfe von vielen begabten und kritischen Menschen hätte ich das Buch so nicht schreiben können. Ich danke meiner Lektorin und Korrektorin Elke Krüßmann für ihren stets scharfen Blick auf die vielen Fehler und Fehlerchen, die sie mit Engelsgeduld beseitigte. Vielen Dank auch an meine Testleserinnen für ihre hilfreichen Anmerkungen.

Falls Ihnen das Buch nicht gefallen hat, schreiben Sie mir unter andreas.adlon@gmail.com. Sollte es Ihnen gefallen haben, freue ich mich über eine Amazon-Rezension.

Wollen Sie frühzeitig über den Band oder andere Neuigkeiten informiert werden, werden Sie Facebook-Fan von:

www.facebook.com/ThrillerAutor

oder folgen mir auf Twitter unter

@ausgehandelt Andreas Adlon

Band 1 dieser Krimiserie „Tod im Netz“

http://www.amazon.de/dp/B00F1YC1P2

Inhalt:

Du hast 378 Facebook-Freunde. Einer davon ist dein Feind!

Der erfolgreiche Ermittler Paul Schweigert lässt sich ins beschauliche Oldenburg versetzen; doch als im Wald eine Studentin erdrosselt aufgefunden wird, hat die Beschaulichkeit ein Ende. Während der Ermittlungen stößt er gemeinsam mit seiner charmanten und smarten Kollegin Lisbeth Eicken auf einen geheimen Club und gut situierte Geschäftsleute, die es auf junge blonde Studentinnen bei Facebook abgesehen haben …

Hier geht es zum ebook bei amazon

http://www.amazon.de/dp/B00F1YC1P2

Thriller von Andreas Adlon

http://www.amazon.de/dp/B00A6AESDE

„Ausradiert- Nicht ohne meine Tochter“

Inhalt:

Mark Bornke möchte seine 16jährige Tochter nach ihrem Austauschjahr in Seattle abholen. Sie taucht nicht wie vereinbart am Flughafen auf. Die Gastfamilie will nie eine Austauschschülerin aus Deutschland aufgenommen haben und der Sheriff glaubt ihm nicht. Hat sich die ganze Welt gegen ihn verschworen oder ist er tatsächlich verrückt geworden?

Hier geht es zum ebook bei amazon

http://www.amazon.de/dp/B00A6AESDE

„Ausgehandelt“

http://www.amazon.de/dp/B007JV9NS8

Inhalt

Thomas Behrends verwirklicht seinen Lebenstraum. Er arbeitet als Börsenmakler an der Wall Street. Das Glück an der Seite seiner Frau und seiner kleinen Tochter scheint vollkommen. Durch eine verhängnisvolle Order löst er einen Börsencrash aus. Sein Leben gerät aus den Fugen. Drogen und Hacker übernehmen das Ruder. Als dann noch ein Freund unter ungeklärten Umständen ums Leben kommt, beginnt für den Deutschen ein schier aussichtsloser Kampf...

Hier geht es zum ebook bei amazon

http://www.amazon.de/dp/B007JV9NS8

Printed in Poland
by Amazon Fulfillment
Poland Sp. z o.o., Wrocław

58900542R00130